回到過去變成貓

BACK TO THE PAST TO BECOME A CAT NO.1

陳詞懶調 × PieroRabu

東區四賤客

黑碳（blackC）

主角貓。本名「鄭歎」，原為人類的他不知為何變成一隻黑貓，穿越到過去年代。為求生存，他開始訓練自己的貓體，展開以貓的角度看世界的貓生歷險。

警長

白襪子黑貓。個性好鬥，打起架來不要命，總跟吉娃娃過不去。技能是學狗叫。

阿黃

黃狸貓。外形嚴肅威風，其實內在膽子小，還是個路痴。技能是耍白目，被鄭歎稱為「黃二貨」。

大胖

黑灰色狸花貓。很聰明，平時不動則已，動則戰鬥力爆表。技能是被罰蹲泡麵。

焦家四口

焦明生（焦爸）

收養黑碳的主人，楚華大學生命科學系副教授，住在東教職員社區Ｂ棟五樓。他很保護黑碳，也放心讓黑碳接送孩子上下學，他與黑碳之間似乎有種莫名的默契。

顧蓉涵（焦媽）

國中英語老師，從垃圾堆中撿回黑碳。鄭歎很喜歡吃她做的料理。

焦遠

焦家的獨生子，楚大附小六年級，有點小調皮，時常被焦媽扣零用錢。很照顧妹妹的好哥哥。

顧優紫（小柚子）

因父母離異而寄住焦家，是焦遠的表妹，楚大附小二年級。她平時不太說話，但私下裡會對黑碳說說心裡話。

Contents

Back to
the past
to become a cat

第一章

鄭歎是一隻貓

鄭歎跳上一棵梧桐樹的樹枝，瞇著眼睛看了看從葉縫間漏下的陽光，用自己如今的毛爪子撥了撥耳朵，找個舒服的姿勢趴下，打了個哈欠。

九月的下午，陽光正好，適合午睡。

鄭歎是一隻貓，但曾經卻是個貨真價實的人，他也不明白是怎麼回事，一覺醒來就這樣了。陌生的城市，陌生的屋子，陌生的人，陌生更令人絕望的新身分，放大的世界，以及時光倒流的年代——二〇〇三年。

鄭歎以前不喜歡貓，甚至算得上討厭這種動物，他一直覺得貓這個物種跟神經病是同一個層面的生物。

而如今，他自己卻變成了這樣一隻動物。

報應？

鄭歎承認自己的作風不怎麼好，欺凌過弱小，放過幾場不怎麼大的火，不務正業遊手好閒，一度窮奢極侈醉生夢死，但至少他沒殺過人，用自己從記事起就一直擱在牆角的道德觀來評論，比自己混帳的人多的是，為什麼遭報應的是偏偏是自己？

茫然否？無措否？憤怒否？絕望否？

在無比清晰的現實面前，一切似乎都無濟於事。對於曾經放縱的生活，鄭歎只能用一句「風吹雞蛋殼，財去人安樂」來自我安慰。

三個月過去，一個季度的時間，四分之一年，大自然的輪迴轉盤已經轉了九十度，讓鄭歎初來時跌宕的心情平復，從不適應到漸漸熟悉。

有些時候，胸無大志、得過且過也是一種難得的心態。

這裡是華夏中部地區大學排名位居龍首的百年名校「楚華大學」。百年名校的好處就是面積足夠大，綠化很完善到位。

樹下的道路上偶爾有學子走過。這裡的氛圍，寧靜卻不失朝氣。

鄭歎在這種良好氛圍中瞇了一會兒就被一陣狗叫聲吵醒。動了動耳朵，不用看鄭歎就知道這又是哪兩位在沒事找事了。

在離鄭歎大約一百公尺遠的地方，一隻棕色吉娃娃犬正對著一棵樟樹叫喚，而在這棵樟樹樹枝上頭則站著一隻黑白相間毛色的貓。此刻，這隻貓正一邊勾甩著尾巴，一邊朝樹下叫。

光看表象，這種情形很普遍，養寵物的人經常都會遇到這種情況。但是，此刻的情形不同之處在於，這一狗一貓嘴裡都叫著「汪汪」聲。

此貓名為「警長」，現在八個月大，個頭比鄭歎稍微小一點，因為牠的毛色與動畫裡面黑貓警長（注：中國大陸經典原創動畫《黑貓警長》）的毛色很相似而得名。同時，這隻貓也是鄭歎變成貓以後的損友之一。

此貓有兩個特點：一個是好鬥，打起架來不要命；另一個就是學狗叫，狗性十足。

鄭歎第一次見到警長的時候，那傢伙就蹲在一顆一公尺高的景觀石上朝那隻吉娃娃叫喚。等到警長發現鄭歎看著這邊，牠才慢慢從「汪汪」聲轉變成「喵」。

其實當時警長的「狗語」並不標準，有點不倫不類的感覺，但是這些日子過去，這「狗語」

越發純正了，一般人光聽聲音根本分辨不出叫聲真假。而且這隻貓累的時候還會跟狗似的伸舌頭喘氣，所以鄭歎經常懷疑這隻貓的體內是不是居住著一隻狗的靈魂？

沒再注意那邊，鄭歎打了個哈欠，趴著繼續睡。他一點都不擔心警長的安危，警長和那隻吉娃娃可是從小打架打到大的，經驗十足。

若問為什麼警長老是跟那隻吉娃娃過不去？原因在於，那隻吉娃娃是東教職員社區寵物犬裡面個頭最小的。

魚兒揀鮮的吃，柿子揀軟的捏，這個連貓都知道。

鄭歎一直睡到大學教學區第三節課下課鈴聲響的時候才起身，他伸了個懶腰，從高高的梧桐樹上慢慢滑下來。沿著路旁的步道小跑過去，然後穿過一片桃樹林，就會看到一道圍牆。

這裡是位於楚華大學內部的附屬小學，教職員和家屬們的孩子很多都在這裡上學，接送方便，家長也放心。

鄭歎跳上圍牆，看了看二樓和六樓的兩間教室，然後沿著圍牆往校門那邊走過去。

鄭歎在離校門口二十幾公尺處的圍牆上等了七、八分鐘後，附小的下課鈴聲響起。鈴聲並不是叮鈴鈴的尖銳聲音，而是一段歡快活潑的音樂，很人性化。

一個穿著小碎花連衣裙的小女孩揹著貓咪圖案的背包走出樓梯間，一出樓梯口就直接朝鄭歎這邊看過來。見到蹲在圍牆上的鄭歎，小女孩沒多少情緒的眼睛頓時亮了亮，朝這邊跑來。

「遠哥說他們最後一節課有隨堂小考，可能要多等一會兒……」

小女孩的話還沒說完，鄭歎就看到從樓梯口衝出一個人，以拖麻袋的姿勢拖著書包，頭髮又弄得跟雞窩似的，徑直朝他們這邊衝過來。男孩臉上笑得得瑟，對著鄭歎和小女孩比了個「V」型的勝利手勢，看來最後一節課的隨堂小考這小子考得不錯。

男孩叫焦遠，是現在收養鄭歎的那戶人家的小孩，讀六年級。那個小女孩叫顧優紫，是焦遠的表妹，她父母離異後因為一些原因被焦媽從國外接了回來，住在焦家，現在就讀於楚大附小二年級。

焦遠將顧優紫身上的書包接過來，兩人一貓便離開校門往東教職員社區走去。

「看，焦遠家的貓又來接他們了！」有人說道。

路上遇到的很多人對於這一幕已經習慣，這樣的事情從開學到現在已經近三個星期，當初還成為周圍人們飯後談論的趣事。

教職員社區離附小並不遠，不到十分鐘就走到了。

◆◇◆◇◆◇◆◇◆

焦家住在東教職員社區B棟五樓。這裡每一棟樓的進樓口都有電子感應器，焦遠將鑰匙串往感應器碰了碰，鐵門「鐺」的一下就開了。

焦遠的鑰匙串上有一個小圓牌，這就是感應器的「鑰匙」，住在大樓的人幾乎都有這個。鄭歎脖子上也掛著一個，只不過他的圓牌有些特殊，圓牌正面貼的是鄭歎如今的頭像，反面貼著焦家的住址和聯繫電話——電子感應卡與寵物牌二合一，是焦爸特意去訂做的。

鄭歎進樓的時候朝一樓一戶人家的陽臺那裡望了望，沒發現那個胖子，估計那胖子又被帶去拜訪親戚了。

這個時間點，焦家的門一向都開著，畢竟是學校裡的職員住宿大樓，進樓口還有電子感應器和監視器，安全係數要比外面一些公寓大樓大得多。

焦媽在做飯，而客廳裡卻有談話聲。

「那麼，廣告的事情就麻煩焦老師了！」

鄭歎進門的腳步一頓。這個聲音他熟悉，是楚華大學附近一個寵物用品店的老闆，姓郭。他哥是個獸醫，鄭歎的疫苗就是他哥打的。

上週鄭歎還聽焦媽說過小郭有讓他幫忙拍貓罐頭廣告的意思，那麼，今天是專程為了廣告的事情登門說明的？

小郭的客戶基本上都是楚華大學的人，而要做大學裡老師和學生的生意可不是那麼容易的，食品安全和品質問題最容易從這裡暴露出來。

成天窩在實驗室裡面對枯燥的實驗資料和器材的那些人，有時候也會給自己找點樂子，比如一時興起搭個公車去小吃巷買一碗紅油熱乾麵，然後帶回實驗室檢驗一下紅油裡有沒有蘇丹紅，芝麻醬裡有沒有黃麴毒素，大腸桿菌有沒有超標之類。

所以，要做大學師生們的生意卻又想要良好的口碑，這需要持久的優良品質保證。

也正因為如此，小郭他們店的招牌打出來了，人氣旺了，資金也有了，將左右幾個店面盤下來，合併他哥的寵物診所和他自己的寵物用品店，成立「明明如此」寵物中心。

這是鄭歎對於小郭的瞭解。總的來說，鄭歎覺得小郭這個人還可以，有頭腦、能撈錢，同時心眼也不壞，至少對動物挺好的。

小郭離開之後，焦家並沒有提到任何關於貓罐頭廣告的事情。晚飯過後，焦遠和顧優紫去各自的房間寫作業，焦媽跟幾個朋友去體育館那邊學跳舞了。

鄭歎進了主臥房，進去之後將房門推上，跳起來將門鎖一撥，鎖上。而在臥房裡，焦爸已經坐書桌前等著了。

對於鄭歎進門之後一連串的動作，焦爸早已經習慣，眼都沒抬。等鄭歎跳上桌子後，焦爸將手上的資料夾合住。

「今天小郭過來說了拍貓罐頭廣告的事情，我沒立刻答應，還是看你的想法。」焦爸說著，將一份文件遞到鄭歎面前。

文件上面寫的是關於小郭今天所提的貓罐頭廣告的事情，以及焦爸根據小郭所說的話推測出的後續情況和利益分析。

鄭歎看了一下，小郭他們自家生產的一種貓罐頭，校園裡很多養貓的人家都買這款，價錢還算便宜，也方便購買，重要的是禁得住品質檢測。

原本小郭早就準備將這款貓罐頭推廣開來，結果一場「ＳＡＲＳ」讓原計畫泡湯，現在好不容易緩過來，準備重啟計畫，而且盤下店面成立寵物中心後，讓小郭如今手頭有點緊，也就更急於利用這款貓罐頭來撈一筆了。

雖然在華夏內地極少有電視上播放寵物食品廣告，但鄭歎來這裡之後才知道寵物食品也是有需求的，而且潛在客戶很多。隨著經濟發展，城市的生活節奏越來越快，人們自己都來不及照顧，就算想養貓也得琢磨怎麼才能養活。

鄭歎自認為沒有什麼經濟頭腦，曾經是，現在也是，但他相信這件事若做得好的話，確實可以撈一筆。

鄭歎不吃貓糧，他吃的東西跟焦家人吃的東西一樣，自打變成貓之後，鄭歎最慶幸的就是胃比較強悍。而且，拍廣告不一定意味著要吃貓糧。

認真說起來，拍個簡單的廣告對於鄭歎來說真不算什麼，畢竟只是寵物食品類的廣告，按照文件上所說的，傳播途徑剛開始只是網路，如果網路上的效益明顯，肯定還會有後續的發展。

這第一次的廣告肯定比較簡單，放出去試試水溫，小郭找上他的原因，鄭歎自己心裡也清楚。資金緊張，能節省就節省，外國人拍一部《貓狗大戰》的電影就耗費了數以噸計的食物，小郭拍一部試水廣告雖然遠遠比不上這個規模，但肯定也會消耗掉一些。當然，這是找其他貓的情況，鄭歎這裡是截然不同的。

鄭歎看著那份文件，正在思索其中的利弊，焦爸出聲道：「你不用立刻做決定，我跟小郭說了，三天內回覆就行。」

聽到有三天時間考慮，鄭歎也不著急了。以他現在的身分，確實得多思量一番。

剛放下文件，鄭歎就聽到有人敲門，不是房門，是外面的大門。

焦爸起身去開門，鄭歎沒立刻跟過去，只是豎著耳朵聽客廳裡的動靜。

聽聲音是住在對面的那個宅男，屬於教職員家屬，父母都是學校老師。那傢伙幾乎整天蝸居在家裡，平時就喜歡穿星際爭霸、蜘蛛人、星際大戰以及……海綿寶寶等圖案的T恤。一週洗一次衣服，就算大夏天也是這樣，不知道那傢伙的衣服在夏天堆上一個星期會不會長蘑菇。

聽聲音，對方似乎有些不好意思。鄭歎跳下書桌，走到房門口探頭看了看，對方一手拎著盒飯，另一隻手撓著頭。

「焦哥，我想借你們家的貓一用，我那邊老鼠都快成精了，買的捕鼠夾一隻都沒夾住，這幾天愁死我了！你看什麼時候方便……呃，能不能、那個……借一下貓啊？」

鄭歎鄙視之，他深刻記得上個月某日這傢伙還跟焦遠誇口自家沒有半隻老鼠，結果第二天鄭歎就聽到對面在哀號網線被啃斷了，又是買黏鼠板、買捕鼠夾的，除了老鼠藥之外，其他方法幾乎試了個遍。鄭歎就思量著，莫非大學裡面的老鼠智商普遍偏高？

不過鄭歎又想到，自己變成貓之後，還真沒抓過老鼠。焦家這邊一直沒老鼠，鄭歎不確定是不是自己的原因，但讓現在的他去抓老鼠，一時間還真無從下手。倒不是怕，鄭歎國中時還抓過老鼠去嚇班裡的女同學，但是……畢竟貓和人是不一樣的。

鄭歎低頭看了看自己的貓爪子，表示很是煩惱。

那邊焦爸已經跟對方說完話，關上門，走回房朝鄭歎招了招手，「你會抓老鼠嗎？」

鄭歎沉默，不動。

半晌，鄭歎聽到焦爸道：「走吧，去試試看。」

試試？去哪試？怎麼試？鄭歎疑惑。

焦爸拿上鑰匙，帶著個手提袋，跟焦遠說了聲就叫上鄭歎出門了。

◆◇◆◇◆◇◆◇◆

鄭歎坐著焦爸的電動摩托車出了教職員社區，看著熟悉的路徑，鄭歎心裡大致明白要去的地方了，但是到底怎麼個試法，鄭歎心裡沒底。他的力氣比一般的貓要大，並且鄭歎感覺自己的力氣還可以更大，過個一年半載或許能夠接近一般成年人的力氣。

但是，力氣大不代表能夠抓老鼠。由於並不怎麼喜歡貓，鄭歎也不知道正常的貓是怎麼去抓老鼠的，他從沒有關注過。

正想著，電動摩托車已經來到目的地了——楚華大學生命科學學院。

作為楚華大學生命科學系副教授，焦爸除了回家吃飯，白天大部分時間都在這裡。

停好摩托車後，焦爸抖了抖手裡的袋子，鄭歎撇撇嘴，跳進去。生科樓裡面可不是一隻貓能夠隨便走動的，被瞧見了不好。

然後，焦副教授拎著裝貓的袋子從生科樓正門走了進去，還一臉平靜地向周圍進進出出的人打招呼。走到樓梯口的時候就沒什麼人了，很多人都習慣乘坐電梯。

鄭歎從袋子裡探出頭來往外看。晚上七點，留在生科院裡的人還是很多的，各個實驗室都亮著燈，鄭歎能夠透過樓梯口的窗戶看對面無菌室亮起的紫外線滅菌燈。

想當初第一次被焦遠他們帶進來的時候鄭歎還很緊張，但幾次之後，鄭歎就習慣了。鄭歎無數次慶幸，收養自己的這戶人家不是什麼科學怪人。

焦爸的辦公室在二樓，獨立辦公室。焦爸是楚華大學生科院少數幾位擁有獨立辦公室的副教授之一。焦媽那邊忙不開的時候，焦遠他們會來這裡做作業或者睡午覺，有時候鄭歎也會跟著一起來，不過每次都是偷偷摸摸的，不是躲進書包裡，就是被裹在衣服裡面帶進來。

焦爸進辦公室拿了一串鑰匙，又提著鄭歎從樓梯爬到四樓。四樓邊角這邊沒什麼人，鄭歎以前沒來過。

安靜的走廊裡，焦爸的腳步聲顯得格外清晰，樓梯間的聲控燈亮起，鄭歎看到了周圍房間門口的門牌。

難怪沒什麼人，這邊基本上是堆放貨物、器材、藥劑等的儲藏室。不過……

鄭歎動了動鼻子，他嗅到了某種生物的氣味。

焦爸在最靠邊的那間房門口停住，拿鑰匙打開門。

門一開，吱吱吱的聲音響起。

就算周圍的光線比較暗，鄭歎也能夠看清楚裡面的布置。

左側靠牆角的地上放著幾個空的籠子，右側靠門處則放著一個小的實驗臺和貨架，而餵養小白鼠的籠子都放在裡間。

焦爸將燈打開，袋子擱在實驗臺上，對鄭歎道：「你先在這裡等會兒，別亂跑，實驗室的東西不能亂碰，藥品比較多。」

說完，焦爸從衣架座上拿下實驗服穿上，又從一個抽屜裡拿出手套戴上，然後走進裡間，不一會兒就拎著個籠子出來，裡面有五隻小白鼠。

實驗室的小白鼠，說得好聽點，那叫性情普遍比較溫和；說得難聽點，那叫群體傻呆，不知道是不是近親繁殖的緣故。

最近鄭歎經常聽到焦爸的遺傳學課程簡報上提到這些，所以在見到那一籠子小白鼠的時候，鄭歎心裡就感慨這還真跟焦爸說的差不多，他確實沒有從那幾隻小白鼠的眼睛裡看到恐懼，牠們甚至可能還以為是飼養員來了，忙著討要吃的。

焦爸從籠子裡抓出一隻小白鼠放在桌子上，對鄭歎道：「看著牠，別讓牠亂跑。」

鄭歎看了看那隻絲毫不知道自己即將面臨厄運的小白鼠，抬起一隻爪子壓住那隻小白鼠的尾巴。被按住尾巴的小白鼠並沒有太過掙扎，只是表現出要往前爬的姿勢。

看，這就是野生和家養的差距，要是外面的那些野老鼠被按住尾巴，要麼拚命掙脫，要麼反過來咬一口。

焦爸將裝著剩餘四隻小白鼠的籠子放進一個空紙箱，讓牠們看不到外面發生的情況。

「我不知道你們貓是怎麼去抓老鼠，或者說怎麼去殺死老鼠的，我現在只是跟你說說我們常用的方法。」

說著，焦爸就從鄭歎爪下接過那隻小白鼠。

「我跟你說啊，在國內實驗室裡，基本用的都是斷頸處死法，這也是讓小白鼠痛苦程度最小的處死方法，手法俐落的話，牠根本感覺不到疼痛，也符合外國人所說的動物福利學……」

鄭歎蹲在旁邊靜靜看著，他知道焦爸又進入了教學狀態。有時候在家裡，焦爸準備完教學簡報影片之後，他自己會先試講一次，而聆聽者就是鄭歎。所以，鄭歎一聽到焦爸講出「我跟你說」這四個字，就知道他又進入教學狀態了。

「斷頸處死法，說白了就是頸椎脫臼，讓脊髓與腦幹斷離。一隻手用工具或者直接夾住小白鼠的頸部，另一隻手抓住牠的尾巴，兩手猛的用力牽拉，就行了。這是其中一種方法，另外一種方法我們也經常用，你也可以試試，看著……」

焦爸一邊講解，一邊用左手抓住那隻小白鼠的尾巴，右手拇指與食指在移到那隻小白鼠頸部處往下一按。

然後……就沒有然後了。

鄭歎看著桌面上一動不動的小白鼠，再看看一臉「我看好你喔」表情的焦爸，動了動耳朵。

「看吧，操作其實很簡單，就算你以前沒抓過老鼠也不要緊，練會兒就行了。我看過你揍阿黃時的速度，追上老鼠肯定沒問題。」

焦爸嘴裡的阿黃是一隻黃狸貓，也是鄭歎變成貓以後認識的損友之一。與警長不同的是，阿黃總是做一些令人啼笑皆非的事情，很多時候鄭歎看著就想上去抽牠一頓，只是最近阿黃沒怎麼出現，不知道是什麼原因。

焦爸又捉了一隻小白鼠出來，讓鄭歎自己試試。

鄭歎殺這第一隻時，按了三次才讓那隻可憐的小白鼠徹底斷氣。

殺第二隻小白鼠時，鄭歎用力過度，不過至少這隻小白鼠沒感覺到疼痛就一命嗚呼了。鄭歎心裡也越發慶幸還好自己變的是貓而不是老鼠，食物鏈金字塔往下走一步就要多面對一重地獄。

「頸椎脫臼很容易的，小白鼠的頸椎很脆弱，你主要是手法不熟練而已。」焦爸在旁邊出聲指導，「出手不要猶豫，能夠一次成功是最好的，否則小白鼠會很痛苦。但是，注意是脊髓與腦髓拉斷，而不是直接將頭拉掉，這需要控制用力的程度，既要將頸椎拉斷，還不能將頭拉掉。我以前帶的學生有的因為用力的問題，直接導致小白鼠眼球內壓力過高，眼球竟然破了。」

鄭歎：「……」尼瑪好驚悚！

鄭歎看了看焦爸說這些話時仍舊一臉平靜的臉，突然感覺焦爸的眼睛裡似乎泛著冷光。

鄭歎想起以前跟一群酒肉朋友泡夜店時他們談起的話題，當時有個人就說：「其實最厲害的殺手不是那些外表看上去凶神惡煞的人，不是那些提著大刀、刺龍刺鳳、穿鼻環、架式十足的人，也不是那些整天耍刀弄槍顯得自己特屌的人，而是那些外表看上去一點都沒異常，卻能夠在下一刻輕易收割性命但依舊面不改色的人。」

所以，一些資深的研究室人員在某種角度上來說，與殺手的氣質有些類似。

進入實驗狀態的研究員真他媽的可怕！

鄭歎轉念一想，或許焦副教授是這世界上唯一一個教自家貓怎麼用斷頸法殺老鼠的人了吧？殺第三隻和第四隻時，鄭歎明顯手感好了很多，至少讓這兩隻小白鼠相比起前面那兩隻來說，有一個體面的死法。

五隻小白鼠，焦爸做示範殺了一隻，其餘四隻都是鄭歎殺的。

清理了那五隻斷氣的小白鼠，焦爸又轉身去了裡間，不一會兒又拎著個大一點的籠子出來，裡面依舊是五隻白鼠，只不過個頭要大上許多。

「這是大鼠，實驗室用的大白鼠是褐家鼠的白化變種，依舊用剛才的方法，不過力氣要大上一些。重點還是同一個，找準要領，控制力度，一擊得手。需要我做示範嗎？」

鄭歎搖搖頭。

「好孩子。」

鄭歎：「……」

跟焦爸說的一樣，大鼠稍微難了那麼一點點。不過，五隻大鼠試完，鄭歎也熟練了。

「還要再練練嗎？」焦爸問道。

鄭歎搖頭。

「很好，殺老鼠咱們就練到這裡，我跟你說……」

鄭歎扯扯耳朵：「……」又來了。

雖然老鼠已經殺完，但焦爸的教學狀態顯然還沒有完全退出。

「在我們的實驗室裡，除了處死大小鼠常用的頸椎脫臼法之外，還有斷頭處死、放血處死、擊打處死、麻醉處死、毒氣處死等法子。比如蛙類的我們用毀髓法，一根針就行了，唔……下週我帶動物學解剖課，剛好要解剖牛蛙，到時候帶一隻回去給你示範一下。喔，還有你要特別注意，實驗室處死貓狗之類用的大多數是空氣栓塞處死法。」

頓了頓，焦爸問鄭歎：「這個你懂嗎？」

鄭歎搖搖頭，肌肉有點僵，背後和尾巴上的毛還炸著，總感覺周圍氣溫好低。

「通俗點說，這個方法就是朝靜脈注射空氣。」

鄭歎打了個激靈。這個懂了，就算他這方面知識不強，也知道朝靜脈打空氣會發生什麼事情。

「空氣進入血液循環到肺部，阻塞肺動脈而造成嚴重休克或死亡。舉個例子，你從深水處往淺水處游的時候，壓力改變導致肺部氣體膨脹，進而導致肺部跟著過度膨脹，如果不排除多餘的氣體或者根本來不及排除這些氣體，那就相當危險了。鐵達尼號裡面有些落水的乘客就是這麼死的。」

焦爸說著，突然想到對一隻貓說鐵達尼號估計也沒什麼用，所以又轉而回歸正題，做了個總結：「所以，你以後一定要自己注意點兒，遠離危險物，注意自救。」

練了殺老鼠的技術之後，今晚的目的算是達到了，鄭歎心裡也有了譜。雖然對於抓老鼠這種事情很無奈，但是既然現在是貓，大概只有抓老鼠的貓才能被認可，連阿黃那個白目都能抓到，鄭歎相信自己肯定也行。

◆◇◆◇◆◇◆◇◆

回到東教職員社區的時候，鄭歎看到空地那邊停著一輛車，掛著軍牌的熟面孔。

這麼說來，胖子那傢伙也拜訪完親戚回來了。

趁著焦爸去停車棚停車，鄭歎跳上一樓的陽臺，往裡面瞧了瞧。

靠窗的書桌上放著一袋泡麵，泡麵袋上蹲坐著一隻微胖的黑灰色狸花貓。

三個月前，鄭歎第一次見到大胖的時候，牠還是又小又瘦的樣子，但現在牠的身材卻正在朝牠名字所描述的方向發展，所以鄭歎十分佩服給大胖取名字的那位老太太。真夠神的！

似乎感覺到陽臺這邊有異動，蹲坐在泡麵袋上的大胖側身看向窗外，結果由於動作幅度稍微大了一點，屁股下面壓著的泡麵發出「嚓」的一聲脆響。

聽到這個聲音，大胖側身的動作立刻僵住，然後耷了耷耳朵，緩緩扭回去，不再往陽臺這邊看，背影那叫一個淒涼。

鄭歎扯扯嘴角，好像有那麼點罪惡感。好吧，看來大胖今天晚上的宵夜又要減量了。

餵養大胖的那位老太太有個兒子在軍隊工作，每個月都有一、兩個星期會將老太太接過去住一段時間，大胖跟著過去。有時候老太太的兒子會過來住個幾天，而每當這時候，就是大胖受難的日子了。

鄭歎記得當年上軍訓課時，犯錯後會被教官罰站，而如今對於「軟骨頭」似的貓來說，要立正站好是不可能的，所以大胖經常會被罰蹲泡麵，蹲完之後看泡麵的碎裂程度，依照這個來扣掉口糧。

那邊焦爸已經停好車，鄭歎轉身跳下陽臺欄杆，跟著焦爸進樓回家。

進家門的時候，焦媽已經回來了，不過她看鄭歎的眼神有點怪異，瞧得鄭歎渾身發毛，趕忙跑進顧優紫的房間。進房間之後，鄭歎就躲在門後面豎著耳朵聽。

「怎麼了？」焦爸問。

「唉，阿黃去世了！」焦媽嘆道。

鄭歎一愣，阿黃那個傢伙前幾天還活蹦亂跳、一副精力無從發洩的樣子，怎麼會……

接著又聽了焦爸焦媽的對話，鄭歎才明白過來，原來是「去勢」而不是「去世」。這麼說，阿黃成太監了？！

「聽玲姐說，這樣能夠讓阿黃戒掉一些壞毛病，剛好阿黃也八個月了，可以做手術……今天玲姐還問我要不要將咱們家的黑碳也送去小郭他們那兒做手術，我拒絕了。」焦媽說道。

房門後面鄭歎感覺冷汗直冒，不過聽到後面一句，懸著的心放下不少。

「咱們家的貓不用。」焦爸拍板，「各人家的貓是不一樣的，她家的貓適合，咱們家的可不一定，以後玲姐勸妳的時候妳直接拒絕就行。」

「嗯，我也是這麼想的。」得到支持的焦媽臉上重新顯出笑意。

而蹲在門後面的鄭歎也長長舒了一口氣，這要是真被送去做手術，他寧願離家出走，跑得遠遠的也不要在命根子上動刀子。

鄭歎心裡替阿黃那個白目默哀了一下。以前就聽說阿黃喜歡到處亂撒尿，在家的時候就算把牠放在貓砂盆裡，牠也能一滴不漏地將尿全噴在外面，所以阿黃牠家用的貓砂盆都是兩層的，外面一層才起關鍵作用。至於到了戶外，阿黃就更歡了，東教職員社區這邊很多地方都能聞到那傢伙的尿騷味，為了這事鄭歎不知道抽了牠多少回，不過那傢伙明顯屬於屢教屢不改型。

既然阿黃性命無憂，鄭歎也不用再去擔心，貓有貓的命運，打從知道自己變成這副模樣之後，鄭歎就一直在告訴自己盡量去適應。

◆◇◆◇◆◇◆◇◆

第二天，對面那位宅男屈向陽就黑著眼圈過來敲焦家的門。

這天是週六，焦遠他們都在家，正在吃早餐。

「喲，小屈啊，這麼早！」焦媽有些驚訝。

這麼早？這都九點多了吧？

顧優紫看了一眼外面燦爛的陽光，與焦遠對視一眼，兩人繼續默默地與碗裡的雞蛋麵奮鬥。

不過對於晚睡晚起的小屈來說，確實算很早了，焦媽知道這個，所以才驚訝小屈居然罕見地在中午十二點前起床了！

小屈扯出一個笑臉，環視一圈客廳，問道：「焦哥不在啊？」

「他今天要帶實驗課，一大早就出去了，你有什麼事要找他嗎？急的話我打個電話給他。」焦媽說。

「這個……呵呵，也不是什麼特急的事情。」小屈的視線放到飯桌旁邊一張矮凳上，看到正在吃麵條的黑貓，對焦媽道：「顧姐，那個……能不能……借一下妳家的貓？」

正在奮鬥早餐的焦遠和顧優紫同時停下手上的筷子，齊齊看向站在門口有些尷尬的宅男小屈，上個月某日某時某地某人一手撐牆、一手扠腰得意地說著「我家半隻老鼠都沒有」的話，兩位小朋友可是記得清清楚楚！

看到兩個小孩子的眼神，小屈更尷尬了，咳了一聲，對焦媽道：「這件事我昨天還跟焦哥提過的。」

焦媽倒沒覺得有什麼不好，自家的貓有人借這是好事，說明自家貓有本事，這讓焦媽有種莫名的自豪感。

於是焦媽大手一揮，「這沒什麼大不了的！你要借，什麼時候來抱過去就行了。」

鄭歎、焦遠、顧優紫：「……」

焦爸不在的時候，焦媽總是這麼獨裁。

「那真是謝謝顧姐妳了！我今天吃完晚飯就來帶黑碳過去吧。哎，顧姐妳不知道，我家裡那隻老鼠都快整得我神經衰弱了！」得到許可的小屈瞬間將頹廢一掃而淨，滿意地回家去了。

焦媽臉上笑得跟朵喇叭花似的，「養貓就這點好！」

一旁的焦遠垂頭用筷子戳著面前的小瓷碗，憋著聲音學當初小屈的話：「我家半隻老鼠都沒有——」

焦媽輕敲了焦遠的頭一下，「吃你的麵吧！」

顧優紫則抿著嘴，顯得很不高興。

到了晚上八點左右的時候，小屈過來借貓。不用焦媽多說，鄭歎自己往對面走了過去，早晚得解決，不然那幾隻白鼠不是白練了？

焦遠還在門口助威：「黑碳，加油！讓牠們瞧瞧厲害！」

焦媽回頭臉一板，說：「回去做作業！錯一題零用錢減半！」

這邊，鄭歎跟著小屈進屋。

進門後第一眼，鄭歎就有一種熟悉感——真他媽亂！就跟當年的自己一樣。

第二眼，他看到了眼熟的生物。

鄭歎一進門就看到了三隻蟑螂，一隻剛爬進浴室；一隻從櫃子底下爬出來，感覺到有人出現又爬了回去；第三隻，也是離鄭歎最近的一隻，見到鄭歎之後頓住，抖了抖牠的長絲狀觸角，然後快速爬進一堆雜誌裡面。

作為出現得比恐龍還早，和恐龍、三葉蟲在同一時代生活過的地球上最古老的昆蟲之一，擁有在無頭狀態都可以存活九天的變態生命力，「小強」之名於蟑螂而言名符其實。聽說其生命力一直進化著，不知道將來會變成什麼樣。

小屈在門口當然也看到了那幾隻蟑螂，而在看到蟑螂的那一刻，他其實正在想像著一隻黑貓撲蟑螂的宏偉畫面，可惜面前的這隻黑貓只是面無表情地掃了一眼，然後就跳到一把還算乾淨的椅子上趴下、瞇著眼睛休息，連旁邊飯桌上擱著的還溫熱的芋頭排骨和糖醋里肌都沒瞧上一眼。

小屈頓時有種被噎了一口的感覺。又瞧了瞧閉眼趴在椅子上壓根沒準備動彈的鄭歎，再看看沒有罩桌罩的飯菜，他想了想，還是沒去管，關了客廳的燈，挪腳走進房間。

坐下之後，小屈就打開一個社區論壇找到前幾天發的帖子，對某條留言回覆道：「胡說，我家的老鼠不吃蟑螂，找來的貓看到蟑螂也不理睬！」

自發現家裡有老鼠而自家的捕鼠籠又不起作用後，小屈第一個想到的就是在網上發帖求助。買捕鼠夾和黏鼠板都是網友提供的建議，帖子下面還有個網友總結老鼠變聰明的原因——「經歷過ＳＡＲＳ的動物，智商和生命力都有極大的提高，沒那智商和存活力的都在ＳＡＲＳ事件中被人類捕殺了。」

所以在黏鼠板和捕鼠夾都不起作用後，在不買老鼠藥的前提下，說得最多的還是去找隻貓。再然後就有了小屈去焦家借貓的舉動。

而支援借貓的網友中，其中有個炫耀家裡寵物貓的網友留言說過：「貓和老鼠也算蟑螂的天敵，牠們也會捕食蟑螂。」

小屈現在就是在與這位網友理論。

「不然你看著吧，連蟑螂都不理會，那隻貓肯定也不會捉老鼠的。就算想捉，也不一定能捉到。」最後那個網友說道。

「咱們就走著瞧！」宅男小屈將鍵盤敲得啪啪響，那指力像是恨不得直接戳在對方身上。

那邊小屈正在論壇上與人爭辯，這邊鄭歎睜開眼睛，彎了彎手掌，默默看著從指縫間露出來的尖爪子。

對於抓老鼠這第一個考驗，鄭歎一點都不緊張，相反的，他有一些興奮，但是說不出為什麼。昨晚也是，接連殺了好幾隻白鼠，他卻一點都沒感覺到噁心，反而從心底升起一股莫名的嗜血的興奮感，這是平時沒有的。或許是因為平時沒怎麼注意，而昨晚的事情就像一條導火線，將心底的嗜血因子點燃。

不過，這應該是源於這個動物身體本身的天性。

貓是那種就算吃飽了也會去捕獵的動物，獵殺幾乎是牠們的天性，即便是看上去最溫和的家貓也具有這種天性。

就像前些日子焦遠他們看的一部紀錄片上說的：「在每隻吃得飽飽的、懶洋洋躺在火爐旁的貓身上，都藏著一隻蠢蠢欲動、作勢欲撲的老虎。」

長舒一口氣，鄭歎鬆開手掌，閉上眼睛靜靜地趴臥在椅子上，但耳朵立著，時不時因為一些動靜而動兩下，但因為這些聲響並不是老鼠造成的，所以鄭歎一直都沒有動作。

時間慢慢過去，夜漸深，鄭歎並沒有發現老鼠的動靜，但周圍確實有著老鼠的氣息，證明那隻老鼠不久前才出來過。鄭歎也不急，依然靜靜地在黑暗的、雜亂的客廳裡候著。

藉著臥房那邊的燈光，鄭歎能夠將整個客廳看得清清楚楚。

東教職員社區的人們大部分都睡了，外頭不再嘈雜，焦家那邊這個時候肯定也都歇下；而這邊，除了小屈敲鍵盤和罵罵咧咧的聲音之外，也沒有其他動靜。

「……」嗯？

鄭歎的耳朵動了動，猛地睜開眼，黑暗環境下放大的瞳孔因為情緒影響擴張得更大。他悄無聲息的從椅子上跳下來，身子低伏，移動速度卻不慢，在黑暗的掩飾下，鄭歎來到那堆雜誌旁邊停下。

鄭歎的潛伏還是跟警長學來的。

臥房裡剛打完一局遊戲的小屈拿下耳機活動一下痠疼的脖子，一扭頭正好看到鄭歎從椅子上悄聲下來的情形。

有戲？！

小屈趕忙從電腦椅上起身，從抽屜裡拿出數位相機。頓了頓，他將數位相機放下，在櫃子裡翻找出ＤＶ，開機之後躡手躡腳往房門外走。誰知突然響起的手機嚇了小屈一跳，趕忙騰出一隻手接聽，壓低聲音講話。

鄭歎在黑暗中等候著，那隻老鼠從書房出來，根本沒有往廚房去，很顯然牠已經熟悉了這裡的環境和戶主的生活習慣。

小屈基本上不自己做飯，都是訂外賣或者吃外食，能吃的東西要麼放在臥房，要麼放在客廳，現在這隻老鼠就正沿著牆角往這邊過來，走一段就停下來警惕地注意一下有沒有危險。

這隻老鼠與鄭歎昨晚殺的大白鼠個頭差不多，但是相比起來，這隻老鼠的警惕性要甩實驗鼠幾百條街。

在快到達臥房門口時，那隻老鼠的注意力更多的放在臥房裡面正在打電話的人身上。就在那隻老鼠靠近房門口的時候，鄭歎動了！

短距離的極大加速，如一枝箭矢，直指獵物！

那隻老鼠在鄭歎衝過來的時候才猛然發覺竟然還有一個潛伏的獵手！從這裡要回到書房那邊尋找躲避點的路程有些長，要是轉身跑的話，肯定沒幾步就會被追上，所以這隻老鼠的策略是直接衝進臥房。

小屈的臥房比客廳稍微好一點，但也還是一個亂字，可對於老鼠、蟑螂來說，庇護點就多了。只要牠進了臥房，鄭歎一時半會兒還真不會有什麼辦法抓住牠。

但是，牠沒有機會了。

黑色的帶著尖銳利爪的毛手掌踩住了牠的尾巴，還沒等牠有所動作，另一隻毛手掌已經摁在了牠的脖頸處。

「嚓！」一聲音輕微得人們根本無法察覺到。

而那隻老鼠卻瞬間軟倒在地上，抽都沒抽動。

整個過程，那隻老鼠連吱都沒來得及吱一聲。

剛走到門口的小屈只覺得腳下一道黑影閃過，低頭看，一隻黑貓，黑貓爪下還有一隻不再動彈的老鼠。

「我……槽！」小屈差點將手裡的電話和ＤＶ都直接扔出去。

他看看貓，又看看那隻老鼠，再瞧瞧自己手上壓根沒起作用的ＤＶ，「我槽！」小屈又罵了一聲。

——這樣就完了？

——難道不是應該先滿屋子追捕，追上了再玩弄於鼓掌，最後玩得快死的時候再吃掉嗎？

——尼瑪，老子電話都沒講兩句，這邊就完事了？這般乾淨俐落的爪法是要鬧哪樣？！

——這這這……超殺的狂炫酷霸跩啊有木有！誰再說不抓蟑螂的貓捉不了老鼠他跟誰急！

「喂，蛐蛐兒，你那邊怎麼了？」電話那頭的人感覺到小屈的不對勁，問道。

「喂你大爺！」小屈直接掛斷電話，打開客廳的燈讓自己能夠看得更清楚。

小屈將沒吃完的便當裡插著的兩根筷子拿下來，戳了戳那隻老鼠。

不動。

「真死透了？」

似乎覺得筷子不太順手，扔了筷子小屈又跑到廚房裡，將那個自打住進來就沒用過的火鉗拿來，夾著那隻老鼠蕩了蕩，似乎想確定老鼠到底死透了沒有。

接著他又拿來用數位相機，全方位多角度的進行拍照，然後立刻回到電腦前，遊戲都不玩了，急忙將照片發到了論壇上，形象生動地描述了剛才的那一幕。結果，回帖的很多人說不信。有一個資深養貓人士還發出了幾張照片，照片上的老鼠有的被咬得滿身窟窿，有的只剩下殘缺不全的四肢和尾巴，軀幹沒了。

小屈扭頭看了看客廳裡的那隻正在伸懶腰卻壓根沒想再看自己獵物一眼的黑貓，繼續跟論壇裡面的人爭辯。手機在這時候又響了起來，小屈用肩膀夾著電話，同時將鍵盤敲得飛快。

鄭歎圍著屋子轉了一圈，沒發現其他老鼠的氣味，便不再靜候在這裡。

正準備重新回椅子上瞇一會兒，鄭歎動動耳朵，聽到樓下好像有人在唱歌。

走出客廳，鄭歎來到陽臺上，過濾掉小屈打電話和敲鍵盤的聲音，仔細的聽了聽，這次聽清楚了。

「昨夜的～昨夜的星辰～已墜～落～～消失在～遙遠的銀河～～～～」

鄭歎：「……」

那刻意壓低卻掩飾不住自身特質的聲線，為了表現出歌唱情感而唱出的顫音，再聯想到這首比自己年紀還老的曲調……

混蛋，樓下那隻賤鳥大半夜不睡覺又開始唱懷舊老歌了！

第二章

東區四賤客與高富帥鸚鵡

小屈樓下住著一戶比較特殊的住戶，其特殊之處主要在於戶主養的寵物——一隻屬於珍稀物種的藍紫金剛鸚鵡。此鳥名為「將軍」，屬於鸚鵡中的高富帥，這傢伙的身價抵得上楚華市中心一棟三十坪精緻裝修的房子，並且牠的身價仍舊在繼續攀升中。

智商頗高，精通多種語言，外觀惹眼，再加上物以稀為貴的原則，這隻賤鳥的身價不高才怪。和這邊大樓大多數住戶家陽臺不同的是，四樓那戶的陽臺全部用粗粗的鐵絲網圍封住，主要是怕裡面的那隻鳥飛出來——倒不是怕牠飛走，而是怕牠欺負人和動物。這傢伙看上去很本分，其實一肚子壞水。

將軍有一個外號，叫「貓見愁」。這隻鳥特別喜歡欺負貓，尤其喜歡咬貓耳朵。聽說學校裡以前有好幾隻貓都被牠咬過。

這些是在鄭歎剛來到這個地方的時候聽焦爸說的，焦爸當時對鄭歎千叮萬囑，其本來的目的是為了讓鄭歎提高警惕，防火防盜防鸚鵡。看看這傢伙的體型，再想想金剛鸚鵡的咬合力，就知道牠暴躁起來殺傷力有多大了。

不過，在熟悉之後，鄭歎知道這隻鳥其實欺負貓也是看對象的。東邊社區這邊的貓還好，只要不惹到將軍，牠基本不會主動攻擊；但是，如果看到西邊社區那邊的貓，那就抱歉了。

或許是因為牠飼主的影響，這隻鳥特別喜歡唱懷舊老歌，有些歌鄭歎只在懷舊特輯紀錄片裡面聽過，有些歌則完全沒印象，但是聽曲調就知道有些年代了。就像剛才鄭歎聽到的那首，得追溯到上世紀八〇年代，這還是好的。

最讓鄭歎覺得奇異的是，這隻鳥具有的本事。如果一般的鸚鵡智商接近四、五歲的話，那樓下這隻估計比得上成年人了，而且還是天才型的。

為什麼這麼說呢？

樓下的鳥還在低聲唱歌，鄭歎實在忍不住，無奈的仰頭看了看星空，長嘆一口氣，然後掃了一圈陽臺，找到一個金屬蚊香盤，將它撥到欄杆邊上，接著伸出爪子，輕輕敲擊。

「噹叮、噹噹，噹叮噹叮……」

「尼瑪，吵死了！」

樓下的歌聲戛然而止，下一刻鄭歎就聽到翅膀撲騰的聲音和腳趾撞擊鐵絲網的「噹噹」聲響，顯然那隻鳥沒想到居然會在這個時候聽到這樣的聲響，所以牠很激動，跑到了鐵絲網邊上。

不一會兒，樓下傳來啄擊的聲音，聽起來那隻鳥像是在啄什麼食品包裝盒。

「噠嘀、嘀嘀，滴噠噠噠、嘀嘀噠……」

「你居然在！」

誰也不會想到大半夜的，楚華大學東教職員社區B棟五樓的一隻貓和四樓的一隻鸚鵡在用摩斯密碼交流。

其實鄭歎對於摩斯密碼並不熟練，他學會還沒多久，真正能熟練運用的其實是那隻看似最不起眼、最無所作為的狸花貓大胖。

每次大胖跟著去軍區那邊拜訪親戚，或者軍區那邊的那位過來看老太太的時候，都會被考察一番密碼類的運用，如摩斯密碼交流、簡單的柵欄密碼紙牌遊戲等。如果大胖的考察成績不理想，呵呵，乖乖蹲泡麵去吧。

這隻鸚鵡就是密碼類的忠實愛好者，大胖在家的時候，牠會叼著紙牌去找大胖玩柵欄密碼遊戲，找不到大胖，牠就找鄭歎或者牠的飼主玩摩斯密碼交流遊戲，只不過牠飼主平時比較忙，沒太多時間陪牠玩，所以鄭歎受災的時候比較多。上個星期將軍被帶到外縣市的一個自然保護區玩去了，鄭歎很是輕鬆了幾天。

現在發現這傢伙居然回來了，鄭歎的心情一下子抑鬱很多。

「聽說阿黃被閹了？我今天看到牠居然戴著伊莉莎白項圈。」將軍還處在大半夜找到聊天對象的興奮中，壓根沒有對阿黃的同情。

「我好幾天都沒見到牠了。」鄭歎繼續敲擊蚊香盤。

「唉，這就是你們寵物貓的命運啊，真是可憐！以後你們東區四劍客估計會變成東區四太監。」

「不是每隻寵物貓都會做那個手術的」

「別自欺欺貓了。」

「滾，懶得理你！」

「別走啊～咱們再聊聊，你們貓不是夜行動物嗎？」

「關你屁事！老子睡覺去了。對了，你就不能唱點流行些的歌嗎？」

半分鐘後，樓下再次響起壓低的唱腔。

「你就像那～一把火！熊熊火焰～溫暖了我～～」

鄭歎：「……」好想捏死牠！

沒再理會那隻精力過於旺盛的鳥，鄭歎再次回到客廳裡的那張椅子上，彎著前爪把耳朵掩住，閉眼睡覺。

◆◇◆◇◆◇◆◇◆

第二天一大早，小屈被鄭歎一聲嘹亮的貓嚎叫醒，他穿著海綿寶寶睡衣，艱難的爬起來打開大門讓鄭歎出去。

其實鄭歎可以自己開門的，但畢竟這不是自己家裡，需要收斂些，再說鄭歎也想給小屈找點麻煩，不讓他睡得爽快。

小屈打著哈欠強撐著打開門的時候，卻發現焦家的門開著，聽到這邊的動靜後，焦家正在吃早餐的人都湊到門口。

揉了揉眼睛，小屈笑道：「早啊！」

鄭歎徑直往飯桌那兒走，而焦媽已經進廚房為鄭歎盛早餐去了。

門外，小屈拿著火鉗將昨晚那隻老鼠夾出來，焦爸看了看，評價道：「出手力道稍微大了一點點，不過總的來說還行。」

鄭歎扯了扯耳朵，當作沒聽見，繼續吃早餐。

焦媽也為小屈盛了一碗蔬菜粥，讓他過來一起吃，反正以小屈的習慣，他是不可能在這個時候去買早餐或者自己做早餐的。

飯桌上，小屈一邊喝粥、一邊講昨晚捉老鼠的情形，焦家人興奮了，特別是焦媽，出門逢人就說這件事情。

中午，阿黃被牠飼主帶了過來，伊莉莎白圈已經沒戴了。幾天不見，感覺阿黃清減了不少，一副沒精神的樣子，自打鄭歎認識牠以來，還沒見過牠表現出這個樣子的。

旁邊焦媽正與阿黃的飼主在聊天。

「玲姐，阿黃這個樣子是手術後沒恢復過來嗎？」焦媽有些擔憂。

「應該不是，我看人家家裡的貓同樣做這個手術，第二天就生龍活虎的。不過，做了這個手術，牠確實改了不少，不再像以前那樣到處撒尿了。」

鄭歎走進焦遠的房間，撥出一顆大玻璃彈珠。

聽到玻璃彈珠滾動的聲音，阿黃的耳朵動了動，朝這邊看過來。

有反應就好，鄭歎還以為牠一個手術下來會因為打擊太大而變傻呆了呢。腳掌一彎，鄭歎將玻璃彈珠往阿黃躺著的地方撥過去。

蔫蔫躺在那兒的阿黃伸爪子勾住玻璃珠。

五分鐘後——

鄭歎看著客廳裡精神抖擻玩玻璃珠的阿黃，感慨萬分：這尼瑪哪裡是受了打擊的，這分明是被關在家裡悶的！

最後在焦媽的建議下，阿黃被允許出去溜達。

出門後的阿黃重新變回之前那個精神抖擻狀態，一走出樓就激動得邊跑邊嚎。

「喵嗷嗚——喵嗷——喵嗷——」

五樓，站在陽臺的兩個女人很疑惑，不是說做過手術的貓不會再這樣叫了嗎？

依據對阿黃的瞭解，鄭歎知道，這傢伙只是發洩一下幾天來被迫戴著伊莉莎白圈悶在家裡的鬱氣，同時也召喚一下其他小夥伴，僅此而已。

◆◇◆◇◆◇◆◇◆

鄭歎走到拐角處的時候，碰到與焦家同棟三樓的翟老太太。鄭歎和另外幾隻貓都認識她。

「阿黃？」翟老太太叫道。

聽到自己名字，正翹著尾巴使勁嚎的阿黃聲音頓時一停，然後瞇了瞇眼瞧過去，嬌滴滴地應聲：「喵～」

鄭歎：「……」

這感覺就像是看到掄著膀子罵街的大媽突然變成了小家碧玉一般。

鄭歎和阿黃沿著熟悉的樹林繼續往前小跑，來到社區旁邊的小樹林，被阿黃的叫聲召喚過來的大胖和警長都已經在了。

大胖還是那副沒睡醒的半耷拉眼皮的樣子，至於警長，嘴巴裡不知道在嚼什麼，估計是某類昆蟲。

四隻貓往樹林裡面走了點，鄭歎動了動耳朵，樹林裡好像有其他人。抬頭看了眼，正好看到前面一棵樹上的那一抹藍色。

正是將軍。那傢伙嘴邊黃色的彎月形，總讓鄭歎感覺牠在賊笑。

阿黃抬頭看到將軍之後，張嘴：「喵嗚——」

樹上的將軍聽到聲音，用牠那帶著黃圈的眼睛看了樹下的四隻貓一眼，然後抬起那個沒戴定位腳環的爪子放到嘴邊：「噓——」

鄭歎：「……」

這鳥又在偷看什麼？

鄭歎爬上樹，站在高處看向人聲傳來的方向。

不多時鄭歎就瞭解了個大概，跟焦媽前段時間看的八點檔劇情差不多，唯一不同的是女方沒有大哭大鬧。

看了會兒鄭歎就不耐煩了，下樹去溜達，讓那隻閒得蛋疼的鸚鵡繼續留在樹上觀看現實版八點檔，至少這樣牠不會來吵自己。鄭歎心裡希望那邊的八點檔最好「上映」一整天，或者連續「上映」。

這種想法說起來很沒道德心，但是，道德心是什麼東西？那玩意兒打從鄭歎記事起就一直擱在牆角，偶爾撿起來看看，在不涉及自身利益的時候，那玩意兒就算待在牆角發霉了，他也不會看一眼的。

樹底下只有大胖以「母雞蹲」的姿勢趴在那裡，瞇著眼睛像是快睡著的樣子，至於警長和阿黃，估計閒不住找地方玩去了。

周圍這一片區域，幾隻貓經常去的也就那麼幾處，所以鄭歎不必擔心找不到那兩隻，就算一時找不到，叫兩聲牠們就會應的，不會跑遠。

鄭歎甩尾巴敲了一下大胖，示意牠跟上。這傢伙成天都像是睡眠不足的樣子，剛開始鄭歎以為牠是用腦過度導致的，但後來發現大胖就算不怎麼用腦也還是這個屌樣子。但是，誰又能想像這麼一隻看起來睡意泱泱的胖貓，竟然會熟練運用摩斯密碼呢？

人不可貌相，貓亦如此。

教職員社區不遠處有一間小超市，叫「東苑超市」。東苑超市最近在整修，後門口那裡堆了一些砂石。今天工人們休息，超市後門這裡也沒什麼人。

鄭歎來到東苑超市後門的時候，正好看到阿黃蹲在那一堆沙土上，眼神肅穆，一本正經地出恭。拉完之後牠用爪子撥撥沙土掩埋上，然後抖抖毛，若無其事地離開。

阿黃手術後是不亂撒尿了，但是本性還在，總喜歡在一些讓人意想不到的地方拉屎。

鄭歎想像，如果明天那些工人過來，一鍬鏟下去發現一坨貓屎的時候不知道會是個什麼表情，又或者那些工人沒注意到，直接將這一坨刷上牆去……

如果他是這間超市的老闆，一定會抽死阿黃那個白目的。

東苑超市再往前走就會看到一塊大草坪，不過平時鄭歎他們並不會去那裡，因為那個大草坪上經常有很多人，大人和小孩都有，他們去了純粹找不自在。不懂事的小屁孩是各類寵物的天敵，被抓了尾巴你還不能撓，小孩犯錯可挨打的還是貓。

所以基本上鄭歎他們過來的話，也就在東苑超市和大草坪之間的這片小樹林裡玩。

阿黃在撓樹，撓完一棵再換一棵撓；警長又在覓食，尋找一些小昆蟲當零食；至於大胖，牠又內蜷著前肢，以母雞蹲的姿勢趴在一邊草叢裡，對周圍發生的一切似乎都不感興趣。

鄭歎掃了周圍一圈，沒發現什麼人接近，跳到林子裡的一張石桌上面，在太陽照得到的那一邊蹲下休息。

風中隱約傳來桂花的香味，草坪那邊的喧囂並沒有影響到這片小樹林地帶，周圍偶爾響起那兩隻貓造成的撲騰聲和磨爪子的聲音。

暖暖的陽光照得鄭歎有些昏昏欲睡。

突然，不遠處的草叢裡傳來奇怪的叫聲，聽起來像鳥叫，但仔細聽來與鳥叫還是有區別，鄭歎在這一帶待了這麼久，還從沒聽過這種叫聲。

鄭歎睜開眼，看向叫聲傳來的地方，阿黃正抬起一隻前腿，脖子左扭右扭，似乎在權衡該從哪兒下爪。

另一邊的警長聞聲，也往那邊跑去。

下一刻，一個毛團從那邊跑出來。

豚鼠？

用當地人的話來講，也叫荷蘭豬。

不過這隻和平常的豚鼠有些不同，毛比較長，頭上一撮白毛跟瀏海似的往前垂下，幾乎遮住眼睛。可能是經常運動的原因，這隻豚鼠並沒有像鄭歎以前見過的成天關在籠子裡的那些胖豚鼠一樣行動緩慢，牠的跑動速度快了很多。

只是，就算相對於其他豚鼠來說牠的速度比較快，但在兩隻精力一直過於旺盛的貓面前，還是逃不出貓爪。

警長和阿黃將那隻豚鼠堵在中間，只要那隻豚鼠要往外跑，牠們就用爪子把牠逼回原地。

鄭歎想了想，還是在警長和阿黃準備下口的時候阻止了。

校園裡的豚鼠都是作為寵物飼養的，牠們不是小白鼠，你不能想怎麼玩就怎麼玩、想怎麼吃就怎麼吃。

更何況這個品種有些特殊，鄭歎剛才觀察了那隻豚鼠的毛，很乾淨，應該還經過精心的梳理，飼養者對這隻豚鼠很看重，誰也不敢保證吃了這隻豚鼠會不會留下一點痕跡，若是飼主找上門，肯定會帶來麻煩。大草坪就在附近，這隻豚鼠應該是從那裡過來的。

在鄭歎拍開阿黃的時候，那隻豚鼠並沒有立刻趁機跑開，而是待在原地，警惕地看著幾隻貓，最後下決定似的一點一點挪動，挪到鄭歎身邊。

鄭歎：「……」這是認定自己不會吃了牠嗎？

不得不說，動物有時候第六感很靈。

鄭歎甩甩尾巴，正準備離那隻豚鼠遠點時，眼角餘光瞥到一個身影，一個陌生人的身影！

如果僅僅只是一個陌生人的話，鄭歎還不至於這麼震驚，他震驚的原因在於，剛才自己和另外三隻貓竟然都沒注意到有人接近？！甚至不知道這個人到底來了多久，剛才他是否躲在附近？！

鄭歎的視線落在那個人的手上，那人手掌向內，身體微微將右手擋住。

與那人視線交錯之際，鄭歎想到了那天晚上殺白鼠的時候焦爸的眼神，但焦爸只是對著那些白鼠才表現出那樣的眼神，而眼前的這個男人，卻讓鄭歎的寒意更深——這人……殺過的可不會是區區老鼠而已！

阿黃對於突然出現的人只是嚇了一跳，然後又將注意力放到躲在鄭歎身邊的毛團子身上，抬爪子試了試，看上去還是不死心。

鄭歎一巴掌朝阿黃搧過去，這個白痴沒看到這兒有個危險人物嗎？！

就算是在搧阿黃的時候，鄭歎的視線也沒有離開那個陌生人，那男人給他的感覺太過危險，自己幾個就像是那天晚上被放在實驗臺上的那幾隻小白鼠，跑脫不了，等著被摁斷脖子。

大胖已經不再趴草叢裡了，蹭地彈起身，弓著背，毛炸起，耳朵往後拉，雙眼也不再是平時沒睡醒的樣子，而是露著凶光，喉嚨裡發出「嗚——嗚——」的警示聲，如臨大敵。這是鄭歎認識大胖以來，第一次見到牠這個樣子。

或許受鄭歎和大胖的影響，另外兩隻也警惕地看著那個人。雖然笨了一點，神經大條了一點，但在關鍵時候阿黃和警長並沒有獨自跑開，夠義氣！

警長其實原本是想準備跑開的，但牠發現另外三隻都沒動，於是也僵著身炸著毛留在這裡。該怎麼辦？

鄭歎腦中急轉。

立刻逃跑是比較好的法子之一，也是最常用的，但鄭歎真的不確定能夠安然離開，對方的視線還鎖定在自己幾個身上，彷彿任何異動就會牽動那條危機線一般，而且對方一直沒正面露出來的手，讓鄭歎感覺到極度危險。

雙方對峙了大概兩分鐘，那人笑了，隨著笑，周圍的氣氛似乎都輕鬆很多。

那人抖了抖胳膊，雙手舉起來晃了晃，說道：「小貓們不用這麼緊張，我只是過來找寵物而已。」

說著，那人指了指躲在鄭歎身後的那隻豚鼠。

但是這隻豚鼠顯然沒準備給那人面子，牠又往鄭歎身邊湊了湊，像是在躲避那人一樣。

鄭歎微鬆了一口氣，但也不敢大意，他感覺這個陌生人剛才手裡應該是拿了東西，或許是刀片，又或者是其他什麼，只是翻手間就將東西藏起來了。

這人到底是誰？鄭歎心裡疑惑。

「栗子，快點過來，再不回去你主人要著急了。」那人對著躲在鄭歎身後的毛團子一般的豚鼠喊道。

豚鼠沒應，正臉都沒露出來，也沒應聲。

「栗子——」那人俯身蹲下，又叫了那個毛團幾聲。

鄭歎心裡暗罵幾句，身子往旁邊側了側，將躲在背後的毛團子露出來，他可不想因為這個毛團子而將自己幾個陷於危機之中。

見毛團子依然不動，鄭歎又用尾巴推了牠幾下：你這傢伙倒是快走啊！

最後，那隻被鄭歎推出來的毛團子像是很不情願似的，慢吞吞的往那個男人的方向挪過去。拎回寵物之後，那人也沒再留下，轉身往大草坪那邊離去。

直到看不到那人的身影，鄭歎才徹底舒了口氣，心想以後這邊還是少來為妙。

另一邊，被鄭歎他們如臨大敵般對待的男人，沒管手上那個毛團子反抗的聲音，拎著牠走出樹林之後，回頭朝樹林裡看了看。他覺得，剛才的那兩隻貓很特別……尤其是那隻黑的。

◆◇◆◇◆◇◆◇◆

因為那個陌生人的事情，阿黃和警長都在家裡安分了幾天，大胖還是原來那副不叫牠、牠就不出來的行事風格。至於鄭歎，答應了小郭去拍貓糧廣告，被焦爸焦媽帶去「明明如此」寵物中心拍了兩天照片。

第一部廣告並不是鄭歎所想像的影片廣告，而是圖片故事的形式。

鄭歎之前一直忽略了一件事情，在現在這個時候，網路影片的發展並沒有十年後那麼火爆，甚至很多人並不看好網路影片的發展，推測其前景並不會樂觀，甚至有人評價為毫無希望。

但是小郭並不這麼想，在跟焦爸商量合約問題的時候說了：「網路的魅力就在於它能因技術的更新，實現化腐朽為神奇的逆轉。」

這一句讓鄭歎又高看了他一籌。作為過來人，鄭歎比其他人都清楚十年後的網路會發展成什麼樣子。

相對於其他商家單一的廣告圖，小郭將自家廣告拍成圖片故事的形式會更有吸引力，就算家裡沒有寵物的人也會喜歡看，至少能提高品牌的知名度。

有鄭歎在，拍這樣的故事圖片並不需要費多少氣力，連貓糧都沒用上，這讓小郭很高興。要讓貓做出理想的表情很難，時代的局限性讓商家並不會花太多精力去弄這種形式的廣告。

這樣的圖片故事廣告，小郭會發在網路上一個寵物論壇裡面，而同時，實體雜誌上也會刊登出來。

小郭這麼急著讓鄭歎過去拍廣告的另一個原因就在於此。

前段時間，小郭的一個朋友新創辦了寵物類雜誌，一個月一刊，小郭也樂得搭這個順風車。其實在鄭歎來寵物中心之前，小郭試過其他的貓，有幾隻還是名貴貓種，但拍攝過程和效果實在是……氣得他胃疼。

不過，在鄭歎過來之後，拍攝都很順利，每一個動作、每一個眼神都不需要多費口舌。於是，小郭的胃也不疼了，貓糧也省了，趕忙拉著焦爸簽了合約。

因為《寵愛》雜誌是月刊，鄭歎每個月去拍一次就行了，對於鄭歎來說並不算什麼，拍這個廣告除了撈點小外快之外，鄭歎也抱著一種玩的心態。最搞笑的是，故事圖最結尾一行小字還寫了「演員：blackC」。

標注上寵物的名字，這是小郭他們的習慣，而這個「blackC」則是焦爸的主意，沒有直接將鄭歎的真實貓名報上，對鄭歎也是一種保護。

至於這個「blackC」，小郭也問了原因，焦爸的解釋是：black是黑，而「C」在元素週期表裡面代表的是「碳」，所以……

第一次拍貓糧廣告，小郭匯了一筆錢給焦家，焦媽說比預計的多很多。這筆錢對於曾經的鄭歎來講真的不算什麼，但現在卻是一筆難得的大酬金。

焦爸另外替鄭歎辦理了一個銀行帳戶，專門用來為鄭歎存廣告費。其實不只是鄭歎，焦遠和顧優紫都有屬於他們自己的銀行帳戶，壓歲錢存裡面，考試獎勵金存裡面，然後零用錢從裡面扣，只是現在帳戶存摺都捏在焦爸手裡，以防他們濫用。這是焦爸獨特的教育方式。

不過，讓鄭歎一直很費解的是，焦爸為什麼會對一隻貓也使用這樣的方式？有時候鄭歎挺不明白焦副教授到底怎麼想的，但不管怎樣，三個多月的相處下來，鄭歎也對焦爸有了一定的瞭解，至少他能夠確定焦爸不會對自己不利。不知道是不是做科學研究的人都特別容易接受一些超乎尋常的事件？

如果外面的人知道焦副教授跟自家貓的相處方式的話，不知道會驚掉多少眼珠子。包括焦媽和焦遠、顧優紫在內的人，其實都不知道鄭歎和焦爸是這樣相處的。

拍完廣告之後，鄭歎也沒什麼事，在家裡窩了兩天之後，還是閒不住跑出去遛了一圈，這次沒有發現什麼可疑人物。他去大草坪那邊觀察了一次，沒見到上次那個人，但是看到那隻豚鼠了，一個比顧優紫大不了多少的小女孩和她母親一起看著那隻毛團似的豚鼠在草地上走動。

鄭歎打算以後都離那對母女遠點，免得又惹上那個人。

◆◇◆◇◆◇◆◇◆

這日，鄭歎在外面散步回來，還沒進門就察覺到陌生的氣息。

有客人？

客廳裡的氣氛不太好，太過沉默，焦媽在廚房做飯，但是也有些心不在焉。焦爸和那個人坐在沙發上抽菸，都沒說話。

客人和焦爸的年紀差不多，看上去精神狀態不太好，有些頹廢感，眼裡都是血絲，像是熬了好幾夜的人。

焦爸叫那人「圓子」，很顯然關係還是不錯的。但是為什麼現在兩人都異常沉默，甚至帶著點沉重？鄭歎不太明白。

焦遠的房裡放了一張小桌，有客人來、不方便兩個小孩子在場的時候，焦媽才會將那張帶著華夏象棋圖案的小木桌搬出來，讓焦遠和顧優紫在小房間裡吃。畢竟大人的話題，有些不適合小孩聽到。

所以見到這個，鄭歎就更好奇了，什麼話題不適合兩個小孩子在場？

鄭歎跳上自己專用的椅子上，趴著休息，順便瞭解瞭解情況。

對於鄭歎的舉動，焦爸只是抬頭看了一眼，沒說什麼，算是默許。

別管之前是如何沉默，三杯酒下來，緊閉的嘴巴就打開了。在兩個大男人一把鼻涕一把淚的談話中，鄭歎瞭解個大概。

焦爸研究生時期的導師袁教授，也就是圓子的父親，肺癌第四期，現在的身體狀況也很不好，估計還有兩個月的時間。

焦爸從南華大學畢業的時候，袁教授出國。既然袁教授不在，焦爸也就沒留在南華大學，而是回自己的家鄉荊漢省，來楚華任教。

南華大學，是華夏南部沿海的高校龍首，和楚華大學在華中地區的地位一樣。

焦媽、焦爸和圓子當初在南華的時候關係都不錯，自然和袁教授的關係也很好，今天聽到袁教授的消息，兩人都很難過。

圓子沒有繼承父親的衣缽，他根本無心做研究，或者說，他上學時一直都沒收心，和當初的鄭歎一樣，敗家子一個。

鄭歎不知道圓子在畢業之後經歷了哪些事情，又因為父親的病情受了多大的打擊，依兩人的談話來看，這個圓子變了很多。就像焦爸剛才說的「浪子回頭」。

都說浪子回頭金不換。但是很多時候，浪子寧願自己永遠是浪子，因為浪子回頭的代價是巨大的，他寧願用自己的永不回頭換回那些「代價」。

「所以，如果不是費航通知我說你來了楚華市，你準備繼續自己一個人扛下去？準備瞞著大家一輩子？！」焦爸紅著眼，聲音並不高，但是有些顫抖，顯然已經控制不住自己的情緒。

在廚房忙完走到客廳坐著的焦媽一直沒說話，獨自抹淚。

「老頭子他……不希望太多人知道，現在都沒再繼續接受各種治療了，就想在老家安靜地閉眼。」圓子吸了吸鼻子，說道。

當年的焦爸，是袁教授手中的王牌，當年的南華大學生命科學系誰不羨慕袁教授有這麼一個學生？再加上自己兒子的不作為，袁教授對焦爸可謂是如親兒子一般，焦爸有如今的成就，全是袁教授一手帶出來的。

但自從袁教授出國之後，雙方也只是偶爾透過聊天軟體或者電子郵件交流一下，聯繫上並不頻繁，袁教授那邊似乎總是有各種事情。上週焦爸收到袁教授的電子郵件，說會有很長的一段時間不接觸電腦。如今這樣看來，袁教授是真準備不告訴其他人。

沉默了一會兒，焦爸穩了穩情緒，又問道：「這次你來楚華市是為了什麼？費航說你過來考察。考察什麼？有需要幫助的儘管開口。」

圓子用手掌搓了搓臉，說道：「我準備開辦一家生技公司。不是小打小鬧。」

焦爸點點頭，「楚華市這邊確實不錯，南部沿海新公司太多，國內外各方成立的公司相繼崛起，華東的明珠市有南方基因盤踞，京城有華大基因，各大基地雄踞，已經逐漸形成利益團體，想插手進去不是不能，只不過會很費力。相比之下，華中的競爭力小很多，發展的進度也快，在這邊我還能幫點忙。」

焦爸和圓子商量的事情，鄭歎並不太明白，不懂這兩人正商量開的公司到底要做些什麼，所以他趴著聽了一會兒之後，就去焦遠的房間了。

◆◇◆◇◆◇◆◇◆

幾天後，鄭歎被焦爸叫到房裡，被告知焦家四人要去東北一趟。袁教授的老家就在東北，發生那樣的事情，焦爸做這個決定鄭歎也能理解，但是……這麼一來，就自己一個在家了？！

焦爸詢問鄭歎的意見，如果鄭歎想跟著一起去的話，焦爸會去借輛車，然後開車去東北，這樣帶著鄭歎也方便一些。

鄭歎想了想，搖頭。如果是去南邊，他肯定會跟著過去，他很想知道另一個自己是不是還存在；但這次是要去北邊，那還是算了吧。

鄭歎不想被送去寵物中心托養，也不想去別人家借宿，所以焦爸留給鄭歎一把鑰匙。

一家人離開前輪番叮囑鄭歎之後，總結語就是：「自己一個在家的時候，要乖乖的，別給陌生人開門。」

鄭歎：「……」真當我是小孩嗎？

焦遠和顧優紫是一步三回頭地離開，他們把自己的零食全都拿出來堆在沙發上，就怕自家貓挨餓。

在焦家四人離開之後，鄭歎看著空蕩蕩的屋子，突然感覺這舊房子變大好多。

——真他媽無聊啊～

鄭歎在客廳的沙發上從這頭滾到那頭，再滾回來，然後倒掛在沙發邊沿上，看顛倒的視野。

最後，鄭歎的視線放在客廳的掛曆上。焦爸說他們會離開一週，今天是週三，還要等到下週三……週三？！

鄭歎一個翻身起來。

每週三是東苑超市新貨入庫的日子，送貨的車子會在下午四、五點到，晚上六、七點離開。而現在是下午四點半。

鄭歎將焦爸留下的鑰匙套脖子上，出了門。

於是，在被叮囑「在家要乖乖的」不到三個小時後，鄭歎決定也出趟遠門。

而當他出了門要下樓梯的時候，發現五樓到四樓的樓梯拐角處貼著一張紙條，剛好與鄭歎的視線平齊。

「出遠門的話，關掉不必要的電源避免安全隱患，房門窗子拉攏省得風將沙塵吹進來，記得帶吃的……具體步驟請看書桌上的詳細說明。」

焦爸的字跡。

鄭歎扯了扯耳朵，無奈轉身回去有些艱難地用掛在脖子上的鑰匙開了門，走進焦家夫婦的臥房，跳上書桌，那裡果然放著一本攤開的筆記本，將要做的事情都詳細列出來了。

鄭歎看了一遍，回去沿著屋子走一圈，照著說明上的提示關掉部分電源，房門和窗子拉攏。

將一切整理好後，鄭歎才叼著一袋拇指餅出門，刷了感應卡，來到東教職員社區水泥路旁邊的一棵梧桐樹前，爬上樹。在第三根分岔枝那裡有一個拳頭大的洞，鄭歎將鑰匙和感應卡放在裡面，然後又抓下兩片葉子遮住。

一般在教職員社區這邊靠路的樹上很少有鳥逗留，包括那隻賤鸚鵡；至於其他貓，牠們很少在這邊爬樹，要爬也是爬小樹林那邊的樹，而不是在水泥路旁邊。所以鄭歎將東西放在這裡也放心，畢竟他不可能帶著標示寵物身分的感應卡和家裡的鑰匙出遠門，那樣太不方便，而且要是做了什麼壞事被抓住就更麻煩了。

放好之後，鄭歎便來到東苑超市旁邊的草叢裡等著上車的機會。

送貨的司機正幫著卸貨，搬完小貨車上最後一箱東西之後，司機靠著車門抽菸，側頭就看到蹲在草叢裡的鄭歎，旁邊放著一袋小孩子們經常吃的拇指餅。

「喲，黑碳，今天又要出去玩？」

送貨的司機認識鄭歎，他對於這一幕已經很熟悉了，不同的是今天這隻貓還帶了一袋餅乾，這是準備出遠門嗎？

之前鄭歎也搭乘這輛送貨車出去溜過兩次，當時送貨的司機還有些怨言，但在焦爸送了兩條菸和一瓶酒之後，小貨車司機每次見到鄭歎臉上都能笑出一朵菊花——只要鄭歎搭車，就意味著他以後還會收到禮品，那菸和酒可都是高檔貨，在中心百貨的超市裡售價不菲呢。

鄭歎伸了個懶腰，叼起拇指餅跳上小貨車後車廂，等著司機跟超市老闆結完帳走人。

今天貨車車廂內沒有其他東西，卸得很乾淨。

「黑碳，今天的貨已經送完了，不去中心百貨那邊了，我直接回家，不走東校門，走北二門後門。」

前兩次鄭歎都是去中心百貨那周圍散步，離教職員社區這邊的東校門兩站路，人們步行的話要二十分鐘左右，但在中心百貨那邊其實可以清晰看見楚華大學的高建築。學校大了，從學校一頭到另一頭得幾站路。

剛才的話，貨車司機也只是說說，他並沒指望一隻貓能夠聽懂他說的話，他能做的就只是讓這隻黑貓搭車，至於這隻貓搭車去哪裡，他可不管。

快六點的時候，東苑超市的東西都清點完畢，帳也結算完了。貨車司機招呼了鄭歎一聲，然後開著小貨車往北二門開過去。

夕陽已經變成橘紅色準備掉落地平線，北區學生餐廳門口，學子們進進出出，最後一節課才下課不久，他們談笑著說這一天的事情。

小貨車從北區學生餐廳路過，蹲在小貨車陰影裡的鄭歎看著學生們，想起曾經的自己，突然有些傷感。莫名來這裡之前，自己也是個大三學生。

在小貨車行駛到北區學生餐廳附近的岔道口時，鄭歎看到一個穿著白色工作服的年輕人踩著一輛除了鈴不響、什麼都響的二八式自行車，朝北區學生餐廳那邊過去。

如果忽略掉他工作服左胸那裡印著「楚華大學北區學生餐廳」字樣的話，別人還可能會以為他是從哪個實驗室出來的。

周圍來來去去的是那些國家未來的精英們，但這個騎二八車穿餐廳工作服的年輕人眼裡沒有太多的羨慕，更沒有自卑，風一吹，將工作服也能穿出高端大氣上檔次的風衣效果，哼著歌，迎著紅彤彤的夕陽，依舊笑得燦爛。

從楚華大學北門出去，並沒有靠近中心百貨，只能遠遠看著中心百貨那邊的燈光，那裡都是鄭歎熟悉的景物，中心百貨周圍的霓虹燈也都已經亮起，巨大的螢幕閃爍，昭顯大都市的繁華。

鄭歎看著車外倒退的一切，就像一個格格不入旁觀者，明明見到了很多，但腦子裡卻沒有想任何事情，一直呈恍惚狀態。

小貨車從市中心到聯外道路，再到郊區，夜漸黑，風漸冷。

小貨車突然的停頓讓正發呆的鄭歎一頭撞到車廂擋板上「咚」的一聲。

鄭歎抬起毛爪子弄弄頭上的毛。

聽著外面人的對話，鄭歎知道貨車司機已經到家了。起身抖抖身上的灰塵，叼著那袋拇指餅跳出車廂，看了看周圍，鄭歎決定先找個地方睡一覺，等白天再出去逛。雖然現在是貓，但他還是喜歡在白天溜達。

◆◇◆◇◆◇◆◇◆

在鄭歎找地方過夜的時候，楚華大學某研究生住宿樓的某間宿舍電話響了。

離電話最近的人接起來恭敬地說了兩句，然後說了聲：「麻煩您先等等，他應該洗完澡了，我去叫他。」就將電話擱在桌面上，來到斜對面床鋪。

床鋪上的人睡得正香，一邊磨牙還一邊笑，宿舍另外三人除了一開始的驚悚之外，現在已經麻木了。

剛才接電話的那人推了推床鋪上正睡得磨牙的這位，低聲道：「易辛，你老闆電話！我說你剛才在浴室洗澡，待會兒別說錯了。」

聽到「你老闆」三個字，睡得有些迷糊的人一下子清醒了，趕忙爬下床，跑到浴室清了清嗓子。睡覺剛醒的人說話的聲音會有些沙啞，易辛可不想導師知道自己在晚上記憶的黃金時間居然在睡覺，這不是敗壞自己在老闆心中的形象嗎！

「焦老師，不好意思，我剛在洗澡，您有什麼事嗎？」易辛接起電話，自覺裝得不錯。周圍打遊戲的室友為了配合他，連鍵盤都不敲了，還裝模作樣在旁邊討論為什麼吃肉要配大蒜才有營養的學術問題。

電話那頭，焦爸頓了一下，說道：「不好意思打擾你睡覺了。」

易辛：「……」尼瑪焦老闆什麼耳朵啊！解析度真他媽高！

不過讓易辛慶幸的是焦副教授並沒有繼續糾結這個話題，而是問道：「你現在有時間嗎？」

「有的！」易辛趕忙表態，就算沒有也要擠出來。

二十分鐘後，易辛拿著從焦副教授辦公室抽屜裡找到的鑰匙，站在焦家客廳。

易辛是第二次來焦家，第一次是在今年上半年研究生複試結果公布的時候，他是焦副教授的第一個學生，再加上他本身也很有能力，焦副教授對他很重視，邀請他來焦家吃過飯。

易辛沒見過鄭歎，鄭歎去生科樓的時候除了焦家的人之外，沒有其他人知曉，所以易辛並不知道自己導師家裡養的貓有點特異。

找了一圈之後，沒見到貓影，易辛來到臥房，用臥房裡的電話撥給焦副教授。

「焦老師，沒看到貓，您家的貓是不是離家出走了啊？」說完易辛就恨不得抽自己一嘴巴。讓你嘴賤！

「空調的插頭拔了？」電話那邊的焦爸問。

「拔了！廚房電器的插座開關也關了！」易辛趕忙道，將屋子裡的情形描述了一下。

「焦老師，要不我去買包貓糧放這裡？」易辛問。

「不用，只要沙發上有零食、冰箱裡還是滿的就行了。」

易辛：「……」有這麼養貓的嗎？

「你每天過來看一看，就用我家裡的電話跟我說。至於你的工作總結，這週就不用彙報了。」

聽到不用彙報實驗進展，易辛鬆了口氣，這兩天實驗進展不太順利，沒什麼能彙報。

「好的，您放心，我每天這個時間點都會過來看看的。」

火車上，吩咐完畢的焦爸將手機放回口袋裡，看著窗戶外面的黑夜。

——那個小王八蛋果然又跑出去了！

◆◇◆◇◆◇◆◇◆

鄭歎蹲在一棵樹上，這裡是他好不容易找到的覺得合適的地方。

大約兩百公尺處有幾戶人家，有兩戶家裡還亮著燈，偶爾能夠聽到人聲。這周圍大多數都是田地，不過，鄭歎僅憑著並不太明亮的星光，就能夠看到田地裡其實並沒有多少農作物。這一帶應該不久之後就要拆遷了。

換了個舒服的姿勢趴下，鄭歎閉著眼睛休息，耳朵豎著，在外面他可不敢太大意。

最後一點燈光熄滅，遠處有一些貓叫聲傳來，住戶那邊有時會響起一、兩聲狗叫。

郊區的溫度比楚華大學那邊要低上一點點，風吹得鄭歎有些冷，那點朦朧的睡意也被這一陣陣風吹得越來越淡。

就在鄭歎琢磨著是不是找點事做的時候，他聽到了一點響動。是腳步聲，很輕，但對貓來講這點還是分得清的。

鄭歎從樹葉間往腳步聲傳來的方向看過去，一個穿著寬鬆厚棉T的人，一手插在口袋裡，口袋裡好像裝著什麼東西，另一隻手提著一把小鏟走過來。

那人將帽子壓低戴著，鄭歎看不到那人的長相，也看不出到底是男是女，不過這時候敢獨自出來的一般都是男的吧？看這架式……難道是要殺人埋屍？

鄭歎的好奇心一下子升起來了，但他也不敢貿然跟上去，就算是一隻貓，也說不準會不會被滅口。

那人所走去的方向都是一些殘破的瓦房，那邊應該有段時間沒人住了，到處都是雜草。看到那人在一間塌了一半的小瓦屋前面停下來，鄭歎也就準備蹲在這裡看戲，畢竟相隔不算遠。

那人在一個牆角處蹲了下來，背對著鄭歎，不知道在幹什麼。鄭歎並沒有聽到磚塊敲擊的聲響，但是有輕微的玻璃器皿碰撞聲。

一直到天微微開始亮的時候，那人才從破瓦房那邊離開，鄭歎跳下去看了一次，不過沒敢太近，因為他聞到了一股難聞的氣味，像是農藥。

鄭歎是好奇，但更惜命，就算是貓命，那也是自己的命。

趁著住戶們還沒起床，鄭歎翻進一戶人家的院子，找了個水龍頭洗了洗腳板，省得黏上破瓦房那地方帶農藥的泥土。

水太涼，又沒有紙巾擦，鄭歎也不想自己舔，環顧了一圈，往那戶人家晾在外面的衣服看了看，才在一條料子最好的長裙上擦了擦爪子，腳板在上面蹬了蹬，踩出一連串的灰印子。

擦完腳板，鄭歎順手從那戶人家院子裡的柿子樹上撓下一顆柿子，洗了洗之後叼走。

隔壁傳來幾聲狗叫，估計是鄭歎的動靜讓那邊的狗聽到了，聲音稍顯稚嫩，應該是一隻沒成年的小狗。

鄭歎重新回到那棵樹上的時候，天已經亮很多了。

沒多久，住戶那邊傳來人聲，而且還是叫罵聲，原因是鄭歎用來擦腳板的裙子。

隨著太陽的升起，氣溫漸漸回升。

鄭歎感受著身上陽光帶來的暖意，打了個哈欠，伸伸懶腰，將拇指餅袋子撕開，開始吃早餐，太乾的話就啃啃柿子。

一隻棕灰色的小土狗跑出家門在田裡撒歡，這應該就是之前聽到的叫聲稍顯稚嫩的傢伙了。

沒人管理的田裡有幾隻母雞在啄食，小土狗跑過去將幾隻母雞趕得咯咯直叫。其中有一隻胖的母雞在那隻小土狗衝過去的時候就蹲下不動了，而小土狗衝過去之後在胖母雞那裡稍稍停頓了一下，蹭上去象徵似的咬了兩口，估計連皮都沒碰，就繼續跑去追其他母雞了，越追越跑，越跑越追。

每次只要那隻胖母雞看到小土狗追牠，牠就直接蹲下不動，次次都能避免被趕得到處跑。果然，大胖子也是有大智慧的。

小土狗追雞追累了，伸著舌頭沿田邊的路慢跑。突然牠耳朵動了動，停下來往周圍張望了一下，瞧向鄭歎這邊，然後撒腿往這邊跑來。

鄭歎將拇指餅咬得卡嚓卡嚓響，看著樹下那隻繞著樹一邊叫喚、一邊轉圈的小土狗，將一截吃得只剩下指甲蓋長度的拇指餅扔下去，小土狗頓了一頓，然後走過去，鼻子壓在地面嗅來嗅去，在草叢裡翻出那點拇指餅，舌頭一捲，吃了。

吃完之後，小土狗又看向樹上咬著餅乾的鄭歎，小尾巴搖得那個歡。

鄭歎每次都將一根拇指餅卡嚓卡嚓吃得只剩最後一小截再扔下去，然後看著那隻小土狗搖著尾巴在草叢裡找，或者直接半立起來在空中接住餅乾。

鄭歎玩得高興，不知不覺一袋拇指餅就快見底了。他剛準備感慨一下，突然聽到旁邊打火機打火的聲音。

鄭歎一驚，什麼時候附近來了人？！

順著打火的聲音望過去，鄭歎看到了一個穿得像工人的人，不過，就算對方換了一身衣服，鄭歎也認得這人。

就是那個找豚鼠的男人！

小土狗也才剛發現附近來了個陌生人，朝著那人汪汪汪直叫。

鄭歎撇嘴：你這個貪吃鬼，現在叫有屁用啊！

不過小土狗也沒堅持多久，在那人的目光注視下，小土狗夾著尾巴跑了。

鄭歎可不敢跑，他沒把握能成功逃離。

以不變應萬變，看看這人到底要幹嘛！又或者，假裝不認識？畢竟世界上的黑貓多的是。鄭歎在心裡思索著。

那人吐了個煙圈，看著鄭歎道：「就算沒戴貓牌我也認得你。真是惡劣啊，居然逗小狗。」

可惡！這人果然不好糊弄！

鄭歎扯了扯耳朵，繃著肌肉。雖然這人現在周身的氣場比較平和，但鄭歎對他的第一印象太差，不得不防備。

那人抽著菸，一邊隨意地說了幾句廢話，然後突然問道：「你昨晚都在這裡？有沒有看到什麼奇怪的人？」

奇怪的人？難道是指那個穿厚棉T的？

「你果然見過！」

男人——衛稜從面前這隻貓微妙的眼神和表情變化裡面看出了答案。原本他只是試探的一問，其實並沒指望能從這隻貓這裡得到什麼有用的消息，沒想到這隻貓還真見到了！

「行，別的我不多問，我就想知道那傢伙到底幹了些什麼，或者藏了什麼東西？」衛稜叼著菸嘴，攤攤手，表示自己真的沒惡意。

鄭歎想了想，抬下巴點了點破瓦房那邊。

「謝啦！」

在鄭歎下了樹決定溜之大吉的時候，正朝破瓦房那邊走過去的衛稜出聲道：「先別走啊！我還有點事要問你，你溜了我也會把你逮回來，你信不信？」

鄭歎突然覺得一道銀光閃過，面前的路上就插著一塊薄薄的金屬片。

鄭歎盯著爪子前面還在顫動的金屬片，抖抖鬍子，就地蹲下，抬爪彈了彈那塊金屬片，心裡充滿驚嘆。他側頭看向破瓦房那邊的人，又想：那個穿厚棉T的花那麼長時間藏好的東西，怎麼可能輕易找到？

五分鐘後，衛稜戴著手套的手上拿著一個棕色玻璃罐，另一隻手拿著手機。

「喂，有個好消息告訴你……我說，有個好消息……你聽見了嗎？喂……喂……我說你那邊……操！」

這邊剛掛斷電話，手機就響起了來電鈴聲。

「喂……我說，這邊有點線索……喂……」

一個地點描述和事情簡述講了十分鐘，並且一遍又一遍的重複，鄭歎聽著都累。

鄭歎粗略估計了一下，這十分鐘的時間裡，那人多半時候在說三個字——「喂喂」，然後就是「操」。

衛稜好不容易將事情說完，解脫般的將手機扔口袋裡，「操，破手機！」

看著還蹲在原地的鄭歎，衛稜點點頭，「跟我走一趟吧，別想著跑，不然我去楚華大學堵你。你其實是住那邊的吧？我就不信你一直不回去。」

鄭歎：「……」這次出門真他媽不順！

「你先等著，我去開車。」說完，衛稜拿著罐子跑了。

鄭歎在原地等了兩、三分鐘，就看到衛稜沿著崎嶇的石子路，顛顛簸簸將一輛刷粉紅色油漆的淑女車騎過來。

這尼瑪就是他一個大男人「開」來的車？！

第三章

最煩不過長

跳蚤

坐在淑女自行車車籃經過石子路的過程……鄭歎實在不想再繼續回想。

一直到衛稜所說的目的地，鄭歎趕緊跳下車，暈乎乎地差點直接栽倒在地上。

這裡是一棟兩層樓的小樓房，周圍都是一些老舊的住宅區，不過這片地方也在拆遷範圍內，很多房子都空了，牆上寫著大大的拆字，周圍懸掛著高高的廣告設計牌。市區向外輻射擴張，這片地方被拆是必然。十年內，這裡會逐漸被新建的各種企業所覆蓋。

衛稜打開門，將車推進屋，翻了翻冰箱，抓出一把牛肉乾，坐在沙發上一邊看電視、一邊吃，沒管鄭歎。

鄭歎看了看周圍，跳上茶几，將衛稜那邊的牛肉乾撥過來，扒開外面的包裝紙吃了起來。剛才在來的路上衛稜說了，辦完事就直接騎車去楚華大學那邊，順便送鄭歎回去，所以鄭歎現在也不急著走……事實上，他想走也走不了。

十來分鐘後，門響了，一個穿著警服的人進來。

看到鄭歎，那人驚訝地對衛稜道：「你從哪兒撿的貓？我可不養！你知道的，我寧願養狗也不養貓！」

「不用你養，這別人家的，我明天會送回去。」衛稜扒開一塊牛肉乾扔進嘴裡，拿出那個玻璃罐遞給那人。

那人也不多說，戴著手套拿著玻璃罐去了洗手間那邊，不一會兒拿著一個小袋子出來。袋子是透明的，能夠看到裡面的東西。

玉、鑽石、金戒指……

雖然只是一小袋，但價值可不菲。

「見到人了嗎？」那人問。

衛稜搖搖頭，指了指鄭歎說：「這隻貓發現的。」

「嘁，你就扯吧！」那人顯然不太相信，轉而道：「說說吧，還發現什麼了？電話裡沒聽清……你那破手機還是換了吧，省得到時候一出市區又聯繫不到人。」

衛稜說了一下破瓦房那地方的情形：「周圍特意撒了藥，避免一些牲畜的接近，但是卻不會讓雜草死掉。那邊附近的居民最近都忙著遷走，根本不會有人往那些長雜草的破房子裡看。這袋東西也藏得好，周圍的痕跡清理得也算乾淨，很小心……那人不是第一次做這種事情。」

「當然不是第一次，那人手上都好幾條人命了，做這種事做得熟。也就是你能找出來，要是換成我手下那幫小子，就算讓他們繞著那個破瓦房轉一整天，也不會發現一點毛。」穿警服的人彈了彈手上的袋子，想了想，將身後的一個資料夾遞給衛稜。

「男的？」衛稜看著手上的資料皺眉，這與他猜想的不同，他之前一直懷疑的是幾個嫌疑人裡面那個唯一的女性。

「局裡新買的儀器測的結果，還能有假？」警服男拍了拍衛稜的肩膀，「行了，哥哥我真謝謝你幫忙找到這些罪證，那邊已經派人守著了，有什麼動靜再通知你。我說，你都退伍三年了，傷也好了，趕緊找點事幹幹，別整天東跑西跑閒得到處亂晃，要進警局要開公司都行，你又不是沒人脈沒本錢。」

衛稜點上一根菸，抬手臂枕在腦後往沙發上仰了仰，「懶。」

「放屁！」警服男抄起資料夾拍過去，氣得也沒再說這個話題，轉而看向茶几上正用毛爪子撥牛肉乾包裝紙的鄭歎，「這貓還挺聰明，不過比起師父他老人家的那隻山貓……」

話說到一半，警服男止住。

「我提牠幹什麼！」

「你提牠幹什麼！」

兩人幾乎同時出聲。

一想起那隻山貓看人時跟他們師父如出一轍的眼神，兩人心裡就有點毛。這也是為什麼衛稜見到鄭歎的各種表現卻沒有太多驚訝的原因。

搓了搓胳膊上升起的雞皮疙瘩，衛稜踹了警服男一腳，「師兄，你該回去辦公務了，這些案子夠你忙活的。」

「也是。」警服男將東西收好，面部看似正經但言語卻顯得得意洋洋的說：「不解決這幾個案子，我都不好意思再往上升。」

「自戀是病，得治。」

「你沒見報刊上說的嗎？自戀的人才能當領導者，拿破崙、羅斯福、史達林、愛迪生、卡內基、洛克菲勒、福特，還有希特勒，都有一個同樣的自戀心理特徵。」說完，警服男吹著口哨走了，出門前補充道：「我女兒那輛自行車你別還了，到時候買輛新的賠吧，剛好她快生日了，你懂的，要能折疊的那種。」

鄭歎雖然一直在撥牛肉乾，但耳朵一直支著聽那兩人的對話。看來這兩人的身分都不簡單吶，還是出自同一師門。

在警服男離開後，衛稜泡了一碗泡麵，抓了一把牛肉乾放茶几上，對鄭歎道：「我去補眠，你餓的話吃牛肉乾吧，也沒其他的給你吃了。還有，最好別出門，這裡可不像你之前待的地方。知道這周圍為什麼沒有貓狗嗎？都被那些建築工人逮回去燉了。想吃『龍虎鬥』的人多得很，就你那身手，也只能欺負一下小土狗。」

鄭歎：「……」

◆◇◆◇◆◇◆◇◆

在這個充滿危機的區域待了一晚上，第二日衛稜收拾了一包衣物，騎著自行車往楚華大學那邊去。鄭歎再次蹲在那輛粉紅淑女自行車的車籃上，幸好接近城區後馬路都比較平坦，除了風吹得難受點，其他都還好……要是排除某人聒噪的話。

從出發一直到楚華大學所在的那條街道，衛稜數落著鄭歎的各種不是：「跳躍力差，反應遲鈍，聽力退化得跟豬似的有人走到旁邊都不知道……」

鄭歎很想反駁，可惜沒這本事，張口只能發出怪異的貓叫，所以這一路上，行人就見到這樣一幕：一個騎著淑女車的男人不停地說著什麼，他說兩句，車籃裡面的貓就叫一聲，一人一貓像在吵架似的。

從重劃區騎自行車到楚華大學，至少花了兩個小時，鄭歎看衛稜也不像很累的樣子。

衛稜在楚華大學附近租了個房子。他已經買房了，離楚華大學並不遠，但最近在裝修中，至少半年內不會入住新房，所以就先找了個地方，付了半年的租金。

上次鄭歎見到大草坪那邊的母女倆是衛稜戰友的老婆和孩子，那戰友出任務時不幸犧牲了，衛稜一直幫著照應，在退伍之後也時常過來看看母女倆。

衛稜租的房子離東教職員社區不算遠，出東校門走五分鐘就到了，很多學生都在那邊租房。

衛稜到達租房的地方後，就讓鄭歎下車了。

「你自己回去吧，有閒暇時間就好好練練本事，作為一隻喜歡到處閒晃的貓，沒點本事的話遲早出去被『龍虎鬥』了。我早上會去學校裡面跑步，大概六、七點，你要跑的話可以加入，就這樣。」

說完，衛稜鎖了車就上樓了，也不管直接將貓扔在這裡會不會被人捉走。衛稜覺得，要是這隻貓這麼容易被捉走的話，那也是活該，省得自己去費心思訓練了。

鄭歎對這周圍還算熟悉，沒理會來往的幾個學生的叫喚，繞過他們往東校門那邊走了。

「那隻貓好冷淡。」

「就是，不像前兩天那隻花貓還會打滾。」

「難道黑貓都這樣？」

「才不呢，我阿姨家的也是一隻黑貓，可喜歡撒嬌了，不像這隻……」

鄭歎聽著後面女學生們的談論，扯了扯耳朵。他現在心情不好，還打滾？撒嬌？去尼瑪的！

不得不承認的是，鄭歎在翻進東教職員社區的牆時，心裡突然安靜了很多，也平和了很多。或許，這就叫歸屬感？

還沒等鄭歎感慨完，一聲狗叫讓鄭歎剛平和的內心多雲轉陰。

這聲狗叫，鄭歎辨認得出來，一個月沒聽到了，社區這邊也相對平和了一個月。

鄭歎側頭看過去，一隻狗正咬著一瓶礦泉水往這邊跑，後面牠的主人在追喊。

這隻狗叫撒哈拉，無關那個有名的沙漠，這名字源於牠的血脈，聽說這傢伙有三種血脈，薩摩耶、哈士奇和拉布拉多。

撒哈拉面相上看，有著哈士奇的嚴肅表情，但偏偏又有薩摩耶往上翹的嘴角，這兩樣結合起來，怎麼看怎麼猥瑣。牠繼承了拉布拉多的聰明，但奈何，這聰明總放不到正點上。

比如現在，撒哈拉咬著牠主人剛買的一瓶礦泉水到處撒歡，估計就喜歡被人追著跑。

「咻——」

礦泉水的塑膠瓶身被撒哈拉的尖牙咬出一個孔洞，裡面的水由於水壓往外射去，而且恰好在撒哈拉從鄭歎身邊跑過的時候噴出來，鄭歎來不及躲，被水柱命中。

莫非，果真是反應差嗎？

罪魁禍首已經叼著漏水的瓶子跑遠了，鄭歎甩了甩身上的水，還沒來得及嘆氣，便聽到翅膀搧動的聲音。

身後的社區圍牆上，一道藍色的身影降落，開心的唱著：「昨天我打從你門前過～你正提著水桶往外潑～潑在我的皮鞋上～路上的行人～笑呀笑呵呵～～」

鄭歎：「……」突然好想屎。

抖了抖身上的水，撈起一顆石子將那隻聒噪的鸚鵡趕走，鄭歎在藏鑰匙和感應卡的那棵樹上將東西重新戴回脖子上，滑下樹，往焦家那棟樓小跑著過去。

跳起來刷了感應卡，鄭歎一路跑上五樓。

由於是老公寓，很多住戶都保留著鐵門來防盜，焦家也是這樣。只不過焦家的那扇鐵門的門鎖壞了，而教職員社區的安全性比較高，這裡又是五樓，一般沒人上來，所以就一直沒修，有木板門便足夠。

因此家裡的鐵門靠著牆大開著，省得擋住人進出。且因為有些年代了，門身上有很多鏽跡。鄭歎跳上鐵門，在靠近門鎖的地方勾住上面的格柵，緊抓在上面，然後抬腿對著牆使力。鐵門帶著鄭歎朝門口靠上去，生鏽的門軸發出咯吱的尖銳摩擦聲。

在快靠近門鎖、鄭歎準備插鑰匙的時候，木板門卻從裡面打開了。

易辛昨晚借用焦副教授的電腦寫論文，寫到快天亮時才在沙發上睡下，直到被尿憋醒，起來上了個廁所，迷迷糊糊地剛躺到沙發上，就聽到門口的動靜，蹭地彈起來，鞋子都來不及穿就跑到門口開門。

焦老闆說過，他家的貓回來的時候那扇鐵門會響！

易辛一直不明白焦老闆家的貓回來跟鐵門響之間有什麼關係，但是在打開門的時候，他知道了，並且愣在那裡——在他面前，一隻黑色的貓用腿和毛爪子勾著門上的格柵，嘴巴裡叼著一把鑰匙，伴隨著鐵門門軸的咯吱聲，往木門這邊靠近。

鄭歎顯然也沒想到家裡會有人，看著還有些熟悉。

鄭歎在回想面前這個人到底是誰，而易辛則處於呆愣狀態，一時間，一人一貓對著瞪。

最後還是鄭歎先想起來面前這人的身分。

鄭歎以前偷偷被焦遠他們帶去焦爸的辦公室時，焦爸曾跟他說過易辛，當時易辛正帶著學弟妹做實驗，然後跟另外幾個研究生端著樣品往公共實驗室那邊走，焦爸站在窗口指著易辛告訴鄭歎的。

既然確認了面前這人的身分，鄭歎也就沒再多管。能夠進來肯定是得到了焦爸的首肯，能夠得到焦爸首肯的那就是值得信任的。

鄭歎從鐵門上跳下來直奔沙發。

為了方便睡覺，堆在沙發上的零食全被易辛放到旁邊的椅子上了。

鄭歎看著被挪位的零食，數了數，沒少，頓時心裡滿意了些。

易辛還站在原地發愣，他雖然已經從門口的那一幕回過神來，但又被椅子那邊的情形震住。昨天打電話給焦老闆的時候，焦老闆還告訴他別吃沙發上的零食，想吃的話就去吃冰箱第二格存放的那些，但是原本放沙發上的那些一個都別吃。打電話時易辛不明白，但是現在，他明白了——剛才那隻貓盯著椅子上的零食點著下巴，那其實是在數數清點吧？！

鄭歎沒理會發愣的易辛，他現在很餓，咬開布丁上的塑膠包裝，吃了起來。

易辛看著趴在沙發上抱著布丁吃著的黑貓，臉上抽搐了下，然後挪腳來到臥室，打電話給焦老闆。

鄭歎支著耳朵聽臥房那邊打電話的動靜。

易辛拿著電話「哦、哦」了兩聲，然後開了免持功能，電話裡傳來焦爸的聲音：「黑碳，應一聲。」

鄭歎仰頭：「哇嗚——」

易辛：「……」叫聲有那麼點特別。

「聽起來精神還不錯！」焦爸道，然後讓易辛關掉免持功能，他還有一些話要囑咐易辛。

易辛握著電話恭敬地應聲，但是臉上的表情卻很無奈。通話完畢後掛上電話，易辛來到廚房燒水，將盆架上一個白色的塑膠盆拖出來，洗了洗。

以前易辛在讀研究所之前聽人說過，選導師最好是選那種孩子足夠大、家裡沒寵物的，省得到時候要幫著帶孩子或照料寵物，那時候易辛以為大家只是說著玩的，沒想到現在真的輪到自己了。孩子倒是不用帶，可這寵物……

一邊調著水溫，易辛一邊想著，以後不會經常被打發過來照料寵物吧？等焦老闆回來，他一定要申請加工資！

鄭歎走進浴室的時候，看了看盆裡的水，抬手掌碰碰塑膠盆外面試了試溫度，不燙不涼正好，真不愧是搞研究的，對溫度的把握就是準。

鄭歎又看看塑膠盆旁邊的專用沐浴露和疊在矮凳上的毛巾，還有擱在那裡的吹風機，滿意地跳進塑膠盆裡面，就著水弄弄頭上的毛，然後將下巴擱在盆沿上，瞇著眼睛開始泡澡。

站在門口的易辛心裡的萬匹羊駝駝已經奔騰了一百遍啊一百遍！他以前只見過養貓的親戚為

貓洗澡時被撓得雙手血淋淋，這還是第一次看到這種瞇著眼睛享受泡澡的貓。

不愧是……焦老闆家的貓。

鄭歎覺得水溫有些涼了的時候，準備起身去擦毛，結果一扭頭，發現水面上有一個芝麻粒大小的蟲子飄著，腿還在動彈。

在白色塑膠盆的襯托下，這隻小蟲子相當醒目。

門口的易辛計算著時間，用不著溫度計他也能估算出現在盆裡的水溫，正奇怪著為什麼裡面那隻貓還不出來，探頭看了一眼，卻瞧見那隻黑貓呈金剛怒目式盯著塑膠洗澡盆。

這又是怎麼了？

易辛回想了一下焦老闆的話，覺得自己並沒有遺漏任何步驟，但他還是不放心，小心翼翼挪著步子過去。

很快，易辛的視線就落在水面上的那隻蟲子上。作為挑細菌菌落挑得一把好手的易辛，一隻小蟲子自然逃不開他的眼。

尼瑪，跳蚤！

有跳蚤怎麼辦？

弄死！

然後呢？

不知道。

易辛琢磨不定，跑到臥房撥了通電話給焦老闆。五分鐘之後，易辛來到一個櫃子前，打開櫃門，裡面放著一些家用化學物品，有兩瓶殺蟲劑，一瓶比較有名的除蟲菊酯類殺蟲劑，另一瓶沒有名字。

易辛要找的就是這個沒名字的，這估計就是前些時候生科和化工院合作一個殺蟲劑專案研究的成果之一了，現階段只有一些內部人士擁有使用權。

易辛按照焦老闆說，在屋內幾個地方噴了一些。至於鄭歎那邊，換水又重新泡上了。

寵物最煩的就是長跳蚤，社區周圍的草叢裡也會有跳蚤，但是這段時間鄭歎經常在那邊玩也沒惹上過，沒想到這次出遠門還真惹了一身，肯定是郊區那邊厚厚的草叢裡面的。

水裡的跳蚤，鄭歎每找到一隻就直接用爪子抹殺，就算那些疑似已經淹死的，鄭歎也不放過。就這樣，鄭歎反覆泡了兩個小時才出來，在毛巾上滾了滾。

易辛拿著吹風機幫忙吹毛，「黑碳，焦老師說，那個殺蟲劑快沒了，讓你……自己去找人要，順便去弄點藥塗上。」

易辛不知道為什麼焦老闆會這麼說，只讓他到時候跟著貓就行了。

易辛在心裡為自己掬了一把淚，伺候寵物比寫論文還費神。

身上的毛基本吹乾之後，鄭歎抖抖毛，走到門前，回頭看了看易辛。易辛想起焦老闆的話，趕忙放下手上的吹風機跟上，帶上鑰匙，打開門。

鄭歎在前面帶路，易辛跟在後面。易辛心裡充滿了懷疑，但是對著一隻貓，顯然問出來也是白問，憋在心裡同樣難受。

鄭歎下了兩層樓，在三樓的一戶人家門前停住。

「這裡嗎？我問問……」

做完心理建設的易辛話還沒說完，鄭歎就跳起身，一個排球扣殺式拍在這戶人家的鐵門上。

「碰！」

易辛的頭髮都差點豎了起來，雖然他不知道這裡究竟住著誰，但也清楚東邊社區的住戶大部分都是校內知名的教職員，他可得罪不起。腦子裡出現了一排名單，現在易辛只希望這位住戶千萬別是這些人裡面的任何一個！

鄭歎可不管易辛此刻在提心吊膽地想什麼，他接連又拍了兩次，一次比一次大聲。

拍完第三次，裡面終於有人應了。

「來了來了！還敲三下，當我是聾子嗎？」

聽聲音是個老頭，似乎，這聲音還有些熟？易辛緊張了。

裡面的門打開，鐵門也被推開，露出一張繃著的老臉。

見到這人，易辛感覺心臟瞬間凍結。

「蘭……蘭蘭蘭教授！」

看著面前這個嚴肅著一張臉的老人，易辛有種轉身就跑的衝動。

可惜鄭歎壓根沒理會易辛，抬腳就走了進去，他才不怕這個老頭，這老頭欠他人情。

屋內布置得很樸素，地板上還帶著水漬。鄭歎雖然剛洗過澡、吹過毛，但腳上的毛其實並沒有完全乾，下樓時沾上了些灰，此刻在地板上踩出一個個帶泥的腳掌印。

鄭歎扯扯耳朵，沒理會，徑直走了進去。

「小王八蛋！我剛拖的地！」蘭教授罵道。

蘭教授瞪著那個大搖大擺走進去的背影，又看看地板上的貓腳印，扭頭對易辛道：「你待會把地板擦了！」

易辛：「……」

天殺的，他最討厭帶寵物了，特別是貓！

易辛戰戰兢兢說明了來意後，蘭教授一聽說鄭歎身上長跳蚤就「嗤」了一聲，「活該！」不過，說歸說，蘭教授還是去幫鄭歎拿藥了，鄭歎跟著進房間。

至於易辛，正拿著拖把在客廳拖地。

蘭教授是楚華大學生命科學系的退休教授，雖然已經退休不再任教了，但在生科院的影響力還是很大的，而且即便不再任教，一些公司企業都還高薪聘請蘭老頭去做顧問指導。蘭老頭和很多公司企業都有合作關係。

所以，別看蘭老頭這家裡裝飾樸素簡單，人家身價可不菲。

蘭教授一向繃著一張臉，給人的印象是脾氣不怎麼好，太嚴肅。

即使退休了，蘭教授時不時還會去生科院轉轉。植物學課程的實踐指導時，老頭就在旁邊督陣，一些年輕老師說話都有點底氣不足，至於那些學生就更別說了，大氣都不敢出。

也難怪易辛在看到蘭老頭的時候結巴，他是從本校大學部升上來的，當年植物學課程的經歷回想起來，印象還深著呢！

所以易辛挺好奇的，蘭老頭不是那種會看人臉色的人，就算是現任生科院院長在這裡，蘭老頭也不一定給面子。也就是說，肯定不是焦老闆的原因了，但是為什麼蘭老頭對老闆家的那隻貓那麼能忍呢？

能夠讓蘭老頭這樣對待，其實只是鄭歎偶然間做的一件事情。

一個多月前鄭歎下樓溜達的時候，碰到蘭老頭的夫人翟老太太。老太太心臟不太好，當時老太太幫其他棟的一位老太太搬了點重物，回來上樓梯時突然有點發病的跡象，而那時候正是上班上課的時間，蘭老頭又出差，老太太掏出裝著硝酸甘油片藥瓶的時候手一抖，藥瓶順著樓梯往下滾，老太太當時的狀態挪一步都艱難。最後還是鄭歎跑下樓叼回藥瓶給老太太的。

老太太及時吃了藥，很快緩了過來。自那之後，翟老太太每次看到鄭歎都笑呵呵的，今天要是翟老太太在家，蘭老頭肯定不敢罵鄭歎一句。

對外，老頭的脾氣挺大；但對內，老頭只有被老太太罵的分。當然，有外人在的時候，老太太還是挺給老頭面子的。

所以鄭歎仗著有老太太撐腰，一點都不怕蘭老頭那張緊繃的老臉。

蘭老頭拿出兩個瓶子，一瓶是液體，另一瓶裝的是粉末狀藥物。

液體的藥是給鄭歎泡澡用的，能避免出去玩的時候惹上跳蚤，之前鄭歎用過，後來用完之後嫌麻煩也一直沒來找蘭老頭要。至於那瓶粉末狀藥物，是撒身上的。

這些東西外面都沒在賣，全是老頭自己配置的，純天然、安全有保障，就算貓舔進嘴巴裡也沒什麼事。不過鄭歎從來不自己舔毛，就更不用擔心了。

老頭倒出點藥粉在手心，然後往鄭歎的毛上抹去。

鄭歎扭頭看了看背上翹起來亂糟糟的毛，耷著眼皮看向老頭。

老頭也不吭聲，抹上藥粉之後才慢悠悠的蓋上瓶蓋，慢悠悠的放回瓶子，再慢悠悠的將鄭歎逆起來的毛順了回去，順好之後還彭彭拍了兩下，差點將鄭歎拍趴下。

「這點藥要是賣出去都能買一屋子貓了，你說你占這麼大便宜，什麼時候去小花圃那邊幫幫我的忙呢？」

蘭老頭也沒指望面前這隻貓能聽懂，他就是發發牢騷，順便往鄭歎身上多拍幾下報復而已。

鄭歎扯了扯耳朵，抖抖毛，也不理會在那裡自言自語的老頭，走出房間，準備回去。

外面易辛已經拖完地，挨著沙發邊上僵硬地坐著，傻子也能看出他的緊張。

蘭老頭將兩瓶藥遞給易辛，又回房間拿來一個棕色的小玻璃瓶，「那兩瓶是給貓用的，使用方法不用我說，你去問你導師就行了。這個棕色瓶裡面是殺蟲劑，十倍濃縮，用的時候自己稀釋。」

說完，蘭老頭直接拉開大門，示意一人一貓出去。

「那個……謝謝您，給您添麻煩了！」

易辛硬著頭皮道完謝，抱著手裡的瓶子，跟在鄭歎身後出門。

等回到五樓焦家，易辛才長舒了一口氣。而鄭歎現在也安心很多，解決了跳蚤問題，他覺得渾身舒坦，閒著沒事撕開一袋烤魚片吃了起來。

不過，還沒等這一人一貓過多舒坦，門響了。

聽著拍門的頻率和門口的動靜，鄭歎已經猜出了來客身分。他仰頭望天花板，心想：還讓不讓人清靜了！

易辛並不知道門外到底是誰，直到他開門。

門口是三個小男孩，跟焦遠差不多大，都在楚華大學附屬小學讀六年級，都是教職員社區裡的孩子，幾個人經常一起玩。鄭歎認識他們，但易辛不認識。

沒等易辛詢問，一個小朋友就出聲道：「你是誰？！」問得那叫一個義正詞嚴。

其中一個長得比較壯實的小孩，還從書包裡摸出了一根帶著老鼠牙印的小木棍，渾身戒備。

看著三個明顯帶著警惕和懷疑目光的小孩，易辛臉上為了顯示親和而特意扯出來的笑僵了僵，花了五分鐘解釋一下自己的身分，甚至掏出研究生證驗明正身。

三個小屁孩擠在一起看了看研究生證上面的照片，再瞧瞧易辛。

「照片上的人是你哥吧？明顯比你滄桑啊。」拿著木棍的孩子說道，說完還頓了頓，突然欣喜道：「我居然會用『滄桑』這個詞！」

「希望你下次寫作文記得用上，說不定能得九十分以上。」另一小孩說著，將易辛的研究生證還回去。

三人走進客廳，看了看安然趴在沙發上的鄭歎，這時才真的放下心來，貓沒異常，證明那個叫易辛的真的是熟人，於是挨個在沙發上坐下。

易辛看了看已經沒有空位的沙發，從飯桌那兒搬了張凳子過來。

坐在沙發上的三個小男孩齊齊看向準備坐下的易辛，看得易辛莫名其妙，好像自己做了什麼天怒人怨的事情似的。

鄭歎看著這一幕，長長的呼出一口氣，跳下沙發，來到冰箱前面，跳起身拉開冰箱。

「喔～～」

「還是黑碳懂事！」

「待客之道啊，這位姓易的大哥，連一隻貓都懂這道理，你怎麼不懂？」

被批鬥的易辛：「……」

——馬的這要是我家我也懂，但問題是這裡是焦老闆家啊！一袋零食老子都吃得小心翼翼！老子也是客！

最壯的那小子動作最快，一竄就到了冰箱那兒，熟練地在那裡翻動。

「熊雄，我要芒果口味的，上次我看到焦遠藏在最裡面，你翻一下！」

「我要蘋果口味！」

易辛臉上抽了抽，這是鬼子進村嗎？

熊雄用他那小肥手在裡面翻了兩下，抽了三根冰棒出來。

看著坐在沙發上啃冰棒的三個孩子，易辛問道：「三位小朋友過來這是……」

「我爺爺說這裡有人，我們看焦遠已經幾天沒去學校了，就過來問問。」責怪易辛不懂待客之道的那小孩說道。

「呃，你爺爺是？」

「我爺爺是蘭鐵素。」

易辛：「……」笑容有些維持不住了。

蘭鐵素是蘭老頭的名字。

這三個小孩，一個是蘭老頭的孫子蘭天竹，一個是化學院那邊一個老師的孩子叫蘇安，最後那個壯實的叫熊雄，詳細身分鄭歎不知道，只聽說他家有點背景，跟校長挺熟的。

易辛知道自家老闆有事情去外地，具體並不知道是什麼，所以解釋的時候只說焦家有點事情，要離開一星期。

「這樣啊。」熊雄對於易辛的解釋不太滿意，但又好不容易來一次，而且他媽最近不准他吃太涼的，要是這樣出去被抓住，肯定又要挨批，吃完冰棒再走也不錯。

想了想，熊雄問易辛：「你是生科院的吧？我有個疑問。」

易辛正襟危坐，「請講。」

「我聽說，早飯不吃身體就會吃屎，是不是真的？」

趴在沙發上閉眼假寐但豎著耳朵聽的鄭歎：「……」

蘇安和蘭天竹也好奇地看向易辛，等著回答。

易辛臉上的笑容有些崩，不過還是將這個問題學術化了一下，想了想說道：「嚴格來講，不算正確。食物進入小腸後，營養物質會被消化吸收，剩餘的殘渣進入大腸，隨後以大小便形式陸續排出體外。但是大腸並不像小腸，它沒有啥吸收功能，只能吸收少量的水分和無機鹽等。所以即使你沒有吃早餐，大腸中的那些『殘渣餘孽』也不會再被你吸收，因此，由此證明你說的這個觀點並不正確。」

「我就說我媽又唬我！」熊雄氣憤道。

「你可以跟你媽辯論。」蘭天竹出聲。

「不行，會被罰跪洗衣板的。」熊雄喪氣。

「跪洗衣版有什麼，我前兩天還跪過鍵盤呢，不跪掉那個空白鍵不准起來。」一旁啃著冰棒的蘇安說道。

「為什麼？」

「為了驗證王水是不是真的能溶解金子，我把我媽那個金葉子耳環扔進去溶了。」

鄭歎、易辛：「……」這敗家孩子！

「為了這事，我爸不准我再進他的實驗室，我媽扣了我一個月的零用錢。」蘇安不開心的哼哼道。

「其實……」蘭天竹抹了抹嘴巴，「體罰孩子是犯法的吧？你們可以撥打 110。」

「沒用，我打過。」熊雄憤憤道，「打完後，我媽換了個更大的洗衣板讓我跪。」

「他奶奶的，小孩子沒人權啊！」熊雄感慨。

鄭歎、易辛：「……」

蘭天竹瞥了他一眼，「注意素質。」

「他 grandma 的，小孩子沒人權啊！」熊雄重新道。

鄭歎、易辛：「……」

說著熊雄捲起褲腿，讓幾人看他腿上被掐出來的紅印。

鄭歎、易辛：「！！」

「你媽好狠！」蘭天竹和蘇安嚥了嚥唾沫。

「不是。」熊雄一臉得意，「這是我為了哭得真一點，自己掐的！我媽果然心軟了，將原本的一個小時改成跪十五分鐘～」

鄭歎、易辛：「……」得意洋洋個屁啊！有什麼好得意的！

聽著三個傻孩子之間的談話，鄭歎覺得自己當年果然真他媽天真了。

而易辛此刻心裡也在咆哮：現在的孩子啊，都他媽怎麼長的？

三個小屁孩啃完冰棒，才戀戀不捨地拉起各自的書包離開，離開前還提醒易辛和鄭歎：「最近社區裡出了小偷，注意點，已經有好幾戶被偷了，別把感應卡借出去，也別讓陌生人進樓。」

等三個孩子離開後，鄭歎和易辛才覺得世界終於安靜下來。

為貓燒水、吹毛、抹藥，還要招待小朋友……一天下來都心力交瘁了。易辛下了決定，等焦老闆回來一定要申請加工資！一定要！

鄭歎沒去管易辛到底在想什麼，他現在也累，這兩天夠折騰的……想起衛稜的話，鄭歎決定明天去跑跑步。

難得的，晚上鄭歎沒到八點就睡了。

易辛用焦老闆的電腦修改完論文，看看時間，又是凌晨兩點多，伸了個懶腰，關掉電腦來到客廳睡沙發。

路過顧優紫房間的時候，易辛往裡面瞧了瞧，藉著客廳的光，看到房間內那張兒童床上，一個大大的加菲貓娃娃擱在床中間，而那隻黑貓正躺在上面，一條腿蜷縮著，另一條腿橫壓在加菲貓那張賤賤的大餅臉上，睡得正香。

易辛撇撇嘴，沒個睡相！

夢裡，鄭歎夢見自己力氣變大了，而且捉到了那個小偷。

◆◇◆◇◆◇◆◇◆

早上，易辛一大早被鬧鐘鬧醒，他們今天早上有一個論文研討會，他需要提前一個小時過去整理投影片做準備，因此就算熬夜也得爬起來。

鄭歎和易辛一同出了門。易辛跑去餐廳買了兩份小籠包，想了想，又買了兩杯豆漿，拿到教職員社區那邊的小樹林裡。在那裡，鄭歎正蹲在石桌上等著。

易辛將手裡其中一袋小籠包和一杯豆漿放在石桌上，他不知道貓能不能喝豆漿，但是與跟焦老闆通電話的時候，焦老闆說了他家這隻貓的胃比較強悍，跟其他貓不一樣。易辛覺得光吃小籠包估計會噎到，所以才多買了一杯豆漿。

直到往裝豆漿的免洗杯裡插上吸管，易辛才突然想到，貓大概不會用吸管。

易辛正發愁，鄭歎已經吃了一個小籠包，他撥開易辛的手，咬著吸管就吸了起來。這情景看得易辛一愣一愣的，要不是時間緊迫，趕著去報告，他肯定會蹲在這裡研究焦老闆家的這隻貓到底是怎麼用吸管的，就那兩邊漏風的嘴巴能用吸管？

鄭歎可沒心思去管易辛在想什麼，他現在很餓，快點吃完消化一下就要去跑步了，不吃東西他完全沒力氣跑啊！

一袋八個小籠包，鄭歎吃第六個的時候，阿黃和警長跑過來了，剩下的兩個分給了牠們；至於大胖，就算來了，這傢伙也跟鄭歎一樣，基本上不吃別人剩下的東西。

和往常一樣，阿黃過來這邊先要叫上兩聲，表示牠已經來了，讓其他沒到的快點過來，叫完之後就開始撓樹磨爪子。

鄭歎將裝小籠包的塑膠袋和豆漿杯子扔進旁邊的垃圾箱，在石桌周圍走兩圈消消食緩解一下。大胖慢騰騰晃過來的時候，阿黃已經開始撓第三棵樹。鄭歎覺得差不多了，叫了一聲，然後往樹林外走去，阿黃爪子也不磨了，屁顛屁顛跟上，跑兩步啃一下旁邊的草。

原本鄭歎在想，如果碰不到衛稜就自己跑步，不就是跑個步嘛？再說了，還有三隻貓在這裡，待會兒叫上一起跑。

結果鄭歎還沒出社區，在大草坪旁邊的公共運動器材那裡就見到了正在拉單槓的衛稜。見到衛稜，這次反應最大的是阿黃，這傢伙跟隻跳蚤似的弓著背蹭地跳起來，炸著毛，耳朵扯成飛機狀。相比而言，大胖比上次要鎮定很多，只是有些警惕，但卻沒有上次那麼直接的敵意。

衛稜鬆手落地，看了看四隻貓，重點還是放在大胖和鄭歎身上。他沒多說話，轉身往草坪外走，「開始跑吧，慢跑，你們楚華大學這邊不是有個環校跑道嗎？先跑一圈再說。」

鄭歎：「……」一整圈啊——

楚華大學的面積很大，鄭歎自打來到這裡，基本上就只待在東苑這邊，除此之外就是去小學接焦遠和顧優紫、被帶到生科院那邊，以及蘭老頭的小花圃那裡等等。在這所大學裡面，其實還有很多地方鄭歎沒有去過。

繞校一圈也好，總得熟悉一下這個地方。

鄭歎跑了大概二十公尺，回頭看了看，大胖蹲在原地眯著眼睛打哈欠，阿黃又跑到草叢裡團成一坨在裝屎，警長看著樹枝上那隻麻雀舔嘴巴。

——馬的，都不可靠，以後還是老子自己跑算了！

衛稜沒等鄭歎，一直保持勻速跑動，並不快。鄭歎緊跟在他身後。

早晨，學子們或騎著自行車或步行，從餐廳、宿舍、廣場等地方朝教學大樓那邊過去。桃樹林那邊有一些戲曲、聲樂等社團的學生正在晨練。

這個時節，學校的桂花已經開了一段時間，花香並不如前段時間那麼濃，估計要凋謝了。

路過廣場的時候，鄭歎看到了翟老太太，老太太正和她的老夥伴們晃動著手上嫣紅的毛扇子跳扇子舞，看時間應該快結束了，她們一般在上課之前半小時結束，不會干擾到上課的學生。

翟老太太正做著一個甩扇子的動作，一個圈轉過來，剛好看到不遠處張著嘴巴一邊喘氣、一邊跑動的鄭歎，她差點直接將扇子甩出去。老太太在廣場這裡跳了這麼長時間的扇子舞，還從沒在這個時間點見到過鄭歎，她也想不到鄭歎會跑這麼遠來，畢竟這邊接近教學區，一般來講這個時段很少會在這裡看到貓。

鄭歎已經沒心思去注意老太太的表情了，雖然是慢跑，但跑到這裡已經累得夠嗆，以前從沒這麼跑過，突然這麼一跑也難怪會難受。前面階段的路程還好，鄭歎還有心思去注意周圍的風景，跑到後半段就漸漸吃力了。

衛稜放慢了步子，鄭歎也沒停下，就跟著這麼一直跑。

說了要鍛鍊，要變強，要去更遠的地方走，就得堅持下去。

這也是為了自己的小命啊！

跑完一圈的時候，鄭歎去草地上滾一圈休息一下，他知道大草坪那邊有個露天的水龍頭，喝點水再說。

衛稜並沒有閒下，拉玩單槓又帶著鄭歎跑了一圈還跟個沒事的人似的，來到公共運動器械區繼續拉單槓。

鄭歎站在水龍頭旁邊休息，喝了點水，一側頭，發現衛稜那傢伙又開始跑了，還加快了速度。

鄭歎深呼吸幾次，邁著腳步跟上，不過速度可是差得遠，沒多久就失去了衛稜的蹤影。鄭歎也沒準備繼續跑，在岔道口拐了個彎，朝蘭老頭的小花圃那邊過去。

◆◇◆◇◆◇◆◇◆

和往常一樣，鄭歎選擇直接翻牆，因為這裡離小花圃的大門還有些距離，他懶得繞路，但由於他剛長跑過，腳有點軟，差點就跳不上去。

雖然說的是小花圃，但這裡還真不小，裡面有好幾個透明的大棚都種滿了植物，其餘地方也沒多大空地。跳上圍牆後，鄭歎沒急著跳下去，只是沿著圍牆走過去，來到一個大棚附近的時候，直接跳上大棚，發出「咚」的一聲響。

正在裡面拿著小鏟子忙活的蘭老頭抬頭看了看，罵道：「你就不能從別的地方跳嗎？再跳幾次我這大棚都得提前退休！」

鄭歎沒理他，走到大棚一邊，那裡有堆積起來的幾個木箱子，剛好形成一個樓梯，鄭歎一格一格跳下來。接著，他側頭看向大棚裡面，因為棚子是透明的，所以看得還挺清楚。

——百合花？還是黃色的誒！

鄭歎以前沒見過這種黃色的百合花，白色的倒見過，他看裡面那些花和自己以前買了泡妞的百合花挺像。

蘭老頭種這麼多黃色的百合花幹什麼？白色的應該賣得好一點吧？

鄭歎疑惑地走了進去，在大棚門口有一個木盒子裝著一些褐色的東西，鄭歎也沒去多注意，他現在的注意力就放在裡面那些黃色的花上。

拿著小鏟子忙活著的蘭老頭轉身看了看，出聲道：「注意點，別弄壞了這些黃花菜！」

——黃花菜？原來那不是百合啊？

鄭歎扯了扯耳朵，他對這方面完全是白痴，就算湊上去仔細觀看也看不出個所以然來，他甚至都記不清百合花到底長啥樣了，只是覺得這些黃色的花與記憶中的有些像而已。

鄭歎正想著，一群人進了小花圃。

是幾個學生，他們過來採樣。

和其他人一樣，在蘭老頭面前，這些學生都顯得很拘謹。

「蘭教授，我們之前有打電話預約過，做黃酮類物質抗氧化性的研究，過來採樣。」

蘭老頭也沒站起來，抬手指了指大棚一個角落，「那裡，我畫了記號的地方，你們都可以採，記號之外的別碰。」

「哎，好的好的！我們記著，會注意的。」一個學生連忙點頭道。

幾人小心地走到蘭老頭指的那個角落，一個估計是剛進校不久的學生低聲道：「原來這就是忘憂草啊，怎麼長得很像百合花？」

另外幾個學生手一抖，一口氣還沒提起來，果然就聽到那邊蘭老頭的聲音。

「被子植物門，單子葉植物綱，百合目，百合亞目，百合科，萱草屬的黃花菜，這些你們老師沒教過嗎？長得像有什麼好奇怪的？」

蘭老頭的聲音還很平緩，但就是讓人能清楚的感覺到他在生氣。

幾個學生噤聲了，再也沒誰敢亂說話，就怕一不小心再出錯被訓一頓，加快手上的動作採完樣之後就恭敬地告別離開了。

鄭歎蹲在旁邊，他心裡還在感慨剛才那個學生的話，原來傳說中的忘憂草就是黃花菜嗎？前者聽著就高端洋氣一些，相比之下「黃花菜」這個名字就像個土鱉，他還從沒將這兩個名字聯繫到一起過。

在那些學生離開後，蘭老頭站起身捶了捶腰，走出大棚，出去的時候順便將門口的那個木盒拿上。

「鮮黃花菜的脂肪和維生素C含量高於乾黃花菜，但是蛋白質和其他微量元素的含量卻低於乾黃花菜，我還是喜歡吃乾的。在我們老家那兒這東西倒是多，但在這城市裡，難啊！黑碳，我跟你說啊……吧啦吧啦吧啦……」

他們這些退休的老教授還是改不了好為人師的毛病，就算是對著一隻什麼都不懂的貓也能說很久。

一聽到「我跟你說」，鄭歎就知道，蘭老頭跟焦爸一樣，又進入教學狀態了。

◆◇◆◇◆◇◆◇◆

鄭歎在蘭老頭的小花圃玩了一會兒，到中午的時候才離開。

陽光明媚，鄭歎回到教職員社區的時候，正好看到阿黃躺在草地上，一半在陰涼處，一半曬著太陽。讓鄭歎愕然的是，阿黃旁邊趴著一個生物，哼唧哼唧叫著，阿黃抱著舔了舔毛，那傢伙就不哼了。

——尼瑪，黃二貨抱的這個長著一張囧臉的傢伙是啥時來東苑的？！以前怎麼從沒見過？

沒等鄭歎驚訝完，不遠處又傻愣愣的跑過來一個。

鄭歎：「……」這個長得有些畸形、像被人揍了一拳的傢伙又他媽的是誰？！

第四章

胖貓也能跳得輕盈

在鄭歎面前的是兩隻幼犬。

一隻窩在阿黃旁邊，另一隻剛跑過來的在邊上叫了兩聲，就開始咬阿黃的耳朵，不過看著沒怎麼用力，不然黃二貨不會還這麼悠哉。

看這三個傢伙的樣子就知道不止認識一天了，鄭歎想了想，這兩隻陌生幼犬到來應該是他離開的那兩天發生的事情。

鄭歎跳上旁邊的一棵樹上趴下。這兩隻幼犬的主人應該就在附近，他準備弄清楚到底是教職員社區的誰養的。

半小時後，幾個老頭慢悠悠走了過來，其中兩個老頭手上都拿著狗繩。

聽著他們的談話，鄭歎終於弄明白為什麼會出現這兩隻幼犬了。

兩老頭一個姓李，一個姓嚴。前者也是生科院退休的老教授，研究植物的，經常去蘭老頭的小花圃閒逛，所以鄭歎對他還算熟悉。而且李老頭就住在阿黃那棟樓一樓，有時候阿黃進不去樓裡就直接去他家。

至於姓嚴的那個，鄭歎在教職員社區這邊見過幾次，但不熟悉，他不是生科院的人。

這幾天教職員社區發生了幾起失竊案，兩個老頭就產生了這麼個養狗的想法。

李老頭他們那棟並沒有發生失竊案，但畢竟住一樓，老頭有些擔心，就打了通電話給住在城市另一頭的兒子，說讓他弄一隻大型犬過來，別的沒啥要求，夠大就行，大點威風！別弄像吉娃娃那樣的小不點，看著就不怎麼可靠。

李老頭他兒子接到父親的電話苦思了一晚上，聯繫了一些朋友幫忙出主意，畢竟大型犬在現在的楚華市管得比較嚴，辦理登記比較麻煩，不過既然老爺子開口了，怎麼說也得弄一隻。他不放心弄一隻凶悍的大型犬放父母家裡，那得多危險啊！何況那邊是教職員家屬的住宅區，咬到誰也不好。

李老頭的兒子思來想去，最後決定從朋友那裡買一隻聖伯納犬，夠大，性子相對來說比較溫和，不怎麼愛吠叫，就是愛流口水這點稍微麻煩了一點。

李老頭對動物沒多少研究，反正確定是大狗就行，見著之後當下就拍板，「這狗不錯，就叫小花吧，順口！」

鄭歎想像了長著一張囧臉的成年聖伯納的體型，再想想「小花」這名字，真尼瑪坑……

至於嚴老頭那邊，他住的那棟樓有人家裡被盜了。雖然嚴老頭住二樓，沒丟東西，但他也不放心，打電話給在國外的女兒尋求一下意見。嚴老頭和李老頭的標準不一樣，他跟自己女兒說的是：「狗不在大，咬人就行。」

當然，這個「咬人」並不是指咬社區的人，而是說一旦家裡進來小偷或者路上遇到一些危險人物的話，能夠有能力護主防盜，不像有些狗看上去很威風，家裡進小偷了卻汪都不汪一聲。

最後嚴老頭的女兒託朋友弄了隻牛頭梗，也就是鄭歎見到的這隻長得有點畸形的狗。毛色除了一隻眼睛有一圈黑色之外，其他部分都是白色，像被人打了一拳似的，小小的三角眼再配上那副面容讓鄭歎總感覺賤兮兮的。

嚴老頭為這隻小牛頭梗取名叫「壯壯」。聽說牛頭梗對其他動物比較凶，嚴老頭特意讓這小傢伙趁年幼跟周圍的動物熟悉熟悉，就算以後凶起來也不能對社區的「內部成員」凶。

鄭歎看著這隻牛頭梗似乎和那隻聒噪的鸚鵡一樣喜歡咬貓耳朵，而且也有點太活躍了，一直折騰個不停，以後估計也不是個安分的傢伙。相比之下，雖然還是隻幼犬體型卻超過阿黃和壯壯許多的小花顯得安靜得多，哼唧哼唧幾聲之後，被黃二貨舔毛舔到睡著了。

這三隻現在相處得倒還好，不知道兩隻幼犬長大了會怎樣。

不管怎麼樣，鄭歎覺得，教職員社區的安寧有點一去不復返的跡象。

中午鄭歎回到焦家吃了點東西，易辛帶了一份午飯回來，鄭歎吃的時候有些涼了，但也只能將就一下。

易辛吃完飯就躺在沙發上補覺，睡醒了還得繼續寫論文。

鄭歎下午閒著無聊，又跑了出去。

在下午的陽光照耀下，鄭歎有些昏昏欲睡，看了看周圍，沒見到其他幾隻，便來到人工湖邊，這個時段人工湖周圍沒什麼人。找了個不錯的地方，鄭歎跳上一棵柳樹，趴在上面瞇眼打盹。

自打變成貓後，鄭歎就養成了一個習慣，喜歡趴在高處，很奇怪的是他並沒有對高處的恐懼，也沒有害怕睡到中途從上面掉下來，一直在樹上睡得很安心。

睡了一會兒，鄭歎耳朵動了動，聽到有人靠近，睜眼透過葉縫看過去。一個年輕女生抱著書本走過來在離鄭歎不遠的一張木椅上坐下，看起書來。

鄭歎看著這女的有些眼熟，想了想才記起來是前段時間那隻鸚鵡看的「八點檔」事件的「女主角」。

鄭歎好奇地側頭看了看她腹部那裡，或許是穿的衣服比較寬鬆，根本看不出懷孕三個月的樣子。那天鄭歎沒有繼續看戲，並沒多瞭解這女生的情況，但是瞧著現在的情形，這是準備生下來？

扯了扯耳朵，鄭歎也沒多去琢磨，反正與自己無關，那種「八點檔」的事情整個世界每天都在發生，鄭歎見得多了。

翻了個身，準備繼續睡，誰知道沒過多久，鄭歎又聽到有人靠近，聽腳步聲不像是個男的。眼睛睜開一條縫看過去，鄭歎看到了一個老女人，五十來歲的樣子，嚴肅著一張臉，跟蘭老頭有得拚；不過，這個老女人多了一絲凌厲，氣場很強，顯得有些苛刻，讓人有種望而生畏的感覺，像個身居高位發號施令的人。

那老女人走過來時還特意看了看周圍，發現沒其他人之後，才徑直走向坐在長椅上的人。

「小卓。」

老女人的面色變得和善許多，聲音也放得很輕，鄭歎覺得她應該是不希望別人聽到她們的談話才這樣壓低聲音的。

莫非有什麼見不得人的事情？

鄭歎支著耳朵。

「葉老師！」

「沒事，妳坐著坐著，不用起來。」

老女人也坐到木椅上，但是兩人都沒怎麼說話。

莫名的，鄭歎就是感覺氣氛有些沉重。

等了兩分鐘，老女人長嘆一口氣，說道：「妳真的決定了？」

「嗯，決定了。」

「那可是**專案A！**」

「專案A」三個字，那老女人說的時候聲音壓得很低，鄭歎耳力好才勉強聽到的，要是其他人，壓根無法聽清楚她們的對話。

「葉老師，我真的決定了。」

兩人又聊了一會兒，鄭歎本來想弄清楚這個所謂的「專案A」到底是啥，但這兩人接下來的話壓根沒再提到這個詞，說的東西太專業化鄭歎也不懂，全是物理方面，聽得他暈乎乎的。

垂下的柳樹枝條剛好將鄭歎擋著，估計那老女人只注意周圍有沒有人，卻沒注意周圍是否有其他動物，所以直到離開也沒發現鄭歎。

等到教學區那邊最後一節課下課的時候，木椅上那個叫小卓的女生才起身離開。

看了看天色，鄭歎也回了東教職員社區，一整個晚上都在想那個所謂的「專案A」，總覺得挺神秘的。

◆◇◆◇◆◇◆◇◆

第二天鄭歎跟著衛稜跑完步，遛了一圈，回家吃完飯，鄭歎又閒逛到人工湖那邊，果然再次見到那個叫「小卓」的女生坐在昨天那地方，看著書，手握著筆在一本本子上寫著什麼。

鄭歎想了想，走過去跳上木椅。

小卓察覺到動靜，側頭便看到一隻正瞪著圓眼睛的黑貓，她笑了笑，繼續手上未完成的事情。

鄭歎見她沒阻止，往前湊了湊看清楚她手裡那本本子上寫的東西。

很深奧的公式，還有很多鄭歎從沒見過的符號。總之，鄭歎完全不懂。

至於本子下面的那本書，全英文的，大片大片的專業詞彙和用語，鄭歎自認為還能夠說點英語，但對著這些就徹底茫然了。

真挫敗！

鄭歎看不懂，但也沒立刻就離開，他是真好奇那個所謂的「專案A」，琢磨著等在這裡應該有機會瞭解吧？

於是，鄭歎一下午就趴在木椅上，老女人中途來過，見到鄭歎之後翻看了鄭歎掛著的寵物牌，然後就沒再說什麼了。

接下來幾天，鄭歎都是上午跑步訓練，下午窩在人工湖邊的長椅上睡覺，那個老女人每天都會過來看看，待不了幾分鐘，說兩句話就走，有時候看小卓在演算中也不打擾，就站在那裡站一會兒再離開。

這日，一大早鄭歎跑完步就沒在外面溜達了，直接回了焦家。他今天剩下的時間什麼都不幹，就蹲沙發上等著了。因為今天是週三，一週過去了，焦家幾個人今天回來。

易辛今天在生科院裡有實驗，中午不回來，鄭歎就吃零食解決午飯。

看著牆壁上的掛鐘，鄭歎覺得時間過得真他媽慢。

一直到下午三點多的時候，鄭歎聽到樓下焦遠的聲音，嗖一下就從沙發上衝下來跑到陽臺看向樓下。

焦媽、顧優紫還有焦遠一人各拎著一個包，看到從陽臺欄杆那裡露出頭的鄭歎，下面三人都笑了。等他們進樓之後，鄭歎直接將門打開，等著他們。

回到家的三人看起來有些疲憊，有些憂傷情緒，但回到家讓兩個孩子臉上還是露出放鬆的神色。洗了個澡，焦遠和顧優紫都回房補覺了，小孩子容易累，離家的這幾天他們都沒睡好過，在外不習慣。

焦媽在做餃子皮，等要吃晚飯的時候再叫醒兩個孩子。

鄭歎趴在沙發上看電視，他現在心情很好，什麼「專案A」、什麼花囧囧啊牛壯壯啊都被他暫時拋到腦後，焦家人回來也就是說自己以後不用吃半溫半涼的餐廳菜，不用再吃已吃膩的零食解決午晚餐，一切都又美好了。

五點多的時候，焦爸回來了。他之前先去生科院辦了些事情，易辛的實驗要用到物理學院那邊的儀器，借那些貴重儀器必須得他這個導師出面，所以去了一趟物理學院。

焦爸回來的時候臉上帶著疑惑，一進門看到沙發上的鄭歎就問道：「黑碳，你是不是又做什麼事情了？」

正拿著湯勺試味的焦媽聽到這話就不滿了，「黑碳那麼聽話懂事，能做什麼的事情讓你這副樣子？科學研究者要用事實說話，別動不動就猜疑。」

「我剛才去物理學院那邊借儀器又碰到佛爺了，佛爺居然對我笑！」焦爸面帶疑惑道。

「冷笑？」焦媽問。

不怪她這樣想，每次焦爸去物理學院借用儀器碰到佛爺，佛爺都是橫眉冷對，像誰欠了她百八十萬的樣子。

「不是，是正常的笑。」

正常的笑放佛爺身上就是大大的不正常！

焦媽心裡一凜，抄著湯勺就出了廚房，看向趴沙發上一臉無辜的鄭歎道：「黑碳，你又做什麼了！」

鄭歎：「……」

鄭歎一臉的莫名其妙，他連「佛爺」是誰都不知道。原本以為焦爸會說他離家的事情，但現在不但沒提離家，反而是說「佛爺」，這又是怎麼回事？

「唉，算了，看牠也不像知道的樣子。」焦媽又返回廚房繼續做晚飯，她並不認為一隻貓能夠讓楚華有名的佛爺改變態度。

焦爸在沙發上坐下，向鄭歎描述了一下佛爺的大致情況。

一聽焦爸說嚴肅著一張臉的五十來歲的女人，鄭歎就聯想到了那個去人工湖邊的老女人。

應該就是那位了。

佛爺原名叫葉赫，物理學院院長，與清朝那位老佛爺葉赫那拉氏姓名有重疊，再加上為人比較嚴肅、氣場太強，物理學院人人敬畏之，而且葉院長的丈夫是現今楚華大學的校長，因此不知什麼時候就被冠上了「佛爺」這個名號。
鄭歎想了想葉院長的樣子和處事風格，還真挺像的。
焦爸沒問鄭歎離家的事情，對於「佛爺笑了」這事也沒再深究，反正看佛爺那樣子，不像是壞事。
到了要吃晚飯的時候，兩個小孩子睡醒了，精神好了很多。睡醒的焦遠第一件事就是去冰箱查看「寶貝」。
「噢，謝特！」
焦遠哀號一聲，剛好被端著盤子出來的焦媽聽到，擱了菜之後就拎著焦遠的耳朵，「又爆粗口，扣零用錢！」
「哎，別啊～我這不是情難自禁情非得已而情有可原嘛！」焦遠搓了搓被拎痛的耳朵說道。
不管焦遠怎麼解釋，他的零用錢還是被扣掉了，鄭歎看焦遠吃飯時咬牙切齒的樣子，估計明天去學校會找那三個算帳。
經歷了七天的冷清，焦家又重新熱鬧起來，人氣又回來了。
晚飯過後，兩個小孩子看了會兒電視就去各自房間溫習功課，一週沒上學，有些功課得補上，這個並不需要焦爸焦媽說，他們很自覺。
焦媽收拾完碗筷，就出門找她的同事姐妹們去了。焦媽在楚華大學附近的一所國中當英語老師，離開的這段時間找了人幫忙代課，回來也要去感謝人家一下。大家都是教職員社區的住戶，離得近、關係也不錯，焦媽買了點水果提過去。

至於焦爸，現在正坐在書桌前拿著一本文集看。

鄭歎走過去瞧了瞧書的封面，是周先生的文集。這麼說來，焦爸現在的心情並不太好。

人總是會有不滿、抑鬱、煩悶等各種負面的情緒，只不過宣洩的方式各有不同，有人喜歡爆粗口，有人喜歡酗酒，有人喜歡打架或者做一些劇烈的運動等等。但鄭歎沒聽過焦爸爆粗口或者用其他一些激烈的運動來發洩。因為家裡有小孩，所以他很少會抽菸，也不常喝酒，只有一些相好的朋友過來的時候才會喝。

與別人不同的是，焦爸每次心情不好、比較煩悶卻又沒有任何解決辦法時，就會看周先生的文集。鄭歎記得最近的一次，也就是八月份的時候，焦爸等候國家自然科學基金放榜，那次鄭歎就看著焦爸拿著周先生的文集看《阿Q正傳》。幸運的是，幾天後放榜了，焦爸的名字赫然在列。

至於今天……

鄭歎跳上書桌瞧了瞧，焦爸今天看的是——《論「他媽的」》。

「……時代畢竟在前進，又不能退回到過去『他媽的』那個時代。經過了諸番思考，加上文化底蘊的深厚和源遠流長，終是找到了一個比『他媽的』的『更高雅』些、『更文明些』、比酷更過癮一些的詞——『尻』。『我尻』被舒舒服服地喊出來了……」

看到這段文字，鄭歎又瞥了一眼一本正經看著書的焦爸，扯扯耳朵。好吧，每個人發洩心中鬱悶的方式不同，焦爸的思維運作他不懂。

鄭歎跳下書桌來到陽臺透氣，夜間的空氣透著一股清涼，還有一些淡淡的花香味。還沒等鄭歎深呼吸，就聽到四樓那邊傳來的那個獨特的唱腔。

「我在～牆根下～種了一顆瓜，天天來澆水～天天來看它～發了芽～開了花～結了個～大西瓜～大西瓜呀大西瓜～抱呀抱不下～～」

鄭歎：「……」抱你奶奶個爪爪！

那隻鸚鵡正叼著一個小噴壺在澆水，牠夏天吃西瓜的時候吐了點西瓜籽在陽臺上的花盆裡面，結果無意間發現長瓜苗，樂得牠發了好久的神經，每次澆水的時候就唱《種瓜》。

很奇異的是，這顆瓜苗居然還活了下來！

要知道，那隻鸚鵡跟牠飼主有時候出差一走幾個星期，沒人澆水，完全憑天意，下雨的話還能補充點水分。

至於施肥，呵呵，鳥糞多得是，不需要額外擔心。

鄭歎往那邊看了看，瓜苗已經長大很多，就是不知道可憐的瓜苗這種生長狀態會持續多久。

趁那隻鸚鵡還沒發現他，鄭歎又溜回客廳，在沙發上打了個滾，閉著眼睛睡覺。明天還得早起去跑步，最近繞校跑完一整圈沒有剛開始那麼累了，聽衛稜說，過幾天要加大訓練強度，還得訓練爬樹。任重而道遠啊……

一夜好夢。

◆◇◆◇◆◇◆◇◆

第二天，鄭歎對著面前的一碗三鮮麵恨不得淚流滿面。果然有人在家就是好，不用吃外食。

鄭歎吃完麵，慢悠悠的來到大草坪，衛稜在那裡做熱身等著。

「比昨天晚了十五分鐘。」

鄭歎沒理會他，休息了一會兒，消消食。

在草坪上閒晃了一圈，便開始了每日的環校跑步。最近的跑步讓鄭歎的腳掌粗糙很多，剛開始幾天還挺疼的，後來就好多了。

今天的環校路程有一段和往常不一樣，換了條比較偏僻的支線，需要爬上坡、走樓梯，路程增加了些，也累一些。

跑完之後，鄭歎的四肢幾乎都磨著地面，渾身乏力，慢騰騰往東教職員社區那邊走。衛稜在旁邊跟著，這時候要是沒人在旁邊守著，一隻小吉娃娃就能要了鄭歎的命。

快到東教職員社區的時候，鄭歎往小樹林那邊看了看，阿黃在草叢裡打滾，警長盯著樹枝上的斑鳩。至於大胖，鄭歎掃了一圈，那傢伙還是在石頭堆那裡睡覺。

長著雜草的石頭堆，不仔細看還真看不出那裡蹲了一隻貓，正蜷腿蹲著，縮成個花生米做以頭搶地狀蹲草叢裡睡覺。

鄭歎正準備抬腳往那邊走，那邊大胖原本因為睡覺姿勢的關係，有些下壓的耳朵蹭的就立起來了，立刻跳起身，眼皮也不再耷拉著，眼睛很有神地往路的方向看了看，一點也不像是平常剛睡醒的樣子。

自打大胖越來越橫向發展之後，臉上多了些肉，看上去頭大了些，毛一蓬鬆起來就顯得耳朵小了很多。不過，這傢伙的耳力還是那麼好。

鄭歎正疑惑的時候，大胖已經朝這邊跑過來。同時，一輛熟悉的掛著軍牌的車慢慢行駛到路邊，挨著鄭歎他們停下。關著的車窗緩緩降下，玻璃窗連一半都還沒降下來，跑過來的大胖就一個跳躍，剛好從打開的那點空隙衝進車內。

要不是親眼看見，鄭歎也不會想到這個胖子居然能跳得這麼輕盈，而且還計算得很準，剛好打開的那點空隙可以讓牠跳進去。

不過……

——大胖你就不能等窗子完全降下來再跳嗎？這樣很危險的！

——這傢伙就是個抖M，趕著去受虐。待會兒回去估計又會看到牠蹲泡麵了。

鄭歎正想著大胖待會兒可憐兮兮蹲泡麵的樣子，身旁的衛稜就啪地一個標準的軍禮，直到那輛車走遠。

鄭歎疑惑地看看衛稜，再看看走遠的車，不解。

「以前的老長官，後來他升上去了，現在是個大人物。」察覺鄭歎的疑惑，衛稜說道。難怪他第一次看到那隻胖貓的時候覺得很怪異，沒想到是那位教出來的，當時那貓的表現他終於能夠理解了。看來那隻胖貓藏得夠深。

鄭歎還處在驚訝中，沒想到大胖牠家的親戚還是個大人物。

衛稜將手上空了的礦泉水瓶扔進垃圾桶。雖然已經退伍，但剛才他的軍禮完全是條件反射。

「你能跳得那麼準嗎？」衛稜問。

鄭歎知道他問的是剛才大胖的那一精準的跳越。扯扯耳朵，若是自己跳的話，成功的機率不太大。如果車窗完全開啟的話，他肯定能輕易跳進去，但按照剛才車窗打開的空隙寬度……難度不小，可能頭會撞上，也可能手腳會絆住。

按理說，鄭歎沒大胖那麼胖，難度應該小些的，但鄭歎心裡完全沒底。

「所以說，你還遠比不上那個胖子。」衛稜總結。剛才見到的只是那隻胖貓表現出的冰山一角，他相信那隻胖貓的能力肯定更強，雖然來楚華大學這邊後沒見過牠怎麼動，但敏銳的覺察力、警惕心和計算能力，再加上雖然有些胖但並不輸於其他貓的跳躍力，都顯示著這隻貓的不同。

「革命尚未成功，同志仍須努力！」

放下一句話，衛稜就跑走了，並沒有和前面幾天那樣繼續環校跑步，而是往校外跑。他要去找朋友敘舊，說說今天的見聞。

鄭歎現在也緩過勁來了，在草叢裡面爬上了樹，等中午的時候回家吃飯。

與此同時，焦爸因為要拷貝一份文件而回家一趟，恰好看到剛才衛稜朝車子敬禮的一幕。他聽易辛說了自家的貓早上跟著一個人跑步鍛鍊的事情，翟老太太也跟他說過，他正想著怎麼樣去調查一下衛稜，沒想到就見到這一幕了。

——是認識的就好。

回家拷貝完資料的焦爸去了一趟一樓大胖牠家，十分鐘後出來。

當天晚上焦家夫妻倆談到鄭歎的事情時，焦爸說道：「放心吧，雖然那個叫衛稜的具體身分並不清楚，但肯定能夠信任，讓黑碳跟著他學點本事，省得以後出遠門受挫。」

◆◇◆◇◆◇◆◇◆

每天做同樣的事情的時候，就會覺得日子過得飛快。

鄭歎每天早上跑步、爬樓梯、爬樹、練習跳躍……

焦家牆上的掛曆已經翻到十一月了，鄭歎看到牆上的掛曆才發現原來已經過去這麼久，自打來到這裡，已經五個月了。

鄭歎彎了彎手掌，鋒利的爪子從指縫間露出來。這些尖爪看上去和其他貓差不多，但鄭歎自己明白，現在的爪子已經在漸漸改變了，至少和兩個月前是不同的。他沒有刻意去磨爪子，也沒有剪過爪子，爪子長出來一點就會在訓練中被磨掉，然後再長、再磨。

貓爪是一種很神奇的東西，鋒利堅韌而且伸縮自如。有人說貓的爪子就像人隨身帶著的一把多功能的瑞士刀。而一直在訓練著的鄭歎，就是要讓自己的這把刀更鋒利、更堅韌一些。

鄭歎知道自己其實和其他貓是不同的，他聽焦爸說過貓對甜味不敏感，但鄭歎卻能夠清楚的感覺出來，很多貓不能吃的東西他也能吃，吃了還挺好；再比如說，人們一直在爭論貓到底是不是色盲，鄭歎不知道其他貓是怎麼樣，至少他自己能夠分清楚各種顏色。

再來就是爪子了，其他貓就算經過不斷的訓練，也不會像鄭歎這樣力氣猛增，爪子也不會有質的突變。

不過，除此之外，鄭歎也沒有其他另類的變化了，就算他現在的力氣已經接近自己當初成年人的狀態，卻也沒有變成人的趨向；就算被當作猴子訓練爬樹、訓練樹叢中的跳躍，也不會變成猴子。

——以後要一直以這樣的狀態生活下去嗎？

鄭歎一邊跑步，一邊思考著。現在他跑步的速度已經提升了一個層級，而且在跑步的過程中他還可以分心思考，不會覺得有累得喘不過氣來的感覺，頂多精神有些疲乏，跑完休息一會兒就好了。

跑完兩圈之後，鄭歎來到學校邊緣的一座樹林，這裡的樹林面積比東教職員社區那邊的大，又因為離教學區稍遠，人比較少。樹林不遠處，學校推倒了一片「歷史太過悠久」的紅磚瓦房，準備建設新的宿舍區；隨著擴招政策，學生越來越多，現有的宿舍樓已經不夠了。

因此，這片區域除了一些施工的工人和工程車之外，沒有人會從這邊的偏校門進入學校；路上到處都是灰塵、石土，學生和住校外開著私家車的教職員們也不會願意從這邊經過。

所以，鄭歎這段時間跑完步之後就會來這裡練習爬樹，樹林裡清靜，就算做出什麼特異的事情也不會被發現。

衛稜最近幫著他師兄辦事，當初那個案子還沒結束，所以現在很多時候鄭歎都是自己單獨做跑步和爬樹訓練；至於東教職員社區的那幾隻貓，從第一天之後，鄭歎就放棄了叫上牠們一起鍛鍊的打算。

跑完步休息一會兒之後，鄭歎又開始了每天的爬樹訓練。

在這邊做訓練的另一個好處就是，這片樹林的樹普遍比較粗大，利於攀爬。

鄭歎靈活地跳上一棵大槐樹，在樹幹上撓了撓、活動一下爪子，然後選了一根比較粗的能夠承受住自己重量的分支，身體一歪，從樹枝上滑到背面，前爪和後爪緊扒住樹幹讓自己不至於掉下去。

深呼吸，鬆開後腿，單靠兩隻前爪抱住樹幹，爪子緊緊釘在上面，然後一點點往樹梢移動，快到頭的時候翻身回到樹枝正面。

看了看周圍，選定一根距離尚可、粗細尚可的樹枝，鄭歎做了下跳躍準備，縱身跳到那根樹枝上，然後再開始重複動作。

剛開始聽衛稜說出這種訓練方法的時候，鄭歎感到疑惑，他現在是一隻貓，不是一隻猴子，為什麼要訓練這個？

衛稜當時看出了鄭歎眼裡的疑惑，沒有直接解釋，而是問道：「你覺得做不到？還是覺得沒有貓能夠做到？我可以確切地告訴你，我見過一隻貓，牠在樹林子裡奔跑的時候，可以比猴子還敏捷，就在樹上竄，從一根樹枝竄到另一根樹枝，從一棵樹跳到另一棵樹，而且自打牠會爬樹之後，大半時間就在樹上。有些時候，樹對於貓來說，就是救命的稻草。」

就這樣，鄭歎開始了猴子一般的爬樹訓練。或許到時候他也能夠單爪抓樹枝，像猴子那樣在樹林裡穿梭。

一連爬了五根樹枝，鄭歎跳到一棵有些年份的鵝掌楸上。當初之所以注意到這棵樹，主要是因為它的葉子有些特別，那時鄭歎正在趴樹枝上休息，一片葉子掉到他面前，看著像個馬褂。

衛稜說這種樹叫鵝掌楸，也叫馬褂木，是國家二級珍稀瀕危保護樹種。

在大都市裡面，除了植物園，很少會看到這麼大的鵝掌楸了，看來還是楚華大學歷史悠久的緣故。

鵝掌楸的花看上去有些像鬱金香，而它的英文名翻譯過來就叫「華夏的鬱金香」，不過可惜的是，鵝掌楸的花期在五、六月份，今年鄭歎是看不到了，明年把焦家的人叫過來一起看看。

鄭歎吹著風，聽著周圍樹葉掉落的沙沙聲響，看了看周圍。現在很多樹的葉子都已經變黃了，再降個溫、下場雨、颳個大風，學校裡的落葉喬木就要開始加速變禿。

楚華市的冬天要來了。

爬完樹，鄭歎看著時間還早，學校第三節課才剛下課，等第四節課下課之後再回焦家吃午飯，省得提前回去沒飯吃還得乾等著。

和往常一樣，訓練完畢還有多餘時間的話，他就去人工湖那邊轉轉。

看起來溫順聽話的動物很容易讓人放鬆戒心，所以有很多家養動物才會成為人們傾訴的對象。那個女生小卓有時候也會跟鄭歎說說話，但都沒有提到一點「專案A」的字眼，都是一些沒有太大意義的話，比如「你今天又來了」、「餓不餓」等等。

有時候小卓也會和焦爸他們一樣，說一些與她自己專業相關的東西。還有一次不知道看到哪方面相關的，小卓突然興起，將本子上夾著的一張空白便簽紙撕下一個小角，再將這個小角撕得更碎一些。接著她將本子合起，撕碎的紙屑放在上面，然後從筆袋裡拿出一根帶橡膠包裹外殼的簽字筆，在鄭歎身上來回磨了幾下，再將筆接近紙屑，紙屑被吸起。

小卓拿著吸了紙屑的簽字筆，面帶笑意對鄭歎道：「看，這叫摩擦起電！那麼，這是什麼原因呢？我跟你說喔，物質都是由原子構成的，而原子內部的原子核又由帶正電的質子和不帶電的中子構成……」

鄭歎聽到前面那句「看，這叫摩擦起電」差點噴出一口血，又聽到「我跟你說」這四個字，噴血的欲望更強了。

在哪裡都能碰到這種人！

在人工湖的長椅上趴到第四節課快下課的時間，鄭歎去附小接焦遠和顧優紫。

但是下課後，鄭歎沒有等到那兩個小身影。

蘭天竹他們幾個出來的時候看到蹲在圍牆上的黑貓，出聲道：「黑碳，焦遠已經走了，第一節課下課的時候就被玲姨接走了。」

蘭天竹口中的玲姨就是阿黃牠主人，也是和焦媽一樣在同一所國中教書的老師。

在蘭天竹說話不久，又一個跟顧優紫同班的小女孩也說了同樣的話，第一節課下課的時候，玲姨接走了顧優紫。

鄭歎覺得不對勁，很不對勁，肯定發生了什麼事情，不然不會無緣無故將兩個小孩子在還沒放學的時候就接走。

鄭歎心神不寧地狂奔回東教職員社區，刷了感應卡之後，一口氣直衝到五樓，在門口大聲叫了半天沒人應聲，然後他又跑出樓，在藏鑰匙的樹上拿回鑰匙來開門。

家裡很安靜，靜悄悄的，還是跟鄭歎早上出門的時候差不多，往常這個時候已經騰起的飯菜香，今天一丁點都沒有。鄭歎挨個房間轉了一圈，連兩個小孩子的書包都沒有，也就是說，焦遠他們被接走之後根本就沒回來過！

書桌上沒有攤開的本子，樓梯間沒有貼小紙條，家裡也沒有貼「提示」和「備忘錄」……

一時間，鄭歎茫然了，煩躁地在原地轉圈。

雖然這家人跟自己沒有血緣關係，如果不是這個令人難以置信的變貓事件，鄭歎根本不會接觸到這一家人。但是，是焦媽從菜市場的垃圾堆裡將自己撿回來的，焦家的四人對自己都很好，五個月下來他對這裡已經產生了自己都不想承認的歸屬感。當年自己還是人的時候，房子也有幾處，但是沒有哪一處會讓自己產生這種感覺，說不出所謂的歸屬感到底是什麼心情，就好像在外面炸起的毛，一踏進這扇門，就突然被撫順了。

轉圈轉得自己都有些暈呼呼的時候，鄭歎突然想到一件事，趕緊奔回臥房，跳上放電話的桌子上，按了免持鍵，撥打了焦爸的手機。

電話響了好幾聲才接通。

「喂？」

那頭焦爸的聲音有些嘶啞，鄭歎感覺得到他壓抑著情緒，而這樣更讓鄭歎心煩意亂，扯開嗓門就吼。

「嗷嗚──」

電話那頭的焦爸：「……」

也只有他家的貓會這麼叫了。不過，他沒想到在這個時候接到家裡電話，剛看到來電顯示的時候更沒想過撥打電話的會是自家的貓，他知道自家的貓與其他貓不同，但還真沒想過這時居然會接到來自自家貓的電話。

見那邊沒反應，鄭歎又扯著嗓門叫了一聲。

這次，焦爸出聲了：「我在醫院，焦遠他們我接過來了，蓉涵出了點事情。你先乖乖待在家，冰箱裡有零食……」

「嗷嗚——嗷嗚——」鄭歎繼續扯著嗓門吼。

蓉涵是焦媽的名字，焦媽叫顧蓉涵。一聽到是焦媽出事，鄭歎也靜不下來，他想問醫院在哪裡，但是卻說不出話，只能乾吼。

由於太煩躁，鄭歎看到旁邊堆著的一摞書，抬爪子，掀！

聽著電話裡傳來書本掉落的聲音，焦爸沉默一會兒，問道：「那我待會兒讓易辛帶飯給你？」

「嗷嗚——」

鄭歎看了看桌面，鍵盤旁邊還有一個玻璃杯子，是為焦遠他們訂牛奶的時候供應商送的。

甩尾巴，摔！

焦爸聽著電話裡傳來玻璃杯落地摔碎的聲音，這次沉默的時間長了一點，然後嘆口了氣，說道：「我待會讓易辛帶你過來吧，你在家等著，別再摔了。」

鄭歎：「嗷。」

第五章

看顧小孩的黑貓

鄭歎蹲在家門口等著，一直沒見到人便不耐煩地在門口撓門。當然，他不是撓焦家的門，而是撓對面屈向陽家的門，隔著鐵門的格柵撓那扇木板門。不過，屈向陽那個死宅一直戴著耳機打遊戲沒聽到，等到他反應過來的時候，自家門上已經「傷痕累累」。

鄭歎等了將近一個小時才看到易辛汗流浹背的跑過來。

易辛接到焦老闆的電話時正在忙實驗，焦老闆讓他忙完之後再過去接貓。易辛已經有過一次幫老闆帶貓的經驗，所以也知道焦老闆家的貓脾氣不怎麼好，一忙完手上的活，水都沒來得及喝，扔下實驗服拎著水壺騎著自己剛買的一輛二手自行車，就往東教職員社區這邊奔過來。

到焦家所在的五樓的時候，易辛毫不意外看到了那隻殺氣騰騰的黑貓，還有貓爪子撓在木門上發出的吱吱聲。看看那扇木板門，再看看面前這隻黑貓的眼神，易辛趕忙解釋了一下自己來晚的原因，而且特別強調晚來的原因是焦老闆同意了的。

鄭歎沒聽他多廢話，跑回客廳將焦爸帶他去生科院時拎著的袋子扔出來。

易辛對於鄭歎的這番表現也沒有太多的驚訝，第一次帶貓的時候就已經驚訝過了。照著焦老闆的吩咐，易辛打開袋子。

鄭歎自動跳了進去，然後盯著易辛，用眼神示意易辛快點出發。

不能說話就是不方便啊！以前鄭歎還覺得聾啞人沒什麼，現在算是感同身受了，畢竟生活中不是每個人都能夠和你心有靈犀一點通的。

易辛沒看懂鄭歎的眼神，他只是按照焦老闆的吩咐，提著袋子往樓下跑，跑到樓下才突然想起來，其實可以讓貓自己下樓的。

易辛帶著鄭歎，騎著自行車前往楚華大學附屬醫院。

可惜，騎個車也能出岔子。

沒出教職員社區多遠，鄭歎就聽到「嗒」的一聲，然後自行車慢了下來。聽到易辛的罵聲，蹲在車籃裡袋子上面的鄭歎低頭看了看，似乎沒異常呀……但是再往後看，一條斷開的鏈條躺在路面上。

鄭歎：「……」尼瑪什麼破車啊！鏈條居然直接斷掉了！

校內的通勤車還得等一段時間，而且通勤車走走停停，鄭歎也等不了。

計程車？校園裡誰知道什麼時候會有開進來的計程車？

借車？找誰借？要是易辛再借一輛中途斷鏈條的車，鄭歎估計得鬱悶死。

鄭歎記得下樓的時候看到焦爸的電動摩托車在車棚裡。最近天涼了之後，有時間的話，焦爸偶爾也會跑步去生科樓。

易辛正抓耳撓腮不知道該怎麼辦，就見蹲在車籃裡的黑貓跳下車，往回跑去。

「喂，你跑什麼啊！等等！」易辛更急了。自行車沒了可以再買，貓要是不見了，他就沒臉見老闆了。

所以易辛將自行車扔道路旁邊就追貓去了，反正這車是二手貨，值不了多少錢，再說一輛鏈條都斷了的自行車，還是大白天的，除了清潔工之外，估計也沒人去碰。

鄭歎衝回教職員社區，回到焦家，在焦爸的書桌抽屜一個小角落裡找到了電動摩托車的另一把鑰匙，叼著鑰匙出樓的時候，剛好看到氣喘吁吁的易辛。

鄭歎看了易辛一眼，跑到焦爸的電動摩托車車座上，拍拍車座，將鑰匙放下。

易辛：「……」好吧，老闆家的貓就是與眾不同。

電動摩托車比自行車要可靠多了，易辛騎著也輕鬆，不用自己的腳來踏就是好，他現在真沒多少力氣騎自行車了。

讓鄭歎覺得不爽的是，電動摩托車總是有種慢條斯理的感覺，比不上真正的摩托車。所以這時候，鄭歎就特別希望焦家能夠有一輛自家的小客車。

在前往醫院的路上，鄭歎一直注意著路線，記住之後，以後有什麼事情也不用指望別人，省時省事。

◆◇◆◇◆◇◆◇◆

楚華大學附屬醫院並不在楚華大學內部，離校區大概有兩站的距離。醫院集醫療、教學、科研為一體，是一所教學醫院。

醫院這邊的人一向很多，易辛停好車，按照焦老闆給的病房號碼拎著袋子進去。畢竟醫院裡不是貓能夠隨意走動的地方，鄭歎也不能大搖大擺進去。

搭乘電梯的時候剛好碰到下來買飯的焦爸，鄭歎看焦爸的臉色還好，跟易辛說話時也沒有之前在電話裡的那種嘶啞和壓抑感，看來焦媽應該沒有太大的問題。

焦爸買了五個便當，一個給易辛。易辛還準備買點水果之類的過去，一摸褲子口袋，沒帶錢。

當時他走得太急，沒穿外套，錢包放在外套裡面，現在褲子口袋裡只有研究生證。

「那個，水果店可以賒帳嗎？」易辛很是尷尬。

焦爸、鄭歎：「……」

「改天吧，反正今天她也吃不了，現在還沒醒呢。」焦爸說道。

一邊往電梯那邊走，焦爸一邊解釋今天的事情。

焦媽雖然在國中教書，但有時候也會過去楚華附中那邊串門子，打算等以後調過去高中教書。兩邊學校都有熟人，且以焦媽的能力也足夠教高中了，現在只不過是放心不下家裡的兩個小孩子才一直沒有過去高中那邊。如果沒課的話，她還是會去高中那邊看看，或是幫忙代課之類的，做個實習的高中老師。

楚華附中在這個區域裡是明星學校，不過離市中心稍遠，接近環外道路。楚華大學這邊每天都會有固定班次的公車從大學校區出發，經過國中那裡，然後再前往附中。沒想到今天公車剛離開國中沒多久，在過彎的時候，一輛拖著玻璃門的小貨車直接撞了過來！那名小貨車司機開車的時候宿醉還沒完全清醒。至於現在，司機還待在手術室裡，尚未脫離險境。

公車內很多人都受了傷，其中六個重傷，兩個還在搶救中。

焦媽屬於比較幸運的，剛被送來醫院的時候渾身是血，焦爸趕過來時看到的就是那一幕。焦媽身上有多處被玻璃碎片扎傷，有三處傷口扎得特別深，腿上的傷口深可見骨，不過沒傷到骨頭，也就剛被送來的時候看著很嚇人，其實比起那六個重傷的，焦媽已經很幸運了。

手術時，醫生將玻璃碎片都取了出來。焦媽沒有骨折，但還是需要住院觀察幾天。

焦爸接到鄭歎的電話時，焦媽的手術剛結束沒多久，只是焦爸尚未沒平靜下來，還沉浸在來醫院的時候看到的那一幕，所以才會有那樣的說話語氣，不過現在已經又恢復到平日裡的冷靜樣子。至於焦遠他們，是焦爸讓玲姐將人接過來的，為的就是怕萬一情況嚴重，能夠最後多看孩子一眼。

相對而言，焦媽的情況並不算嚴重，所以手術之後直接送到了普通病房，加護病房那邊已經滿了。

其實所謂的「普通病房」，嚴格來說並不算很「普通」。醫院對於學校的教職員有另外的福利，有一層是專門為楚華大學教職員準備的，焦媽現在住的就是這類病房。

相比起其他病房而言，這裡的不同之處在於四個床鋪的病房裡面被隔開成小間，雖然只要稍大聲說話隔壁就能聽到，但總比擠在一起好。隔壁病房也有沒隔間的，都是看家屬的選擇，一般像焦媽這種剛動過手術的，都會在有隔間的病房。

每個隔間很小，不到三坪，多幾個人進去都嫌擠。

躺在病房裡面的焦媽還沒醒過來，不過知道她性命無憂後，焦家幾人一直懸著的心都放下了。焦遠和顧優紫坐在大病房外面走廊的長椅上，顧優紫的眼睛還紅著，都哭腫了，焦遠也好不到哪兒去。

易辛過來一會兒之後，焦爸就打發他走了，畢竟易辛自己還有很多事情要做。

「人不夠用啊！」焦爸感嘆，頓了頓又說道：「明年多招幾個研究生。」

不知道易辛在這裡的話，聽到後會是個什麼感想？

鄭歎是待在焦媽所在的那個小隔間病房裡面吃著便當，畢竟在外面被人看到不好；中途有護士過來換藥、檢查病人的情況，鄭歎就躲在焦遠的書包裡。至於焦遠的書本，全都扔一個塑膠袋裡面了。

焦媽的事情沒告訴住在老家的老人，兩家的老人家都年紀大了，來回折騰也累。

鄭歎和兩個小孩子先在醫院裡待著，焦爸回家一趟，帶了些衣物和用品，也將那張印著華夏象棋圖案的小木桌搬了過來，到時候放東西、吃飯、兩個小孩子寫作業也能用上。

這幾天焦爸晚上都直接住病房裡了，小隔間裡面有張折疊躺椅，給看護的人休息的，看著小了點，倒也將就用著。

這一天，焦家的兩個小孩子沒去上課，和焦爸一起陪在這裡。焦媽下午醒了過來，說一會兒話，又睡著了。雖然面色還是那麼蒼白，但至少三人一貓都安心很多。

下午五點多，焦爸去買了晚餐，吃完就讓兩個小孩子趁著天還沒黑搭公車回家。

原本焦爸是準備讓兩個孩子去玲嬸他們家或者幾個關係比較好的老師家裡住，兩個小孩子堅決反對，說自己能夠照顧自己，在外面睡不好，還是想回家。

焦爸看了看從焦遠書包裡露出頭的鄭歎，說道：「黑碳，在家的時候幫忙看著點。」

「嗷。」鄭歎應聲。就算不說他也會照顧著兩個小孩子，畢竟他也算是個當哥哥的。

兩個小孩在醫院門口等公車，前面過去的兩輛公車人太多，焦遠決定等一輛人稍微少點的。從醫院到楚華大學東大門的公車班次很多，所以沒必要和那麼多人擠一輛車。這個時間點，公車上很多是下班的人。楚華市人多，還沒有捷運，所以在上下班的尖峰時間，人總是特別多。

今天的焦遠很沉默，如果是往常，焦遠在等車時一定會閒不住踹一下旁邊的樹，摳一摳貼在電線桿上的廣告或者跟旁邊的人說話，但現在焦遠只是牽著二年級的顧優紫靜靜站在那裡，偶爾因為來的公車太滿不想上去擠，而低聲跟顧優紫說兩句，等下一輛車。

鄭歎待在焦遠的書包裡面，書包拉鍊口留出了一點縫隙，能夠讓鄭歎露出頭，也能夠呼吸空氣不至於在書包裡憋著。但不管怎樣，待在書包裡總不是好受的，鄭歎很想將頭露出來，只是現在人多口雜，為了避免不必要的麻煩，他還是縮在了書包內。

焦遠的書包內有茶葉蛋的氣味，估計這小子早上上學的時候還去買了幾顆茶葉蛋揹著，省得下課的時候餓。

大概等了十五分鐘左右，終於來了一輛乘客人數不算太多的公車，焦遠牽著顧優紫上車，剛好有個人下車，讓出了個座位，焦遠道了聲謝，然後和顧優紫合坐一個座位，將裝著鄭歎的書包放在腿上。

到楚華大學後門只有兩站路，但要到東苑那邊的門還要多走兩站，能夠坐著是最好。

鄭歎待在書包內感覺有些悶，所以將鼻子放在拉鍊縫處，呼吸空氣。公車走走停停，有時候是因為到站，有時候是因為碰上紅綠燈，鄭歎有些昏昏欲睡。

然而，沒過多久，鄭歎就感覺到自己鬍子一痛。

從拉鍊縫裡看出去，坐在前面的是一個媽媽帶著小孩，小孩被抱著，面朝坐後面的人。小孩估計是看到鄭歎從拉鍊縫那裡露出的一點黑鼻子和幾根鬍子，就伸手揪了揪鬍鬚。

鄭歎感覺到痛之後往裡一縮，將鬍子拉回書包裡面。

「貓……毛……」小孩說話還不流利，見剛才還揪住的幾根貓鬍子縮進書包裡，指著焦遠的書包叫道。

有些走神的焦遠和顧優紫回過神來，並不知道剛才的事情，只見到小孩指著書包，以為被發現了，都有些緊張。雖然公車上沒有貼不准帶寵物的告示牌，但大多數人是反對帶寵物上公車的。

幸好其他人並沒有注意到剛才鄭歎露出來的鬍子，車內光線不好，再加上這個時段下班的人都一身疲憊休息著，沒人注意，小孩的媽媽也只以為自家孩子看到別人書包上掛著的一個黑貓掛飾才出聲，笑著哄了兩句。

到東苑站後，兩個小孩子趕緊下車，生怕被發現。畢竟是小孩子，沒有大人那麼厚的臉皮。

進東大門之後，鄭歎就從書包裡面跳出來，呼吸到新鮮空氣渾身都輕鬆很多。

這個時候天已經黑了下來，路燈亮起，能夠隱約聽到學校廣播裡面播放的節目收尾時的歌曲。陣陣風吹過，周圍響起樹葉之間摩挲的沙沙響，還有葉片掉落的聲音。

鄭歎打了個哆嗦，跑幾步往樹上爬，再滑下來，活動了一下才覺得身上熱乎些。

見到鄭歎這個樣子，心情一直沉重著的焦遠和顧優紫也都輕鬆了點。周圍有出來散步的人，有下班開車回家的人，不算冷清，還能聽到東苑那邊幾隻狗的叫聲。

來到自家那棟樓前，焦遠刷了感應卡之後，鄭歎就先跑了進去。

教職員社區的房子比較老，沒有安裝聲控燈，住在這裡的人也都習慣了。下面三樓的燈都開著，但四樓和五樓是黑的——四樓鸚鵡牠家沒人，估計又出差去了；五樓屈向陽那個死宅一週也難得下樓一次，所以沒人開燈。鄭歎先上去把燈打開，省得兩個小孩磕碰到樓梯。

對於其他人來說，沒有開燈的樓梯間裡伸手不見五指，但對現在的鄭歎來說，並不算什麼。或者說，對貓而言，這種黑暗並不算什麼。

鄭歎跳起來將四樓的樓梯燈開關按開，然後再上去按開五樓的。開燈後，鄭歎往樓下跑去，兩個孩子才剛走到二樓。

到四樓的時候，兩個孩子終於知道自家貓提前跑上樓是幹什麼了，剛才在外面還沒進樓的時候，可沒見到四樓和五樓的樓梯間亮燈。

「黑碳真聰明！」焦遠笑道。

這是今天自知道焦媽出事之後他第一次笑。

「嗯！」顧優紫小朋友還是一如既往的話少。

鄭歎鬱悶，就這種屁事有什麼好稱讚的？

「不過爸爸說太聰明的貓會惹人嫉妒，有些事也沒必要讓外人知道。所以剛才的事情家裡說說就行，不要說出去了。」焦遠又道。

「我知道。」顧優紫點頭，她從來不說。

她以前見過班上一個小孩天天將家裡買的芭比娃娃帶到學校炫耀，沒多久就發現那個芭比娃娃不見了，找到的時候娃娃已經被踩扁，髒兮兮的被扔在垃圾桶裡面，聽說是惹人嫉妒了。本來自家貓每天接送他們上學放學就已經很惹眼了，沒必要再增加一些事情。這也應該是類似的吧，所以不能多說？

回到家後，焦遠打了電話給焦爸，告訴他自己和妹妹已經安全回家。電話還沒講完，阿黃牠主人——被焦遠叫「玲姨」的女人過來了，她提著一袋子的蛋糕和牛奶，就怕兩個孩子餓著，而且吃不完明早還可以當早餐。

因為自己家裡還有親戚的孩子，玲姨也不能留在這裡，焦遠這兩個孩子也堅持留在自家，玲姨幫他們放好洗澡水，等兩個孩子洗完澡上床之後才離開。

鄭歎趴在顧優紫旁邊，等她睡著之後，又跑到焦遠房裡看了看，小屁孩還沒睡著，鄭歎守在旁邊過了一會兒，確定他睡著了，才來到陽臺。

晚上睡不著的時候鄭歎就喜歡待在陽臺上，吹吹風、透透氣。這種環境下特別適合思索人生……不，應該是思索這坑爹的貓生。

◆◇◆◇◆◇◆◇◆

隨著夜色漸深，教職員社區裡各家亮著的燈光逐漸熄滅，周圍也漸漸沉靜下來，沒有電視的雜音，沒有人們的說話聲。

隔壁屈向陽那個死宅家裡還亮著燈，不到凌晨一、兩點他是不會睡下的。

今天晚上鄭歎一點睡意都沒有，就這樣一直坐在陽臺上，耳朵時不時動兩下，聽聽兩個孩子房間裡的動靜。讓鄭歎放心的是，兩個孩子睡得還好，至少沒有做惡夢。

從五樓往下看，社區裡路邊橘色的燈光特別顯眼，再往遠處看，很多橘色的光點在搖曳的樹林間閃爍，風平息之後，樹林間閃爍的光點也跟著靜止下來。學校裡大部分的路燈都是橘色，有這種橘色燈光的地方都有車道。

聽說橘色的路燈是一種最安全的燈光，因為橙色的波長很長，所以很遠就能看到。在橘色燈光的照耀下，前面行駛的車也能看得很清楚；同時，橘色也比較柔和，讓人的眼睛有舒服的感覺，也可以讓駕駛員的眼睛不易疲倦，這樣就會一路平安。

鄭歎打了個哈欠，時間真的不早了，再待幾個小時估計就有人起床晨練了，連隔壁的屈向陽都已經睡下。鄭歎轉身準備回客廳睡沙發去，在客廳裡也能兼顧著兩個小孩子。

鄭歎剛抬腳，就聽到樓下傳來悶悶的木牌之間敲擊的聲響。

他腳步一頓，這種聲音是一樓大胖家掛在靠陽臺那個臥房門上的風鈴傳來的。乍一看去這就是個普通的風鈴，在外人看來，要說特別的話就只有風鈴上懸掛著的是木牌，而不是金屬或者貝殼等能發出清脆聲響的掛飾。

鄭歎以前也沒注意過，但有一次在大胖被那個穿軍裝的衛稜的老上級檢查「功課」的時候，才知道那個木製風鈴的作用——示警。

那個木牌風鈴只要不颳大風，是不會響的，只有敲擊掛著的那些木牌才會響，而且每個木牌敲擊的聲音都不同。

鄭歎聽到木牌的聲音，往樓下看了看。這一看，鄭歎就發現了兩隻「老鼠」。

雖然那兩個人藏在陰影裡，卻還是躲不過鄭歎的眼睛，就算不能看得很清楚那兩個人的面孔，但捕捉住那兩個身影還是可以的。

九月底的時候社區就發生過竊盜案，社區裡因此多出了兩隻狗，而在那之後，教職員社區這邊再也沒發生竊盜事件。

看這兩個人的配合和行為，一點都不像是初犯，並且似乎對於教職員社區的老公寓布置都很熟悉，對住戶也有些瞭解。這麼說，這兩人可能就是上次竊盜事件的犯人了。

安分了一個多月，這兩個小偷終於又忍不住了嗎？

沒想到這次小偷選擇的會是自家這棟樓。這兩人，目標會不會是自己家？肯定不是四樓，鸚鵡將軍牠家比較特殊，因為有一隻稀有鸚鵡的原因，陽臺有鐵網，門也換了，防護得很好，很難下手。而四樓另一戶長年沒人，估計也沒啥值錢的東西。

這一次，兩隻「老鼠」的目標又會是誰呢？如果是自家的話……

鄭歎瞇了瞇眼，手掌活動了一下，鋒利的爪子伸出來，又縮回去。

——老子說不了話，燒不了水，搭個公車還要縮在書包裡，但是，難道老子還辦不了你們？！

而此時此刻，東教職員社區B棟樓樓下那兩個處在陰影裡的人根本不知道，在一樓的窗戶後面，有一隻貓正蹲在黑暗裡看著他們；同時，在五樓的陽臺，還有一隻黑貓也在注意著他們的一舉一動。

之前就有人懷疑過是這竊賊是團伙作案，鄭歎雖然對於案情的分析並不太在行，但也知道想要在大樓行竊，很大的可能是裡應外合。只是那時候找警察過來也沒查出個所以然，最後不了了之。所以，那段時間將房屋出租出去的戶主們都被迫回來，向社區的其他人做過解釋，甚至還簽署協定，以保證租房的人足夠信任。

鄭歎聽到「鐺」的一聲，是大樓電子感應門發出的聲音。

這兩個人有感應卡，而且對這棟樓的住戶足夠熟悉，他們的目的應該不是那幾戶住著退休老員工的老住戶。

事實上，很多居住在這裡的退休教職員們生活都過得很清貧，就算他們其實很有錢，但去學校餐廳的時候也是一買就一大袋白饅頭，回家再煮點清粥小菜，而不是錦衣玉食。再說了，如果下手的對象是那些退休老人家裡的話，何必等到現在？

那麼，排除掉那些老住戶，相對來說比較新的住戶，就是五樓的兩戶了。

很巧的是，為什麼偏偏選今天？偏偏還是焦媽出事，焦爸不在家，只留下兩個還讀小學、沒有多大威脅力和反抗能力的孩子的時候？

鄭歎在其中一個人進樓之後，估算著時間，從陽臺來到門前。

看了看掛在牆上的鐘，兩點十分。一般來說，在這個時候人們普遍都睡得比較熟。

如果對方的下手目標不是焦家的話，鄭歎暫時不會有動作，省得把兩個好不容易睡下的小孩驚醒；至於其他人怎麼樣，說實話，鄭歎並不在乎，人心本來就是偏的，別人家裡被偷關自己屁事，這些人只是偷東西，又不是殺人。當然，就算他要出手，也會等對方準備離開的時候再說，不到萬不得已，鄭歎不想在家門口鬧出動靜。

只是，事與願違。

那人在踏上五樓之後頓了頓，似乎在確認五樓的住戶都歇下了，然後便朝焦家這邊過來。很快，門鎖發出輕輕的聲響。

聽著門外輕微的腳步聲，鄭歎耳朵動了動，手掌上的爪子伸出來。

門另一側的人不會想到，離這扇門前一公尺處，一隻黑貓蹲坐在黑暗的玄關處，隨著腳步聲的靠近、門鎖的響動，黑貓已經改變了姿勢，曲腿、低伏，有一搭沒一搭地甩動的尾巴尖也不再動，蓄勢待發。

「卡」的輕響過後，門漸漸打開。

陌生的氣息……

門口的人小心地推開門，但是才剛推開一點，腳還沒進來，就感覺臉上突然一陣劇痛，從左眼眉梢到嘴右角，臉上立刻被劃出了幾條血痕，每一條血痕都立刻往外滲血。

還沒等這人對突然而來的痛覺反應，一股大力撞擊在胸口，撞得他連退兩步然後跌倒在地。樓梯間的燈都關閉了，那人手上的小手電筒因為這一撞而掉落。那人驚慌了，以為自己被人發現，與之前瞭解到的情況不符，很顯然這屋裡並不只有兩個小孩！

因為臉上的劇痛而慘叫一聲後，那人爬起來就往樓下跑，但是手電筒的那點光並不足以讓他看清楚樓梯，血已經往流進他的眼睛，更加模糊了視線，臉上的疼痛刺激著大腦神經，一個趔趄滾了下去，在樓梯拐角處又匆忙爬起來往下跑。

鄭歎將門帶上，追了上去。人家都摸上門來了，不一口氣解決掉，鄭歎不甘心。

那人應該對於大樓的樓梯很熟悉，不然黑燈瞎火傷了眼睛還能跑得這麼快。

鄭歎追到一樓的時候，電子感應門卡那裡躺著一個人，是個女人。而大胖的主人，那個年近七十的老太太，拿著一根電擊棒站在那裡。大胖蹲在老太太腳邊。

大胖的示警並不是弄給鄭歎聽的，而是給老太太。老太太對於這種木牌的響聲很敏感，所以才會將風鈴做成這種木牌式。

別看老太太年紀這麼大，動起手來一點也不含糊，不然那名年輕女人也不會聲都沒發就躺這裡了。

這個年輕女人的同夥在這時候並沒有要幫助一下同伴的意思，直接衝了出去。老太太已經抓了一個也就沒攔著那男的，再說，畢竟年紀大了，比不上一個健壯的小夥子，強行動起手來肯定吃虧。

所以，老太太有力地一聲吼：「抓小偷啊——！」

然後社區裡面一隻隻狗都開始叫了起來，其中也摻雜著幾聲鄭歎熟悉的貓叫。

鄭歎追了出去，雖然那個男的臉上受了傷，一隻眼睛也被血糊住而看不清，但逃跑的速度依然很快。

在鄭歎身後，一道白色的身影也往這邊衝了過來，雖然速度沒有鄭歎快，但確實是循著鄭歎的追擊路線往那名小偷逃跑的方向跑。

那小偷的逃跑速度快，鄭歎也不慢，一直以來的訓練可不是白白浪費時間的。鄭歎一邊跑也一邊思考著動手的時機，直到小偷在路過拐角處的花壇時，鄭歎一個加速，衝上去跳起身從背後將小偷推了一下。

小偷沒想到這時候背後會挨上一記，重心一失，腿一拐，往花壇上倒去，他的頭就正好擱在花壇的水泥邊緣上。

一時間，小偷有些暈乎，躺在那裡動彈兩下也沒能爬起來。沒過多久，在小偷漸漸回神的時候，一道白色的身影衝了過來，朝著小偷的小腿處就是一口……一口見血！

「啊——」

又是一聲慘叫，不同於之前在焦家家門前的那聲叫喊，在經歷了被發現、被追趕、逃跑的恐慌之後，腿上的劇痛讓他有一種想要發洩心中恐懼的欲望，所以叫聲特別大，在這樣的夜裡很是嚇人。

那人的腳使勁掙脫，還踹了那東西一下。

被踹得滾了好幾圈的牛壯壯一骨碌爬起來，繼續衝上去。這次更凶猛了，牠照著剛才咬出的血印又是一口，一邊咬還一邊發出「唔唔」的低吼。

鄭歎蹲在旁邊的灌木叢裡面，看著這隻還不到四個月大的牛頭梗的表現，心裡讚嘆一聲：牛壯壯，真他媽好樣的！

雖然長得另類了點，但不得不承認，牛頭梗不愧是戰鬥犬！就剛才那一口，鄭歎看著都感覺腿痛，更別說挨了兩口、小腿上那一塊已經血肉模糊的人了。

鄭歎躲在灌木叢裡的原因，是因為他察覺到被老太太那一聲吼叫出來的人都快過來了，這時候他不想暴露自己，在那人臉上留下那些爪痕已經足矣，其他的功勞就留給牛壯壯吧，反正自己追過來的時候也沒人看到。

抬頭看了看B棟那邊，鄭歎見到焦家的燈亮了，那一棟樓凡是有人在的，家裡的燈都開了。人喊狗叫貓摻合，這麼熱鬧，就算睡熟的人也會被驚醒。

鄭歎也不再管這裡的人，趕緊往焦家那邊跑去，兩個孩子估計嚇著了。

鄭歎回到家門前的時候，門仍舊是他剛離開時那樣緊閉著，但客廳的燈開著。鄭歎還能聽到客廳裡面焦遠低聲對顧優紫說話的聲音。

鄭歎叫了兩聲，伸爪子輕輕撓了撓門，門立刻就開了。只見焦遠拿著一根木棍，背後站著顧優紫。

鄭歎：「……」

誰教這些孩子有麻煩就拿木棍？上次熊雄是這樣，這次焦遠也是這種反應。

見到門口的鄭歎之後，兩個孩子原本緊張的心情稍稍放鬆了些。這時候，對門的屈向陽穿著海綿寶寶睡衣走了出來，一臉的茫然。

因為這事，教職員社區裡很多人一直到天亮都沒睡著。那兩個人被抓了，上次被偷了東西的人更是嚷嚷著要當場審問、追查到底，他們可不是好糊弄的——很顯然，根據剛才初步審問兩人瞭解到的情況，並不像人們想像的那麼簡單，因為能對社區的人這麼瞭解，可不是一般學生能夠做到的。

焦遠和顧優紫跟著屈向陽下樓瞭解情況，畢竟五樓樓梯間那裡還有血跡呢，不搞清楚誰心裡都不踏實。

聽到這次這兩人的下手目標是焦家，出來追自家貓的玲姨上來就是兩巴掌。對於這個被抓的年輕女子，社區的男人們不方便動手，而且這年輕女人臉上帶淚，看著很是可憐，長得也有幾分姿色，看起來很乖巧，說話細聲細語的，如果放在平時，絕對沒人會認為她是小偷。

挨了兩巴掌，那女子哭得更厲害了，但看著實在有些我見猶憐的感覺。很可惜，玲姨可不吃這套，上去又是兩巴掌，要不是身邊人拉開她，玲姨都準備踹兩腳了。

鄭歎跟著焦遠他們下樓，沒去一堆人圍著的那邊湊熱鬧，這時候兩個小孩子有玲姨和屈向陽看著，也不會有啥事。

鄭歎看的是牛壯壯那邊。那小傢伙正蹲在嚴老頭旁邊，嚴老頭臉上笑得菊花朵朵開，一邊稱讚牠，還一邊幫牠擦嘴邊的血。

「壯壯啊，真是好樣的！明兒，不，今天天一亮就去給你買大骨頭，好好犒賞你一下！」

牛壯壯「汪汪」叫了兩聲，也不知道聽懂了沒有，但尾巴搖得特歡。

自打牛壯壯被領來社區，在嚴老頭那棟樓裡面，牛壯壯都是睡樓梯間的，那棟樓遭過賊，所以大家也琢磨著讓牛壯壯看守大樓。在老太太喊了那一聲後，立刻有人出來看情況，牠就是那個時候衝出來的。

◆◇◆◇◆◇◆◇◆

晚上這事玲姨他們幾個也沒通知焦爸，他要守在醫院裡面。直到天亮以後，焦爸才知道社區的事情，特批准焦遠和顧優紫可以不去學校，他打電話給老師請了假，兩個孩子被難得出一趟門的屈向陽帶去了醫院。

屈向陽有車，鄭歎也不用躲在書包裡乘坐公車了。只是，從醫院停車場出來的時候，他還是免不了被放進書包裡面。

在鄭歎從書包拉鍊縫朝外看的時候，見到了來醫院檢查的小卓。

焦媽今天的面色好了點，多了些血色，看起來也有精神多了。

不過，在知道昨晚社區裡發生的事情之後，要不是焦爸阻止，焦媽差點拖著傷回去。就算玲姨等人沒有告訴他們，但社區的事情昨晚鬧得很大，醫院周圍都是學校的教職員和家屬，大家聊著聊著就會知道了。

焦遠和顧優紫回答了焦媽的幾個問題之後也沒多說話，話最多的是屈向陽，將昨晚發生的事情講得繪聲繪色。

「自先前發生竊盜案之後，一樓二樓的人都做出了防護，有些住戶還加了門鎖；至於四樓和五樓的人，原本還感覺自己會安全些，但現在看來，那些人就是摸透了人們的這種心理。你越是覺得住在高處會比較安全，他們越是朝住在高樓層的住戶下手。這次的事情起因，聽說好像是他們看到生科院裡面掛出來的公告，知道焦哥今年申請到了一百多萬的國家自然科學基金，恰好又知道你們這邊出了點事，家裡只有兩個孩子，才將目標放在你們家的。」

「申請到的基金咱們也不可能給自己用啊！那些都是用到專案研究課題上的！」焦媽說道，

語氣不太好。

「但那些人可不這麼認為，靠申請到的基金發家致富的人多的是。」屈向陽聳聳肩，突然想到什麼，又興致勃勃地道：「聽說連夜調查，在社區裡幾位大老坐鎮的情況下，還真查出了點結果。一個多月前的那些竊盜案，說的是沒查出什麼，其實是有人阻攔，但這次可攔不住了！主謀是住在A棟的一個人，他家裡有些關係，舅舅是副校長，學校管招生就業的那位。」

屈向陽最喜歡說那些大人物的八卦，他也不怕人家背後捅他一刀，拚爹他未必拚不過，再說他都已經畢業了，怕個毛啊！

「平時大家也給幾分面子，但這次的事情大家可不能忍，社區裡還有好幾個申請到數百萬經費的呢，還都掛在各院的季度公告上，就因為這種事被人盯上，誰心裡都不會爽快。昨天晚上，一位老爺子就直接打了電話給那位副校長。我估摸著，他們解決完社區那邊的事情之後，就會來醫院這邊向你們賠罪的。」

鄭歎蹲在焦媽病床邊的被褥上，靜靜的聽著他們說話。被褥是焦爸從家裡帶來的，比醫院的舒服多了，看著也順眼。在焦遠他們來的時候，焦媽剛換完藥不久，所以暫時不會有護士過來。

聽著屈向陽的話，鄭歎想了想，也是，沒點關係、沒點本事，怎麼弄得到大樓各棟的感應卡，甚至包括西邊社區那裡的感應卡都有。這次事件之後，不知道學校會採取什麼措施以防再次發生類似的事情。就算換了新的電子感應器，鄭歎只要讓焦爸再弄張感應卡就行了，對於這個他並不擔心。

「哎焦哥，聽說那賊還沒進門就被你家的貓給撓了，那賊還以為家裡有人呢，連滾帶爬跑了，連同夥都沒顧。不過估計是跑太急，拐彎時跌卻撞到花壇的水泥邊，磕得滿腦袋血呀，然後被嚴大爺他家那隻牛頭梗咬了，腿上都撕下一塊肉！這次嚴大爺家的那隻牛頭梗可算是出名了，你是沒看見……」

焦爸在聽完屈向陽的講述之後，看了眼蹲在被子上瞇著眼睛假寐的鄭歎。知道藏拙，淡化自己是好事，有些風頭沒必要去出。

幾人說說笑笑，氣氛也沒了昨天的沉重，焦媽也沒剛聽到事情時那麼焦急了。

屈向陽說這幾天幫著照看一下焦家的兩個孩子，被焦爸婉拒。

屈向陽離開之後，焦媽問起了拒絕屈向陽幫忙照看孩子的原因。

「我準備找衛稜，這樣妳我都放心。小屈那小子精力都放在遊戲上了，到時候估計會帶著焦遠打遊戲。」

鄭歎暗自點頭，還真有可能，而且那傢伙打起遊戲來對周圍的一切事情都漠不關心，指望他帶孩子，還不如靠自己呢！

相比之下，衛稜確實能讓人放心點，反正只要晚上守著家裡一下，白天隨便他去哪裡忙活，這樣的話衛稜應該也有時間。不過，衛稜那傢伙幫著查案查得怎麼樣了？都這麼長的時間過去，居然還沒破案。

鄭歎正琢磨著衛稜那邊查案的事情，這個隔間的門響了。

焦遠和顧優紫趕忙將鄭歎裝進書包裡面，然後各自坐回小椅子上，裝作一副什麼事都沒發生的樣子，但臉上實在是太過嚴肅。焦媽笑著搖了搖頭。

來的人是小卓，她也是聽說了社區那邊的事情才過來探病的。

焦爸趕緊將那個躺椅讓出來給小卓坐下，因為自家貓和小卓的關係，這些時日去物理學院那邊借儀器的時候，佛爺的態度一直都很好，就算沒有微笑，也不至於像從前那樣板著一張寒死人的臉。

見到是小卓，鄭歎也不憋在書包裡了，出來又跳上病床蹲在軟軟的被子上，這裡比書包裡面舒服多了。

「喲，黑碳，偷溜過來的？」

小卓對於鄭歎在這裡並沒有太多的驚奇，甚至還笑著伸手指輕輕點了下鄭歎的頭。

話題圍繞著鄭歎，小卓和焦媽的話就多了些。

焦媽心裡也鬆了口氣，要是沒有自家黑碳這個話題，她還真不好說什麼。小卓的事情他們雖然不太清楚具體情況，但也能猜到一些，覺得她挺可惜的。

物理學院佛爺手下的三張王牌之一，未來前途無量，近期物理學院那邊還有一個大專案，如果小卓參加的話，以後也能多一張強硬的底牌。但偏偏是這個時候發生這種事情，並且小卓還決定留下這個在做輻射實驗期間懷上的、連健康都沒有保證的孩子。唉，現在的年輕人啊！

小卓也沒在這裡待太長時間，說了會兒話之後就披著寬鬆的大衣離開了。

「小卓這人……可惜了！」因為有焦遠他們在這裡，焦媽也不好說得太明白。

「卓阿姨是有小寶寶了嗎？」焦遠問道。

「嗯。」焦媽也不願意多說。說了這會兒話，也有些累了，但卻又睡不著。

焦爸想了想，出聲對焦遠道：「說起小寶寶，有件事你們肯定不知道。」

「什麼事？」

焦遠和顧優紫都好奇地看向焦爸，鄭歎也不例外。不過，鄭歎已經做好聽到「我跟你說」的心理準備了。

「我跟你們說……」焦爸拿過來一本稿紙本子，一邊說，一邊在稿紙上畫幾筆。

果然。鄭歎扯了扯耳朵。

雖然對於聽到「我跟你說」這幾個字有些蛋疼，但是對於焦爸談及的話題，鄭歎還是很感興趣的。

畢竟在一起這麼多年，焦媽已經猜到焦爸要說什麼了，笑著搖搖頭，她只想看看待會兒兩個孩子的反應。

「我們人類的生長發育並不是一步到位的，而是要經歷很多個階段。就以你剛才提到的小寶寶為例，小寶寶在媽媽肚子裡的時候，也需要經歷幾個階段發育。像焦遠你們這樣的男孩，最開始在胚胎發育初始階段，其實和女孩差不多。」

鄭歎、焦遠：「！！」

如果要形容現在鄭歎和焦遠的表情的話，那就像是看到有人在吃屎一樣。

焦爸沒理會他們的反應，繼續說道：「雖然一開始和女孩差不多，但在後續的生長發育過程中，會有五個性別轉換路口。」

焦爸在稿紙上畫了個「Y」，解釋道：「決定性別的染色體會在適當的時候發出信號，在這個信號決定生長發育方向之後，後面幾個階段會有一連串的激素反應，而在每一個階段中，相關的激素會發出性別轉換信號，讓胚胎由女性轉向男性發育道路。若在經過的五個關口的變化過程中，任何一個關口出了任何差錯，都極可能會導致胚胎發育轉向女性方向……」

焦爸還在繼續講解，但這時候，兩個孩子再加上一隻貓，已經成呆滯狀。

一個男孩被告知你其實是從女孩變過來的，他會怎麼想？

天啊，這不是真的……吧？！

「我是男的！男子漢！帶把的！」焦遠這時候也顧不上什麼了，爭辯道，就差點脫褲子掏傢伙了。

「是，你是男孩子，這個沒誰比我們更清楚的了。我只是闡述了一下這個正常的事實而已，這其實是一個階段變化，正常的變化，人們都需要經歷的！」焦爸認真地說道。

焦遠還是一臉便秘狀。

其實鄭歎也好不了多少，只不過貓臉的表情變化沒有人臉那麼豐富，而且又是黑色的，別人只能看出這貓臉上有點怪異，而不會知道鄭歎此刻心裡的羊駝駝又開始奔騰了。

「男孩就是男孩，女孩就是女孩！這一下子是男、一下子是女……怎麼會有這種事情呢？」焦遠糾結了。

果然，生物的變化和進化總是一個神秘而無奈的話題。

「糾正一下，其實現在，很多研究學者們都認為，性別不只是男女兩種，起碼有五種，也就是：男性、偏男性、兩性、偏女性、女性。」

鄭歎：「……」心中的羊駝駝繼續奔騰。

「所以，有時候性別鑑定，在非手術的情況下，有Y染色體的人也不一定看上去是男的，雖然這種情況的機率極小，但可能就是可能，你不能否認。對待科學的態度要嚴謹。」

焦爸後面這句話，讓鄭歎正糾結著的思緒一滯。

他突然想到了某些事情……

◆◇◆◇◆◇◆◇◆

焦爸是行動派的，在決定找衛稜幫忙之後，吃過午飯就直接打了電話給衛稜，這個時間點是非工作時段，找人也方便。

因為鄭歎的原因，焦爸有時候碰到衛稜也會跟他說說話，聊的不多，基本上就是圍繞著鄭歎。除了關於自己的話題之外，他們好像還聊過其他事情，但鄭歎並不太清楚，只知道是關於衛稜以後工作去向問題。

衛稜的破手機已經換了，鄭歎也不用總是聽到衛稜每次接電話都爆「喂喂操」這三個字了。

果然，衛稜同意晚上過來照看一下兩個孩子，白天他沒什麼時間，但晚上還是比較有空的。

兩個孩子在醫院待到下午兩點多鐘，玲姨過來了一趟，她今天熬了湯，送了些過來，到時候焦爸找個微波爐熱熱就行。同時玲姨表示想將兩個小孩接過去家裡吃個晚飯，省得一直吃醫院的便當，到時候她再送他們回家。

焦爸焦媽肯定是同意的，沒有拒絕玲姨的好意。

不過，鄭歎跟著他們回教職員社區之後，就和焦遠他們分開了，他不想去玲姨家。玲姨家裡有個三、四歲的小孩，她親戚家的孩子，上次鄭歎還看到那傢伙抓阿黃的尾巴。還是那句話，不懂事的小屁孩就是所有寵物的公敵。

鄭歎寧願吃餅乾，也不願意去玲姨家裡被小孩抓尾巴，他可不能確定自己被抓到尾巴的時候會不伸爪子。

站在教職員社區的大門前，鄭歎想了想，一時閒著無事，不妨去衛稜那邊看看，到時候跟衛稜一塊兒過來。他還想著怎麼將那件事情要告訴衛稜。

衛稜租屋處那附近，大多是私人住宅改建成出租式公寓，專門租給大學生和剛入社會不久沒多少經濟基礎的上班族，周圍的治安也比較混亂，就算丟了東西去找警察也沒用，這種事情多的去了，查也查不出個所以然來。好處是這一帶房租便宜，所以租的人也一直很多。

鄭歎並不常過來衛稜的租屋處，人太雜，麻煩，總會有人在見到鄭歎之後找繩子和毛娃娃過來逗他，這些人並不知道鄭歎每次都在用看傻子的眼神看著他們。

鄭歎到這片住宅區的時候是下午三點多，這個時候周圍進進出出的也沒多少人，上班的上班、上學的上學，沒事的正在睡午覺。這邊野貓也多，房東自己都養了一隻貓，貓這動物在這裡很是常見，所以也沒誰會去關注一隻進樓的黑貓。

鄭歎剛進衛稜住的那一層就聽到「彭」的一聲，準備進走廊的鄭歎止住腳步，躲在樓梯拐角處往那邊看過去。

一個年輕小夥子正捂著肚子蜷縮著躺在地上，痛苦地發出哼哼聲。衛稜一手拿著剛削完的蘋果，另一隻手握著水果刀慢悠悠的晃出來，然後在那人的面前蹲下，用還黏著蘋果汁液的水果刀拍了拍那人的臉。

「老子剛買了手機你就惦記上了，膽子不小，在老子睡午覺的時候過來偷手機，你是覺得老子好欺負呢？還是覺得老子蠢呢？」

衛稜現在完全是一副無賴的語氣，那人想要爬起來時被衛稜橫在脖子上的刀止住了動作。

那人還想說話，衛稜的刀往下壓了壓。

「老子不想聽你屁話。」說著，衛稜將已經啃完的蘋果隨手往樓下一扔。

鄭歎：「……」

雖然這周圍的治安比較混亂，但是也不能隨意亂扔垃圾啊！鄭歎記得上週焦遠亂扔用過的透明膠帶，結果被焦媽扣了零用錢。

但是下一刻，鄭歎耳朵動了動，似乎不是蘋果核直接撞地的聲音。那下面都是水泥地，不該是剛才那種聲音。

雖然疑惑，鄭歎也沒立刻跑欄杆那兒看，這時候主要還是注意衛稜那邊。

再瞧過去，衛稜拿刀的那隻手依然保持著原樣，但另一隻手已經開始掏那人的口袋了。

不一會兒，衛稜掏出來一個皮夾，裡面沒有身分證之類的，倒是有一千塊錢。衛稜一臉嫌棄地將一千塊錢拿出來放自己口袋裡，然後將皮夾還了回去。

除了皮夾之外，還有一些開鎖的小工具，衛稜嫌棄的表情更深了，但還是放在自己腳邊。

再然後，衛稜掏出了一個白色的塑膠小瓶子，扭開瓶蓋，裡面有藥，但也塞著棉花。

鄭歎聽焦爸說過，如果是新買的藥，瓶內就放著棉花的話，開瓶之後棉花也要儘快扔掉。出廠時放在藥瓶內的棉花可以防止在運輸過程中瓶內的藥丸互相碰撞，起到一個固定的作用，同時也有吸收空氣中的水分防止藥物受潮的作用。但是開瓶之後如果不扔掉棉花的話，棉花會繼續吸收濕氣，這樣反而容易使藥品受潮變質。

被踹在地上的那人到底知不知道應該扔掉棉花防止瓶內藥丸受潮汙染變質，鄭歎不確定，但鄭歎感覺那人之所以在瓶內放棉花，更可能是為了防止在偷竊的過程中因為身體動作而使藥丸撞在瓶身發出聲響。

看衛稜揪出來的棉花，如果那些棉花是原本瓶內就有的，未免也太多了，再看藥瓶上面撕了一半的標籤，這藥顯然買了有一段時間，而且並不是什麼藥都需要放棉花的，所以鄭歎更相信自己的猜測。

衛稜看了看瓶內的藥，用刀身拍了拍那人，「看來已經用過很多次了，收穫不小吧？」

「不……不明白你在……說什麼……」那人有些艱難地辯解，「那、那只是……我自己的……暈車藥。」

「當老子腦子裡長的都是韭菜嗎？」衛稜站起來又踹了那人一腳。

地上那人繼續蜷成個蝦米。

衛稜早就已經注意到鄭歎在那邊，所以也沒繼續跟地上那人扯，倒了三片藥出來強行讓那人吃了，「歡迎下次再來，來的時候記得多帶點錢，這點錢夠屁！」

被餵了藥的人也顧不上被踹的疼痛，爬起來就往外衝，都沒注意站在樓梯旁邊的鄭歎。

當然，樓梯比較黑，鄭歎現在也黑，沒注意到實屬正常。

其實衛稜這傢伙也是個三觀（注：世界觀、人生觀、價值觀）不正的。這是鄭歎認識衛稜以來的認知。衛稜明明可以將那個小偷扭送到警察局，或者直接叫警察來，但衛稜這人完全憑喜好、憑當時的心情辦事，這次估計是嫌麻煩而沒跟那小偷糾纏，太浪費自己時間。這一次那個小偷算是幸運的。

鄭歎進屋的時候，衛稜坐在床邊正將剛才反敲過來的一千塊錢放進自己的皮包。那個白色塑膠小瓶子放在床頭櫃那裡，藥瓶旁邊是一杯橙汁。

見鄭歎看著那瓶子，衛稜招招手，鄭歎跳到旁邊的椅子上。

衛稜覺得還是離得太遠，將椅子拖到床頭櫃旁邊。

鄭歎就蹲在椅子上任他拖椅子，反正懶得跳下來。

「剛才都瞧見了吧？」也沒看鄭歎的反應，衛稜指了指那個白色小瓶，繼續道：「這玩意兒確實是暈車藥，但是那小子也用這個來犯案。」

衛稜指了指瓶身上剩下的那點標籤，上面寫著「一次一片」字樣，藥的名字只有一點點在上面，鄭歎不知道到底是什麼。

「多數暈車藥在服用後會想睡覺，但是吃多了會有嗜睡、頭痛、定向障礙（注：指患者對時間、地點、周圍人物及自身的認識發生障礙）等不良反應，甚至還可能會出現幻覺、意識障礙等精神症狀。現在的那些人聰明著呢，買安眠藥會被藥店的人特別注意，但買暈車藥的人多，沒人會去多瞧，而且買暈車藥的話，到時候就算是被抓住也能否認下藥的事情。有時候，暈車藥也是個大殺器。」

頓了頓，衛稜起身將那杯橙汁倒掉，這是被放過藥丸的。

「你以後多注意點，陌生人給的東西要謹慎。」

衛稜還跟鄭歎說了一下平時需要注意的藥物，或者某些需要注意的字眼，如巴比妥類、莨菪鹼等等。

藥能救人也能殺人，人吃藥過量都會出問題，更何況是一隻貓。

衛稜在附近隨意買了點吃的之後，就和鄭歎出門了。走下樓的時候鄭歎特意注意了一下，衛稜扔的那個蘋果核正待在一個塑膠垃圾桶裡面。

巧合？還是衛稜的準頭本身就好？

◆◇◆◇◆◇◆◇◆

衛稜新買了一輛摩托車，不用的時候就停在教職員社區車棚裡面，畢竟他居住的地方治安太混亂，擱這邊社區裡相對來說放心些，而警衛大叔也認識衛稜，能幫忙看著點。

鄭歎和衛稜回焦家不久，焦遠和顧優紫就回來了，玲姨送過來的。

玲姨在跟衛稜打招呼的時候，對面的屈向陽也打開門，三個人聊了起來。玲姨見過衛稜一次，有點印象，而屈向陽這是第一次見衛稜。

「有你在我們就放心了！」屈向陽說道。

「小屈啊，你那門上是貓爪子撓的吧？」玲姨問。

「可不是！我都不知道什麼時候被撓的。黑碳這是拿我家大門出氣嗎？那一條條爪痕夠深的，沒想到黑碳的爪子這麼鋒利。」屈向陽感慨道。

「那是當然，工欲善其事，必先利其爪！做貓就要有做貓的覺悟，爪子不鋒利怎麼辦事？」說完之後衛稜還扭頭看向趴在沙發上的鄭歎，「我說的對吧？」

鄭歎扯了扯耳朵，沒理會他們。

「你到時候再換門？以後買個鋼的吧。」玲姨打趣道。

「門不換了，有貓爪子印，那些老鼠應該不敢來吧？就放這兒嚇老鼠。」

晚上衛稜放好洗澡水，等著兩個孩子洗完澡躺床上之後，才來到焦爸的書桌前坐下，看帶過來的文件，順便用焦爸的電腦查點資料。這些都是經過焦爸同意的，焦遠他們也不會說什麼。只是衛稜將門關了，鄭歎不知道他究竟在看什麼文件。

看來那事暫時沒機會告訴衛稜了。想了想，鄭歎選擇還是先睡覺，琢磨一下怎麼去告訴衛稜，其餘的明天再說吧。

第六章

叫一隻貓起床要叫五聲

早上六點鐘的時候，衛稜就燒了壺熱水放在桌子那兒，這樣兩個小孩子起來之後可以用溫水洗洗臉。

衛稜並不是在楚華市長大的，但因為一些朋友都在楚華市，他才在退伍之後來楚華市發展。生活一段時間之後，衛稜對楚華市印象最深的就是這裡的天氣。

用衛稜的話來說，就是——「這天氣有病，得治。」

楚華市的氣溫總會讓人覺得無奈，昨天將近三十度的氣溫，今天就可以突然降到十度。或許正因為氣溫一直沒平穩降下來的原因，在校園裡還能看到很多綠色；當然，枯葉也掉，但在道路旁的綠色和褐色中，人們總是會先注意到綠色，或許是因為綠色能讓人心情更好些。

衛稜一夜沒睡，查資料查到很晚，正準備瞇一會兒的時候，焦爸打電話來說會降溫，讓他幫著照顧點兩個孩子。接完電話之後，衛稜卻沒睡意了，無聊地玩微軟新接龍，從中級的玩到高級，玩完之後又開始玩踩地雷，一遍遍刷記錄刷到天亮。

雖然一夜沒睡，但衛稜早上依舊很有精神，時間還早，他準備先去跑一圈，回來的時候順便幫兩個孩子帶早餐。

為了避免兩個孩子起來的時候疑神疑鬼，衛稜寫了張紙條放在飯桌上醒目的地方便準備出門，剛走了兩步又停住，看向睡在沙發上的鄭歎。

自打那天撓了那個小偷之後，鄭歎總覺得爪子上有血腥味，怕給小朋友帶來什麼不好的影響，聽說血腥味會刺激小孩子，讓他們更容易做惡夢，所以鄭歎也就沒在顧優紫的床上睡。

不過，顧優紫將自己的小毛斗篷拿出來給鄭歎當被子，毛斗篷上有個連帽，帽子上還縫著貓耳朵作裝飾。

此刻的鄭歎正縮在毛斗篷裡，團成個「丸子」狀睡得正香。

鄭歎以前一直不明白為什麼貓很多時候會團成個丸子狀睡覺，一直維持那個睡姿不累嗎？但當鄭歎自己變成一隻貓之後，他才明白這種睡姿對於一隻貓來說還真是挺舒服的，自己有時候睡著睡著也不自覺團成個丸子狀了，就像此時一樣。

「黑碳，跑步去！」站在門邊的衛稜壓低聲音叫道。

毛斗篷下面沒動靜。

「黑碳，起來跑步！」衛稜再次道。他可不相信沙發上那隻貓會聽不見。

從毛斗篷邊上露出來的耳朵尖動了動，然後……就沒有然後了。

衛稜：「……」這小王八蛋絕對又在裝聾！

「黑碳！」衛稜第三次出聲，帶著點警告。

鄭歎依然沒什麼動作，只不過比剛才好些的是，鄭歎從鼻腔裡敷衍似的哼了聲，表示自己聽到了，沒事你就可以滾了。

「黑碳！起來！」衛稜第四次出聲。

這次鄭歎終於動了，伸了個懶腰，將頭從毛斗篷裡面露出來，瞇著眼睛看向衛稜那邊，打了個哈欠，等了五秒，見衛稜沒有後文，便一縮頭，繼續睡。

「黑、碳！起、來、跑、步！！」衛稜幾乎是一字一頓。

這次鄭歎的動作才終於大了，蹬開毛斗篷，一個大大的懶腰，抖了抖毛。

衛稜：「……」馬的，沒想到叫一隻貓起床要叫五聲！

「你是不是還要在沙發上踩個奶，去廁所尿個尿什麼的？」衛稜咬牙切齒。

鄭歎扯了扯耳朵，踩奶這種事情他是不會做的，要踩也是踩大波妹，踩沙發有個屁意思。鄭歎一直覺得，作為貓招牌動作之一的踩奶是相當猥瑣的，尤其是這種猥瑣技術還屬於群體遺傳而來的戀母情結，這幾乎是貓的共性。

踩奶沒必要，但晨尿還是要尿的。

看著那隻跑向廁所的黑貓，衛稜無奈地望著天花板，心想：就這種貓，焦家的人怎麼還拿牠當寶貝？！

因為突然的降溫，剛出樓鄭歎就感覺到一股涼意襲來，使得他打了個哆嗦。

太陽還沒出來，校園裡還算安靜，除了餐廳那邊拖東西的動靜之外，也沒其他太大的聲音。

不過，在鄭歎跑步跑到一半的時候，校廣播準時響了。每天早上六點半開始播放，一直播到七點半。

路過學生宿舍那邊的時候，校廣播已經放過了初始歌曲，開始放廣播體操了。

「現在開始做，第八套廣播體操，原地踏步～走！一二三四五六七八……」

「我操，大清早的吵你妹啊！」正對著喇叭的那間宿舍裡傳出一句狂躁的聲音。

聲音還沒落下，從宿舍窗口甩出來一隻拖鞋，正好砸在喇叭上，不過依然阻止不了校廣播裡面播放的聲音。

「跳躍運動，一二三四五六七八，二二三四……」

「啊——遲早老子砸了你！你等著，老子離校的那一天，就是你壽終正寢之日！」

聽著那邊傳來的動靜，鄭歎突然有種喜聞樂見的感覺。

不是誰都能習慣塞耳塞睡覺的，可憐了這些本以為上大學後就能避開早自習的人，早自習是不用上，但還是有這樣那樣的破事，還有每逢工作日都會準時響起的校廣播。

鄭歎慶幸自己住在東苑那邊，教職員社區那一帶還算清靜，走出社區才能聽到廣播聲，想睡懶覺還是可以的。

跑完一圈的時候，校廣播裡面還沒有放電臺播報的新聞，證明七點還沒到。

焦遠他們都是七點起床。

衛稜先去餐廳買早餐，鄭歎等著他買完早餐之後再往教職員社區那邊走。

回到社區的時候，碰到了出來遛狗的嚴老頭。

牛壯壯那個頭大眼小的傢伙正使勁甩著尾巴，這是看到鄭歎之後的表現。雖然牛壯壯這傢伙打起架來確實比較凶，但對社區的其他寵物都還好。阿黃就經常給牠舔毛，鄭歎前些日子看到阿黃吐出來的毛團裡面有白色毛和棕色毛，那肯定就是牛壯壯和花囧囧身上的毛。

衛稜早上有時候會和一些老頭一起打太極拳，跟社區裡幾個老頭混得倒挺熟，所以嚴老頭也認識衛稜，見到衛稜之後還打了招呼。

「這狗挺血性的。」衛稜看了看嚴老頭牽著的牛壯壯說道。

嚴老頭聽到這話，臉上笑得褶子又深了許多。最近嚴老頭特別喜歡對人講自家「壯壯」的光輝事蹟。

不過牛壯壯對衛稜可沒多好的態度，估計是動物天生的直覺，牠一直避著衛稜，如果衛稜盯在牠身上的視線時間長一點的話，牠還會對著衛稜齜牙。

嚴老頭看了看衛稜買的早餐，不贊成地道：「你買了雞蛋和豆漿？我前幾天聽人說，雞蛋和豆漿同食的話不僅沒有加倍攝入蛋白質，反而會影響蛋白質的正常吸收。具體什麼原理忘了，我也不是搞那個方向研究的，你到時候可以問問小焦，他們應該知道。」

衛稜謝過嚴老頭之後，就相互道別了，嚴老頭還要帶著牛壯壯去溜達，而焦家那邊兩個孩子估計也起來了。校廣播已經開始播放新聞。

鄭歎往家走的時候還在琢磨著嚴老頭的話，回想起來，在焦家的時候好像確實沒有見過雞蛋和豆漿同時存在的情況，就算有，雞蛋也是給焦遠帶著防餓的，不會立刻吃。

最後，衛稜還是給兩個孩子沖泡了牛奶。

蘭天竹、蘇安他們來叫焦遠一起去學校，所以鄭歎也不用跟著去附小那邊。這樣也好，鄭歎想著，趁這兩天衛稜在，還是儘快想辦法先將那件事告訴他算了，不管事情能不能成，至少是對自己想法的一個驗證。

於是趁著衛稜在廁所的時候，鄭歎來到臥房，跳上焦爸的書桌。書桌上放著一些焦爸平時經常會用到的書，鄭歎第一個目標就是那本《遺傳學》。

焦爸幫人代上遺傳學的課程，而焦爸這學期到現在為止所有的教學簡報資料鄭歎都看過，每次在簡報做好之後，焦爸都會自己先試講一遍，有些細節只有在講述的時候他才會注意到，這個是焦爸的習慣。

鄭歎撥出那本《遺傳學》，他現在需要做的就是從焦爸還沒有上過的課程內容裡面找到自己想要的資訊。

鄭歎也不確定那天在醫院時焦爸所說的是不是這本書上的內容，他只是碰碰運氣，這本找不到的話，大不了再換一本找。

對於一隻貓來說，翻頁不是個簡單的活，不過鄭歎已經習慣了，翻多了就會熟練。鄭歎在翻頁的時候，耳朵也會注意周圍的動靜，如果聽到衛稜出來，他就不會這樣子翻書了，畢竟一隻貓翻看這種專業書籍，真的會嚇到人的。就算鄭歎根本不懂這些，在別人看來也很不平常。

幸運的是，鄭歎很快看到了自己想要的資訊。難怪那天在醫院焦爸會說人出生前的發育過程，看時間，下週焦爸上課的時候就會講到了，應該是焦爸備課的時候多看了一些內容而已。

衛稜進臥房拿文件的時候，看到了蹲在電腦旁邊正在撥弄一張書籤的黑貓。

「別把那個撓出來了，那是你焦爸做的記錄！」

因為書籤已經被鄭歎撓出來很長一截，衛稜便將那本《遺傳學》拿過來打開書籤所在的那頁，重新將書籤放進裡面夾好。正準備合上書的時候，他的餘光瞥見了書頁上的一些文字，合書的動作立刻頓住。他看了之後又往後翻了一頁。

看到後面那頁的內容之後，衛稜蹙了蹙眉，反覆將這段內容看了幾遍。

其實這段內容就是那天焦爸在醫院所講的，而在頁面邊沿上寫著涉及到人類性別爭議的那一段段鋼筆字，則都是焦爸之前在備課的時候做的筆記。

鄭歎並沒有直接將書籤放在所要那段內容的頁面，而是放在那段內容的前一頁，這樣還可以起到一個掩飾作用。

看完那段內容之後，衛稜合上書，掏出手機打電話。

他打電話要找的人，就是鄭歎以前外出那次見過的警服男，也是衛稜的師兄。

鄭歎以前聽衛稜打電話的時候叫過對方「核桃」，至於這位師兄具體叫什麼名，鄭歎就不知道了。不過，鄭歎聽說這位核桃師兄只要破了這個案子就能升官。

原本核桃師兄上個月就能升官的，但這小子犯倔，就像當初他說的那句話，不解決這個案子他都不好意思再往上升。

對於這種人，鄭歎覺得他腦子被驢踢了，關係都打點好了，就等著升官，偏偏這人還鑽牛角尖死倔死倔的。

衛稜接連打了幾通電話給核桃師兄，但那邊一直處於關機狀態。這讓衛稜面露憂色，想了想，他又打了通電話，不過並不是打給核桃師兄，而是另外的人。

他們說的一些話涉及到只有他們自己才懂的暗語，鄭歎完全聽不明白，也沒興趣繼續聽。能幫的已經幫了，剩下的事情他可不管，就讓衛稜自己煩去吧。

打了個哈欠，鄭歎跑回客廳跳上沙發準備繼續補覺。

貓的睡眠時間本來就長，而鄭歎平時早上起來跑步鍛鍊，也是跟焦遠他們同一時段，七點才起來，而今天他早起了一個小時。早起一個小時就得加倍補回來，不然鄭歎總覺得吃虧。

或許，這也算是一種強迫症？

管他呢！現在是一隻貓，鄭歎無數次這樣告訴自己。

而一隻貓是什麼樣的呢？

餓了吃飯，睏了睡覺，在外撒歡，在家搗蛋！

雖然那個核桃師兄關掉了手機，但是他們師兄弟之間似乎還有其他方式來知道對方的位置，應該是定位裝置之類的，而衛稜現在就在找人幫忙查尋。

十分鐘後，衛稜已經知道了核桃師兄現在的大致位置。

打完這通電話，衛稜迅速拿了外套就往外走，剛走到門口又轉身回來，問向鄭歎：「要出去玩嗎？」

正瞇著眼睛培養睡意的鄭歎聽到這話，想了想，便立刻起身朝門口跑。能夠出去跑一趟鄭歎是十分願意的，一直窩在楚華大學校園內，每天看同樣的風景，總覺得自己的生活範圍狹窄，從心理學上講，這不是個好現象。

至於焦遠和顧優紫兩個孩子那邊，焦爸今天上午後半段有兩節課，上完課就會直接去接焦遠他們，所以也用不著鄭歎。

而焦媽兩天下來已經好了很多，恢復情況很好，沒生命危險，再過一週時間就可以拆線。醫院那邊有個在實習的學生，焦爸認識，去年和楚華大學醫學院的一位老師共同進行一個合作專案時認識的，所以焦爸拜託那個實習學生在他去上課的時候幫忙照顧焦媽。

既然決定帶貓出去，衛稜先打電話通知了焦爸。可以預料的，焦爸沒有反對，只囑咐讓鄭歎小心，讓衛稜幫忙照顧點。

◆◇◆◇◆◇◆◇◆

這次衛稜趕時間，所以動用了他經常放在社區車棚的摩托車。

這輛摩托車看起來並沒多少特別的地方，外觀普通，不惹眼，但鄭歎感覺也只是看著普通而已，性能肯定不錯，衛稜改裝過，至少跑起來的時候肯定不會像易辛那傢伙的二手自行車那樣掉鏈子。

鄭歎來到摩托車前，看了看車前頭，沒有車籃！往後看，連置物箱都沒有！於是，鄭歎直接跳上了車座。踩踩腳下的車座，鄭歎感覺這座椅還不錯。

衛稜戴上安全帽之後，看著已經蹲在車座上的黑貓，再瞧瞧自己的摩托車，然後他去了警衛室一趟，出來的時候背上揹著一個破了兩個洞的大紅色旅行包。

「還好警衛那裡有背包。」將背包放在車座上，衛稜拉開旅行包的拉鍊對鄭歎說：「進來吧。」

鄭歎扯了扯耳朵，滿不情願地跳進了那個外表帶破洞的旅行包，估計這個旅行包有些日子沒用過了，還帶著霉味，上面的一些汙跡都沒洗。

在教職員社區區域的時候，摩托車的速度還是很溫和的，但出了楚華大學校門之後，衛稜就將速度提上來了。

鄭歎不知道衛稜要去哪裡，走的路線鄭歎沒走過，周圍的建築都比較陌生，鄭歎將頭從旅行包裡露出來，看著周圍快速後退的街道景象。

對於車來說，城區麻煩的就是紅綠燈比較多，就算摩托車能夠跑得很快，也挨不過那些紅燈。

在等綠燈的時候，旁邊一輛公車慢悠悠晃過來，在衛稜的摩托車旁邊停住等綠燈。靠鄭歎這邊的車窗旁有個人正在吃橘子，拉開車窗往外吐籽。然後那顆橘子籽在空中劃過一道拋物線，直接砸在鄭歎的腦門上。

鄭歎：「……」王八蛋！這種隨地吐籽的就應該罰款罰得他連內褲都不剩！

「哇塞，騎摩托車的那小哥揹著一隻貓哎！還是隻全身黑色的貓！」吃橘子的那人大聲道。

「哪兒呢那兒呢？」

「還真的是一隻貓，我還以為是個貓玩偶呢！」

「媽媽，我也要看貓！」

「別擠別擠，不就是一隻貓嘛，都擠過來幹什麼？」

「讓讓，我看看……」

在這個年代，手機並不像十年後那樣有智慧功能，因此車內的「低頭族」也並不多。一時間，原本坐車無聊的人都看向待在旅行包裡露出頭的鄭歎。

紅色的旅行包，黑色的貓頭，尤為顯眼。

鄭歎感覺自己現在就像一隻猴子，正在供人參觀。

公車司機往外看了看，繼續盯著前方，嘴裡嚷嚷著提醒乘客注意點，馬上就綠燈了。可惜，很多人都沒聽他的話。

綠燈亮後，摩托車便衝了出去，將公車越甩越遠，不過鄭歎剛才看到公車起步的時候因為後面一輛轎車超車而急停了一下，車內朝外面吐橘子籽的那個人只注意窗外，沒坐穩而頭撞在了前面的座椅上，發出「砰」的一聲。

鄭歎咧著嘴，心情頓時好了不少。

離開市區之後，紅綠燈也不再那麼頻繁了，衛稜將車速提升不少。

◆◇◆◇◆◇◆◇◆

這周圍都是一間間的工廠，再往前走也接近環外道路了。鄭歎看周圍懸掛著的牌子，這片區域都被劃為拆遷範圍，因為環保等原因，政府準備將這周圍的工廠都遷走，畢竟這附近還有一座湖。然而，湖邊空出來的區域，數家建設公司都已經開始做打算了。

衛稜騎著摩托車來到一間工廠的側門前，將車停好，看了看周圍，掏出電話找人。

面前的這間工廠以前是一個食品加工工廠，剛遷走，這裡面顯得冷清很多，只有周圍牆上留著的一些廣告看板告訴人們這裡曾經在做什麼。

衛稜打給他師兄的電話還是沒打通，不過他現在能夠確定人就在工廠裡面。工廠的門都是關著的，所以只能翻牆進去。

「你跟在我後面，如果有人接近就告訴我一聲，當然，適當時候你也可以幫我打個掩護……算了，估計你也不懂。」

說完衛稜就一個躍身直接從圍牆翻了進去，動作很輕，看起來很輕鬆。

鄭歎也跳上圍牆，在圍牆上看了看裡面的情景。他完全是好奇心和刺激感才跟著衛稜過來的，而且他並不像衛稜那樣需要過多掩飾行蹤，畢竟他現在是一隻貓，一般人對貓沒有那麼大的戒心。

再說，這一帶家貓、野貓都很多，在摩托車上的時候鄭歎就看到好幾隻，所以工廠裡面進來一隻黑色的貓也不是什麼新鮮事。

鄭歎在從焦家出來之前，已經將脖子上的牌子和鑰匙都卸下，所以一般人無法看出鄭歎有什麼特別之處，就算有人看見也只會感嘆「這貓長得真壯實」，而不會覺得有可疑人物靠近。

工廠內都搬空了，看上去很是蕭條，地上都是碎磚瓦、變色了的廣告紙，以及一些加工廢料等，空氣中還瀰漫著一直未消散的輔料和添加劑的氣味。

鄭歎跟在衛稜身後不遠處，豎著的耳朵捕捉到些微聲響，屬於人的聲響，像是被揍趴下的呻吟聲，但不是那個核桃師兄的。

東邊五十公尺處的牆後有人，至少有三個，鄭歎聽到他們的談話聲了。

從這幾個人的低聲交談中，鄭歎瞭解到，他們正等著前面那個倉庫裡的人走出來，然後下手。

鄭歎看了看前方不遠處的倉庫，窗子比較少，門窗都緊閉著，要進去的話估計會弄出較大的聲響。那個核桃師兄就在裡面？不過那種被揍趴下的呻吟聲，確實是從裡面傳出來的。

躲在牆後的人並沒有發現衛稜的存在，或許他們根本就不關心這些，注意力都放在倉庫門那裡，同時也是因為衛稜隱蔽得太好，就算他快速移動的時候也很難讓人察覺到。

當衛稜藏在陰影裡，正尋思著先解決牆後的傢伙再想辦法進入倉庫的時候，鄭歎的視線放在了倉庫的一個抽風機上。

抽風機外側並沒有鐵絲網遮攔，而抽風機扇葉之間的空隙卻剛好可以讓鄭歎進入。

去，還是不去呢？

想了想之後，鄭歎還是抬腳往倉庫那邊走去。

衛稜看著朝倉庫跑過去的黑貓，收斂一下心神，準備先解決牆後面的幾個人。有那隻貓過去的話，師兄那邊應該會注意到。

鄭歎看了看那個沒有鐵絲網攔著的抽風機口，有些高，一下子跳不上去。於是他藉著旁邊靠牆立放的一些廢木板往上爬了點，然後跳到抽風機通風口那裡，從扇葉之間的空隙看進去……除了一些廢棄的物品之外，啥都沒有。

這個帶抽風機的房間並不大，鄭歎進去之後轉了一圈。門早就被一些廢木板和倒下的幾大箱包裝瓶堵著了，要不然肯定會有人進來將這些包裝瓶拉出去賣錢的；沒看到蟲子之類的，或許是這裡瀰漫著一些輔料藥劑類味道的原因。

雖然門被堵著，但旁邊牆上有個缺口，應該是以前安裝電器的時候鑽的，不算大，鄭歎試了試，穿出去有些艱難，不過他擠了擠還是硬擠過去了。

貓就是骨骼驚奇，不用練瑜伽也能達到效果，只是身上全是牆灰。

出了那個小房間之後，鄭歎抖了抖身上的灰塵，看向周圍。這才是倉庫堆貨的地方，現在遷廠了，裡面沒有貨物，盡是廢棄的雜物，且光線陰暗，幾根腐朽的粗木橫梁橫七豎八躺在那裡，顯得很雜亂。粗木橫梁不是這間倉庫原有的，應該是周圍那些坍塌的小庫房裡面拖過來的。

視野被那些廢棄雜物遮擋，嗅覺也因為那些刺鼻的藥劑而受到干擾，因此鄭歎只能憑聽覺來找人。

循著聲音傳來的方向，鄭歎從雜物空隙內穿行過去。

如果是人的話，肯定沒這麼方便，鄭歎現在完全是憑藉著身形優勢才能走得快些。

這個庫房的面積有些大，鄭歎走了一段距離之後才接近了發聲源。

聲源這裡被清出來一個空地，地上躺著三個人，而衛稜那個核桃師兄正用在周圍找到的麻繩將躺在地上三人的手腳綁住。三人嘴裡也被塞著一些包裝袋，叫不出來，只能發出嗚嗚的聲音。

核桃師兄今天沒有穿警服，估計是為了方便行動。

他身旁站著個女人，看上去倒像是個乖巧的人，戴著一副紅色眼鏡，穿著收腰外套，將身材凸顯出來。

如果說衛稜懷疑的就是這個女人的話，鄭歎實在很難將這個像普通大學生一樣的女孩子和那個手上數條人命的殺人犯聯繫到一起。

不過，人不能光看外表。就像之前抓到的那兩個小偷一樣，長得乖巧不一定無辜。

鄭歎沒有立刻現身，而是躲在舊木板後面看著那邊的情況，注意力重點放在那個女的身上。核桃師兄顯然對那個女孩有防備，並沒有讓自己背對著她。

鄭歎見那位核桃師兄將地上三個人綁住之後，掏出手機。

「沒訊號？」

核桃師兄皺著眉看了看周圍，拿著手機走了一圈，還是沒訊號，於是決定先出去打個電話。走了兩步，他轉回身對那個還站在原地的女孩說道：「妳跟我過來。」

女孩沒吭聲，乖乖跟上，不過一直跟核桃師兄保持著一到兩公尺的距離，這也是一些心理學家認為的人與人之間的安全距離。

不只核桃師兄在防著她，她也在防著核桃師兄。

鄭歎悄然跟著，在廢棄物中穿梭，既要保持悄然無聲，還要保持跟進速度，走走停停，每一次停頓就會將後面要走的路線預設好，也會趁這個短暫的空隙注意周圍的情況，所以每一次停頓之後走動都很快。

就像一些養貓的人逗貓的時候，前一刻發現自家貓還在七、八公尺遠的地方站著，一晃眼再看過去的時候，自家貓已經在五、六公尺遠的地方站著了。

鄭歎並不知道，現在他的動作看上去就像警長平時逮獵物之前的動作，無聲跟隨，等待時機。

在走向門的方位，廢棄物稍微少一些，或許是因為最初進來的那三個人已經開過道，走出去的時候核桃師兄並不需要太費力，只是時不時將一些橫在走廊的遮擋物掀開，同時藉著這個機會觀察身後的女孩。

就在核桃師兄掀開擋在前面的一塊木板、抬腳往前走的時候，鄭歎看到那個跟普通大學生般的女孩子從袖子裡拿出一個管狀的東西，朝向前面的核桃師兄。

鄭歎直覺那東西危險。

就是這個時候！

一直注意著那個女孩的鄭歎一蹬腿飛速衝向那邊！

拿著微型針管準備出手的女孩，眼裡泛著冷光，只是這種眼神被眼鏡擋住，削弱很多。就在她以為馬上就要成功的時候，突然感覺胸口被大力撞擊了一下，站立不穩往旁邊倒下，而手裡的針管也隨著被帶偏方向。

還沒等她反應過來，走在前面的核桃師兄已經出手，扭著手臂將她壓在旁邊的粗木橫梁上，發出彭的一聲。女孩因為被扭著手大力推向那根橫梁，戴著的眼鏡都掉了下來。

一擊得手後的鄭歎待在旁邊的木板上，動了動腳掌，還有心情想：那人胸前那裡也不是很大，手感不行啊～

核桃師兄手一翻拿出一條麻繩，剛才找麻繩的時候多找了幾條留著備用，沒想到這麼快就用上了。

「一直防著妳，沒想到到了現在妳才露出殺招。」核桃師兄看了看射偏而釘在旁邊廢棄木板上的針頭，又看了看掉地上的一個微型針管。活塞那裡有改動，針管前面與一般的針管也不同，當活塞往內推形成的瞬間高壓會將針頭推射出去，而針裡面有藥物，大概是急速麻醉之類的。

「咦，這麼快就搞定了？」剛從窗戶翻進來的衛稜出聲道。

鄭歎順著聲音看過去，衛稜身後是一扇大窗戶，不過之前他記得那個大窗戶是緊關著的，說不定還鎖上了，而且離地有五公尺多高，衛稜這傢伙是怎麼悄無聲息進來的？

核桃師兄對於衛稜的表現倒沒什麼太訝異的，「剛才多虧這隻黑貓幫了我，不然我真的會被這針射中，想不到這女的還有這種殺招。」

衛稜看了看被制伏後依舊一臉平靜的女孩，「所以我早說了這女的有問題，你偏不信她是凶手，你測個DNA，肯定能和之前取到的罪犯的DNA一樣。」

「不是男的嗎？她是變性人？不應該啊，我查過她的資料。」

「就是她！只是她的體質有些特殊而已。想知道得更具體，可以去問問那些遺傳學家或者基因學家。」

有衛稜在，鄭歎也不去做多餘的事情了，從廢棄物的空隙中穿過去，藉助那些堆積物跳上衛稜翻進來的那扇窗子旁邊往外看，窗子對面有一根廢棄的電線桿，除此之外沒有其他能夠借力的東西了。

鄭歎可不認為自己能夠跟衛稜那樣，直接藉助一根隔得還有些距離的電線桿就翻出去，於是沿路返回，從之前進來的那個抽風機口出去。

外面被捆著四個人，四個人都昏過去了，這是衛稜的傑作。

鄭歎看了周圍一圈，藉助一棵樹翻進一處五層的樓，這裡下面兩層應該是以前辦公用的，廢棄的輔料和垃圾並不多，牆上貼著一些不完全的記錄表格。上面三層是員工宿舍，窗臺那邊還有一些用飲料瓶做成的簡易花盆，乾乾的泥土裡面有著一株株死去的仙人掌。

鄭歎也沒多看那些，直接來到小樓樓頂。

從這裡往下方四周看去，可以將大半個工廠收進眼底，也能夠看到鄰近這間工廠的另外兩個廠區，那兩個廠區的其中一個也和這邊一樣早就遷移走了，安安靜靜的，盡是一些廢棄物，而另一個廠區則熱鬧些。

在鄭歎出來兩分鐘後，衛稜和他師兄將倉庫的門打開，把裡面的人帶了出來。三方人放一起看著，一方是原本在廢棄倉庫裡進行毒品交易的人，一方是那個女的，最後一組人馬則是衛稜解決掉的蹲在外面準備黑吃黑的人。

「聽說早些年，國際奧林匹克委員會還對所有參賽女運動員的染色體進行檢查，據說有Y染色體的運動員比普通女運動員在比賽裡會更有優勢。這個犯人估計就是這種情況，師兄你運氣真好，辦案也能碰到這種極低機率的事件。」

坐在旁邊守著犯人的師兄弟兩人叼著菸，在那裡聊天。已經打過電話了，很快會有人過來接應，所以他們現在只要在這裡等著就好。

聽著衛稜的調侃，何濤苦笑著搖了搖頭，「操！對了，你怎麼會帶那隻貓一起來？」

「師父說貓會帶來好運。當遇到猶豫不定或者無從下手的時候，帶上一隻貓會有意想不到的效果。所以我就把牠帶來了。」衛稜答道。

何濤撇撇嘴，依舊對他師父的說法表示接受不能。不過，這次也確實是那隻貓幫了他的忙。

「我欠那隻貓一個人情。真他媽不好受！」

「沒事，又不是第一次欠貓人情，要怎麼還你有經驗。」

「操！」

沉默了一會兒，何濤又問道：「你上週不是說你有工作的想法了？打算去哪兒？幹什麼工作？」

「當保全。」

「我……咳咳……咳咳咳咳！」何濤一激動被一口煙嗆住了，肺都快咳出來。

「警局不去、公司不去，去當保全？！你腦子進貓屎了？！」緩過來的何濤幾乎是吼出聲。

「這是我深思熟慮之後做的決定。」

「你深思熟慮之前拿頭撞豆腐了？！」

「我清醒著呢！而且，我已經跟師父說過了。」

「……師父怎麼說？」

「師父說『哦』，不過說完之後我就聽到電話那頭劈桌子的聲音。」

「他老人家又徒手劈桌子了？」

重點是「又」字。

「聽聲音，肯定得換新的。今年都換第七張了，買給他一張合金的、更結實的桌子，他還不樂意。」

「肯定不樂意啊！他老人家一生氣就喜歡徒手劈桌子玩。」

「有氣就得發洩出來，總比悶在心裡好。反正二毛為他老人家準備了一倉庫木桌子。夠用幾年的了。」

「對了，有二毛的消息嗎？」何濤問。

「沒。」

那邊師兄弟在聊天，這邊鄭歎正看著隔壁那個製造碳酸飲料工廠的情況。那工廠最近才開始遷廠，此刻一輛輛大卡車正滿載著貨物接連從工廠這裡離開。

鄭歎的注意力是被一輛正在上貨的卡車吸引的，工人將一箱箱玻璃瓶裝的汽水搬上車堆著，正當他們搬運的時候，幾輛警車駛了過來。搬運的一個工人往那邊看了眼，跟人說了幾句話猜測警車過來的原因，沒注意腳下一個圓形的瓶蓋滾了過來，腳一扭，手上的那箱汽水脫手。

搬來搬去的汽水被突然這麼一砸，威力可是不同凡響。

鄭歎就看著那邊「砰」的一聲後，離最近的工人身上被四處飛濺的玻璃碎片劃破衣服，露出工作服外的手腕處和臉上都被劃出的了一道道口子。

受傷的工人被拉進去處理傷口，鄭歎才將注意力重新拉回這邊的廠區。警車上的人已經走下車，跟衛稜和他師兄交談著，看衛稜那樣子估計一時半會兒離開不了。

打了個哈欠，伸了個懶腰，鄭歎準備先瞇一會兒。

一根菸抽完，對下屬吩咐好後面的工作，何濤又點上一根菸，在衛稜旁邊坐下。這個案子辦完他也感覺輕鬆了許多，之前為了行動方便防止身上攜帶太重的煙味，他一直在控制菸量，現在就不管了。

「準備去哪兒當保全？社區？企業？工廠？」何濤問。

「企業或者工廠吧，到時候看情況，畢竟公司還沒開起來。」衛稜答道。

「誰的公司？」

「黑碳牠爹和朋友合夥開的，我也摻了一腳，不過我學識有限，搞不懂他們那些高深知識，手上的錢投資了一部分，工作的話還是保全之類的比較適合我，到時候找找退伍的戰友們過來一起幹。」

何濤沉默了一會兒，拿著打火機的手伸出拇指，斜著指了指蹲在庫房高處眯眼睡覺的黑貓，問道：「牠爹？」

「嗯。」衛稜彈了彈菸蒂，「那邊社區的人都這麼叫，狗爹貓爹之類的。」

「嘖，什麼時候寵物的地位這麼高了？」

「對人失望了，寵物的地位也就提高了。我前段時間還聽人說，認識的人越多，越覺得寵物可愛。這種認知太片面、太偏激，至少我就不認為那些寵物可愛，比如那隻。」衛稜側頭往鄭歎的方向點了點，「脾氣太大，管不住的。」

何濤嘖嘖了兩聲，原本準備損一下的，但又想到自己剛欠那隻貓一個人情，也就將話嚥下去了，轉而道：「對了，讓你那個朋友最近收斂點，上面表示最近要加強取締。」

「你不提我也會跟他說的，最近確實不太平，是該整頓一番了。」

那邊警察已經將一切收拾好，何濤也沒再多說，拍了拍衛稜的肩膀，「有需要幫忙的就跟我說，公司那邊要是搞好了，我也過去看一看。」

衛稜擺擺手表示知道了，「師兄你也別只顧著往上爬，身手都退步了，要不是那隻貓，你這次鐵定吃虧。」

何濤笑了笑，「你們幾個，一個兩個的不省心，在楚華市，我不爬高點怎麼罩住你們？省得你們還要去擺笑臉、欠別人的人情。」

看著走遠的何濤，衛稜猛吸了一口煙，然後將菸頭扔地上踩滅，朝鄭歎那邊喊道：「黑碳，回去了！」

鄭歎起身伸了個懶腰，看了周圍一眼，再看看不遠處豎起的房地產看板，抖抖毛，下樓，回家了。

◆◇◆◇◆◇◆◇◆

在回楚華市的路上時，衛稜這次沒有騎得很快，車速放緩了些，有時候還會繞遠路，像是在散心。

到楚華大學東教職員社區的時候已經下午三點多了，鄭歎回到家之後先洗了個澡，他撥著專用澡盆讓衛稜幫忙倒熱水。

衛稜也跟著沖了個澡，因為待會兒要去醫院看病人，上午又出去過，弄得一身髒，這樣子去醫院不好；形象是其次，就怕將太多的病菌帶進去，即便不是無菌室，要去病房那種地方也還是將自己弄乾淨點較好。

鄭歎被帶到醫院的時候，焦媽的病房裡面傳出陣陣輕笑聲，是焦媽的笑聲，還有那個幫忙照顧焦媽的醫學院實習生李小茜。

聽到笑聲，鄭歎扯了扯耳朵，這個時候焦遠他們正在學校裡上課，又有什麼事能讓焦媽這麼笑呢？

鄭歎的疑惑在打開門看到病床上的情形時得到了解答。

此刻的病床上，焦媽躺在那裡，在焦媽沒有受傷的手邊還有一道藍色的身影，滾來滾去，滾完之後仰躺著半張開翅膀讓人撓癢癢。

鄭歎：「……」他媽的這傢伙出差怎麼這麼快就回來了？！

在病床旁邊，將軍的主人覃教授正跟焦爸說著話。

年紀跟焦爸差不多的覃教授此刻面帶得色地道：「這次去南部那個國家級自然保護區，碰上一隻跟將軍一樣的藍紫金剛鸚鵡，一個研究生態的教授養的，他那隻藍紫金剛也挺聰明，就是說話發音沒將軍那麼準，牠們倆還比了下唱歌，結果那隻藍紫金剛歌唱天賦不行，高音唱不上去，低音沉不下來，低音聽著像打嗝，高音聽著像殺雞。」

病房內幾人聽著覃教授這話又是一陣笑。

仰躺在焦媽旁邊的將軍聽到覃教授說自己的豐功偉績，一個翻身起來，仰頭道：「將軍威武，將軍威武！」

「將軍再唱首歌唄。」旁邊的李小茜說道。

將軍歪著頭，似乎在思考唱什麼歌，五秒後——

「甜蜜蜜～你笑得甜蜜蜜～好像花兒開在春風裡～開在～春風裡～」

唱著唱著牠還搖頭晃腦，鄭歎很是鄙視，這什麼德行！

沒理會將軍的賣弄，鄭歎跳上焦媽的病床，將焦媽手邊的那隻鸚鵡往旁邊擠開。見鄭歎跳上來，焦媽還專門為他掖了掖被子，讓鄭歎蹲著舒服點。踩著軟乎還帶著溫度的被褥，鄭歎心裡平衡了不少。

將軍一邊唱歌，一邊往鄭歎這邊挪，唱完最後一個字的時候，嘴巴並沒有閉起來，而是側向鄭歎那邊，對著鄭歎正豎起的貓耳朵，準備咬下去。

鄭歎踩在被子上的手掌動了動，耳朵扯成飛機狀，斜眼看向旁邊的鸚鵡，眼神帶著威脅。

——你敢咬老子耳朵試試？抽死你！

估計是出差這段時間沒見著什麼貓，這隻賤鸚鵡又嘴癢了，看到貓耳朵就想上去咬兩下。

被鄭歎威脅的眼神盯著的將軍動作頓了一下，然後脖子一扭，扭向另一邊，不再看鄭歎了。

病房裡的人見到這一貓一鳥的動作就停不住笑。

李小茜看了下時間，先出去忙了，待會兒再過來幫焦媽換藥。

衛稜留了一會兒也離開了。

鄭歎斜躺在焦媽旁邊，焦媽受傷的手臂是另一條，躺這邊不會碰著傷口，鄭歎也注意著不去碰焦媽身上其他有傷的幾處。

覃教授和焦爸在談論近期學校申請到的一些比較大的工程專案，將軍在無聊地將擱在床頭櫃上的塑膠藥瓶抓過來練習開瓶蓋、關瓶蓋玩，有時候將軍腳下不注意快接近焦媽傷口處的時候，鄭歎就會用尾巴抽過去或者直接用爪子抽牠。

室內確實比外面要暖和很多，鄭歎有些昏昏欲睡。突然一陣敲門的聲音將鄭歎驚醒。最近負責焦媽這裡的人是李小茜，偶爾會有幾位醫生過來看看。除了那幾位醫生之外，李小茜等人都知道鄭歎的存在，知道焦家的人經常將家裡的貓帶到這裡，所以也沒說什麼，但如果是外人的話，鄭歎還是避著點好。

將軍已經叼著藥瓶飛到覃教授的肩膀上，鄭歎也跳下床鑽進焦爸旁邊的袋子裡。

進門的是一個將近三十歲的女人，著裝比較正統，不嚴肅，看著親和又帶著些許威嚴，不過這點威嚴是遠遠比不上佛爺的。

見到這個人之後，焦爸趕緊起身。

「楊老師，妳怎麼來了？！」

這人是焦遠他們班導師，教焦遠他們語文。鄭歎見過幾次，不過都沒怎麼太注意。

「今天才聽說顧老師病了，我過來看看。」楊老師將買來的水果擱下。

楊老師並不在楚華大學教職員社區住，在外有房子，今天是有事情提前離開，早上又聽說焦遠的媽媽住院，這次帶家裡老人過來醫院檢查身體也順便來探望一下。

「對了，今天學校因為一些故障停電了，四點鐘時教室內的光線就都暗了下來，學生也沒法看黑板，所以全校提前一節課放學。我在醫院下面的水果店看到焦遠他們了，還有班上幾個學生，他們一起過來看顧老師……哎，我還答應他們保密來著，顧老師、焦教授你們待會兒可別說是我告的密。」楊老師說笑道。

鄭歎：「……」可憐的小屁孩們，轉身就被出賣了，出賣他們的還是他們敬重的班導師。

因為還有事，楊老師說了會兒話之後就離開了。

沒等五分鐘，鄭歎果然就聽到外面屬於小孩子的腳步聲。

門推開一條縫，焦遠的腦袋探進來，看了病房內一圈之後，說道：「我同學聽說媽住院了，就過來探病。」

「那還等什麼，快點讓你同學進來。」焦爸裝作剛知道的樣子，起身迎接。

病房內的空間本就不大，焦爸和覃教授都走了出去，讓幾個孩子進來。

鄭歎從袋子縫隙往外看了看，除了經常見到的蘭天竹、熊雄和蘇安之外，還有一個女孩子。

「咦，這位小朋友是？」焦媽看向唯一的那個女孩子。

焦媽對於焦遠班上不說所有孩子都認識，但見過的也會有印象，而現在站在這裡的這個女孩子，焦媽回想了一下，確定自己沒見過。

「她是我們班新來的，叫石蕊！」焦遠介紹的時候，特意強調了「石蕊」這個名字。

「啊，難怪我沒印象，原來是新轉過來的學生。」焦媽道。

「她叫石蕊啦！」焦遠再次強調。

「我知道她叫石蕊。」

焦媽對於焦遠反覆強調人家小女孩的名字有些莫名其妙，不過站在門口的焦爸和覃教授會心一笑，已經明白了焦遠的意思。

焦遠對於焦媽還沒反應過來有些無奈，指了指面色通紅、耳朵尖都快充血的蘇安，又指指瞪著他的石蕊，「明白了嗎？」

「焦遠！」石蕊喝道。

「怕什麼，反正大家遲早要知道的，妳不是說你們家過兩天要搬到教職員社區來嗎？」焦遠一點兒都不在乎被石蕊瞪眼。

焦媽在焦遠的提示下，終於明白過來這裡面的意思了，看看面色漲紅不知如何是好的蘇安，再看看瞪著眼睛看向偷笑的熊雄幾人的石蕊，笑著搖頭。這還真是湊巧。

唯一不明白的只有站在覃教授肩膀上的將軍，和窩在袋子裡一頭霧水的鄭歎。

直到焦遠說起這幾天關於石蕊的事情，鄭歎才終於明白過來這幾個熊孩子到底是什麼意思。

作為化學中一種有機酸的石蕊，在化學中作為酸鹼指示劑，遇酸變紅、遇鹼變藍，在國中課本中經常見到。

而名叫石蕊的這個小女生轉學的那天上午，蘇安因為拉肚子沒去，下午才去了學校。下課的時候蘭天竹、焦遠他們幾個問趴在桌子上一副渾身乏力樣子的蘇安：「你知道石蕊嗎？」

蘇安抬頭，「知道啊，指示劑嘛！」

當時，石蕊同學正站在蘇安身後，面色不太好。她最討厭別人叫她「指示劑」！

自那之後，蘇安每次見到石蕊就臉紅，為了這個經常被焦遠他們幾人笑話。

蘇安的姓名拼音合起來就是「酸」的發音。

這確實挺巧的。

在幾個小屁孩說笑的時候，焦爸的手機響了。覃教授帶著將軍告辭離開，離開的時候將軍從窗口飛走，在樓下等覃教授，畢竟牠不方便出現在醫院內部。

焦爸出門接電話之前想了想，還是回去將鄭歎待的那個袋子拎出來，那幾個小屁孩嘴巴不嚴實，何況還有一個新來的石蕊在，為了避免不必要的麻煩，還是將袋子拎出來了。

快步來到病房外面的走廊盡頭，焦爸接了電話。

鄭歎待在袋子裡聽焦爸講電話，撥過來的人是鄭歎之前見過的被焦爸稱為「圓子」的大學同學，說的也是開公司的事情。

焦爸那位被稱為圓子的大學同學，本名叫袁之儀，除了焦爸、衛稜參與投資之外，還有焦爸他們另一個在楚華市工作的名叫費航的大學同學也投資了一部分。

袁教授去世之後，袁之儀也正式開始自己的事業了。最近袁之儀在國外跑動，很多精密儀器都得用國外的，袁之儀過去取取經。袁教授雖然已經不在，但人脈在那裡，這也讓他們這些在業內剛起步的年輕人能容易些。

鄭歎對專業方面的知識並不瞭解，但他也知道那些精密儀器都是以萬為單位數起跳的，而且還是美元計價。鄭歎去實驗室的次數不多，每次去的時候都匆匆掃一眼，裡面的儀器上全是英文。就算有中文，那也是一些備註或者像圈地盤一樣標注著擁有者的名字。

前段時間，鄭歎還聽說生科院又投了兩百萬元買儀器，但是昨天去那邊找焦爸的時候，鄭歎蹲在外面看了看，沒感覺有多大的變化。

也難怪焦爸說沒錢，申請到的專案基金不能動，動的都是幾年下來積攢的，但也不會超過兩百萬，買精密儀器真買不了多少。

打完電話後，焦爸對袋子裡的鄭歎道：「黑碳吶，你帳戶裡拍廣告的三萬塊錢我也投進去了，就當是投資，到時候給你分紅。」

鄭歎在小郭那裡拍廣告一次比一次賺得多，原本是一個月去一次的，但後來小郭看效果不錯，就改為兩週一次了，而且報酬也一直在增加。鄭歎不知道所謂的效果不錯是怎樣的程度，反正每次去的時候小郭都一臉見到財神的樣子看著他。

投進去就投進去吧，反正他覺得自己現在也用不到，前段時間還聽小郭說到時候可以試試其他廣告，工錢肯定不會低，焦爸投進去的錢若賠了，到時候再賺也行。

而鄭歎壓根不會想到，將來某一天，那帳戶裡的數字會變成令人瞠目的程度。

第七章

貓的心思，你別猜

這天，焦爸接了通電話之後告訴鄭歎，小郭那邊有個緊急的工作。

小郭那邊的工作都是拍廣告，鄭歎倒是無所謂，最近幾次的廣告是以圖片故事和影片居多，對鄭歎來說都沒什麼難度。不過，既然是緊急的工作，價錢方面肯定得多商量一下。議價就由焦爸出面了，鄭歎只出力，過去擺幾個姿勢做做樣子就行。

通電話的當天下午，小郭就拎著一些補品來醫院。看望焦媽之後，小郭便和焦爸去走廊那邊商量廣告的事情，鄭歎依舊蹲在袋子裡被焦爸拎著。

「幼貓的貓糧？」焦爸疑惑道。

「嗯。這次我哥那邊有個客戶，家裡的母貓生了五隻小貓崽，母貓出去玩的時候受傷了，最近都在我哥他們那兒接受治療，五隻小貓崽也有六週大，已經長牙斷奶了，那客戶說過兩天就將小貓送出去，自己只留一隻就行。我看了一下，五隻小貓都長得很好，外觀也很漂亮，有西伯利亞森林貓的血統，所以我想趁這個機會拍個幼貓貓糧的廣告。」小郭解釋道。

小郭他哥是獸醫，以前「明明如此」寵物中心還沒建起來的時候，他哥的寵物診所和小郭自己的寵物用品店是分開的，現在合併到一起，一條龍服務，所以他哥那邊有一些客戶他也知道。

原本小郭並沒有這麼快就拍幼貓貓糧廣告，畢竟幼貓廣告要拍出小郭想要的效果並不像成年貓糧廣告那麼容易，小貓沒接受過訓練，可不會跟你配合。

「幼貓貓糧，讓黑碳去幹什麼？」焦爸疑惑。

「我就想著讓大貓跟小貓合起來拍，畢竟只有小貓的話，那些小傢伙也不會聽話，有隻大貓在還能夠約束一下，雖然難度很大，但總比單放那些小貓來得好。」

「那你的意思是？」焦爸還是有些不明白。第一，自家貓是公貓，聽說在野生狀態下公貓會殺死小貓的，家貓也有些會這樣，對小貓來說不大安全；第二，小郭他們店裡就有幾隻貓，都比較親和溫順，還有名種貓呢，總比自家這隻壞脾氣的土貓好。

「我的意思是，先讓黑碳過去試試，看看情況再說。昨天我們店裡的幾隻貓都試過了，達不到我的要求，所以才想找黑碳。」

聽了小郭的解釋，焦爸點點頭，也沒再詳細問下去，便開始談價錢。

焦爸和小郭在談價錢，蹲在袋子裡的鄭歎心情卻不怎麼好。除了焦家的兩個孩子，他對小孩都不怎麼喜歡，更別說那種小貓崽了，煩死人！

焦爸跟小郭談好之後，小郭便離開了，明早再去教職員社區那邊接鄭歎。

如果鄭歎能夠接下這份工作的話，價錢就是焦爸談好的那個數字。小郭他們店裡的幼貓貓糧都比較貴，但品質絕對有保證，只要能夠賣起來，賺得肯定不少，所以這次談的價錢比以往幾次都要高。

聽著焦爸報出的價錢，鄭歎決定還是忍一忍，不就是拍廣告嘛，也就那幾個小時。

「黑碳啊，你帳戶裡投進去的錢我都記著呢，說不準以後什麼時候你會成為一大股東。還有就是，拍廣告的時候也別讓自己受委屈，你是去拍廣告的，不是去受氣的，大不了咱們不拍了。」

鄭歎哼了一聲，表示自己知道了。焦爸前一句話明顯以開玩笑的意思居多，鄭歎也沒當一回事，後一句也是鄭歎自己所想的，沒什麼壓力。反正他依舊是該睡的時候睡、該吃的時候吃。

◆◇◆◇◆◇◆◇◆

第二天早上，鄭歎沒去跑步，蹲在教職員社區那棵高高的梧桐樹上等著。以往幾次也是這樣，所以小郭每次過來的時候都不用進樓，直接朝最大的那棵梧桐樹上瞧就可以了。現在梧桐樹葉子已經掉了很多，小郭抬頭望過去一眼就能瞧到鄭歎。

小郭看到鄭歎之後，臉上又露出了那種見到金子的笑，拍了拍背上揹著的一個黑色的旅行包，「黑碳，走了，開工！」

鄭歎不喜歡那種專用的寵物攜帶包，所以每次小郭過來接鄭歎的時候，都是拿那種寬敞的旅行包或者容量稍大的書包。

由於寵物中心離這裡也不算遠，小郭是騎電動摩托車過來的。他將旅行包放在電動摩托車的前方籃子裡，鄭歎就待在包裡，但是頭露出來看著外面的景物。

小郭的「明明如此」寵物中心現在越辦越好了，有老客戶的支援，再加上幾個月的廣告效應，知道的人越來越多，在網上一些論壇裡發布幾次廣告之後，也有人找他訂購，一來二去就成了長期客戶。

他們並沒有從寵物中心的正門走，而是從一個偏門進去。那裡離小郭拍廣告的工作室近，也沒什麼閒雜人等出入。

對於每次店長帶來的當財神爺對待這隻黑貓，幾個員工也早已熟悉，小郭對他們的解釋是這隻黑貓受過專門的訓練，所以很聽話，拍起廣告來也快，而且是高薪聘請的。當初介紹的時候，小郭專門強調了「高薪聘請」四個字，讓員工對這隻黑貓好點。

這可是他們店的財神爺，那些貓罐頭之所以那麼快就能銷售出去，主要還是廣告效應。當然，自家店生產的貓糧品質也有保證，抬高別人的時候小郭也不忘昇華一下自己。

其他人對於店長的解釋也沒懷疑，他們將這隻「高薪聘請」的黑貓和馬戲團那些經過訓練的貓看作類似的生物。如果鄭歎知曉這些人心裡將他和馬戲團的那些貓歸類在一起的話，不知道會是個什麼心情？

鄭歎和往常一樣，跳下電動車後就自己跑進工作室，還是往常的那些人，還是往常的那幾隻蹲在旁邊觀摩的貓和小郭自己養的那隻金毛犬。

只是，不同於往常的地方也很明顯。

在工作室的一個角落裡，圈起來了一塊地方，大概二點五坪左右，原來堆放在那裡的一些道具被放到另一邊了。

用塑膠板圈起來的這片區域裡面，五隻毛茸茸的小貓在裡頭玩耍，三隻有明顯的虎紋，另外兩隻是黑白花色。小郭說過，這五隻貓有西伯利亞森林貓血統，所以相比起普通的貓來說，毛會稍微長一些。

在圈起來的這塊區域旁邊的一個貓跳臺上，一隻成年的美國短毛貓蹲在上面，兩條前腿搭在跳臺邊沿，看著下方的五隻小貓。

這隻美國短毛貓叫「王子」，是小郭店裡的貓，這個風騷的名字也是小郭取的，店裡自產的貓罐頭上面的貓頭像拍的就是牠。

至於為什麼招牌頭像放這隻貓，最主要的原因就在於這隻貓的品種優勢上。美國短毛貓的臉頰比較飽滿，體格相對於很多貓來說魁偉一些，骨骼也粗壯，看上去很有肉感，後背寬，顯得壯實，不會像田園貓——也就是人們所說的土貓——那樣顯瘦，乍一看去還頗有威嚴卻也不失親和力，外表加分就甩鄭歎了幾條街。所以很多寵物食品商都喜歡用美國短毛貓來做招牌圖。

當然，比智商的話，鄭歎絕對甩牠幾座城。

但這也沒法比，畢竟鄭歎一直以一個人類的心理自居，犯不著去跟一隻貓比智商。

不用鄭歎的頭像做招牌還有一個原因就是黑貓的因素，畢竟不是誰都能接受黑貓的，很多人對於黑貓還是一種忌諱心理。

所以說，外表也很重要。

不過對於這個，鄭歎也改變不了，反正他不會去染毛。

此刻，王子正直直盯著下方的五隻小貓，爪子還時不時動兩下，想下去卻又不好下去的樣子。

「還是老樣子嗎？」進門的小郭問幾個員工。

「老樣子，王子一進去，這幾隻小貓就像對待敵人一樣，店裡其他幾隻貓進去也是同樣的情況，不論公母。不過，老闆，你不是說黑碳的脾氣不好嗎？讓牠進去會不會咬小貓？」一名員工問道。

跳上一個貓跳臺的鄭歎聽到這話，側頭看向小郭。

——居然說老子壞話！老子脾氣不好嗎？！哪裡不好了！

一邊想著，鄭歎一邊將貓跳臺上撓出一條條深深的爪痕，跳臺上的毛絨都被撓掉了，看得不遠處的王子也往反方向挪了挪，生怕這隻壞脾氣的黑貓動爪。

看著架子上的爪痕，小郭面上抽了抽，有那麼一刻的猶豫，但是很快壓下去了，叫上幾個員工一起看著，如果發生要咬小貓的狀況，幾人就衝過去救小貓崽。

鄭歎蹲在高高的貓跳臺上，看著下方的五隻小貓崽。六週大的小貓崽，已經開始表現出好奇心和神經質了，所有的東西都可能成為牠們的磨牙器，所有的東西都能成為牠們的玩具，毛老鼠、逗貓棒、毛線球等等，都是牠們喜歡的。而不玩玩具的時候，牠們也會玩自己的尾巴或者後腿前爪什麼的，將這些當作假想敵咬、撓，鄭歎感覺這種行為就跟精神分裂症似的。

一邊想著，鄭歎實在不想下去跟這些小神經病一起。不過，既然來了，怎麼說也要做做樣子，就算不想做也要走個過場，這個廣告拍不了，來日方長嘛！

所以，做好心理建設的鄭歎瞅準裡面的一塊空地跳了下去。

對於鄭歎的突然降臨，五隻正在各自玩耍的小貓崽驚了下，有兩隻背都弓起來了，毛炸著，一副警惕的樣子。

在圈子外面，小郭和其他幾個員工也緊張盯著，一旦發現黑貓有要開咬的樣子就下去阻止，小郭暫時留下五隻小貓時可是跟那個客戶做了保證的。

鄭歎跳下去之後也沒動，他知道自己的一舉一動都被外面幾個人盯著，不能做出什麼伸爪子露尖牙之類的「危險動作」，索性也就什麼都不做，只站在原地，就等這幾隻小貓的排斥反應，這樣他就能脫身了。

可大家都沒想到的是，五隻小貓崽裡個頭最大的那隻原本炸起的毛居然慢慢順下，抬腳往鄭歎這邊走過來。牠一開始是試探性地慢慢挪，後面就加快步子了，尾巴還翹著。

鄭歎看著接近自己的這隻帶虎斑的小貓崽，一時間都不知道該怎麼反應。就這麼大一點兒，好像一抬手就能抽飛似的。

那隻虎斑小貓崽來到鄭歎旁邊之後，抬起小爪子碰了碰鄭歎的前臂，再碰，再再碰，然後一個滾身，躺地上玩起鄭歎的一隻手掌來。

鄭歎抖了抖鬍子，好想抬爪將這小不點抽到邊上去。

有第一隻就有第二隻，很快，另外四隻小貓崽也走了過來，有的玩鄭歎的手掌腳掌，有的玩鄭歎的尾巴。

鄭歎覺得自己不能再無動於衷了，抬腳越過爪子旁邊的小貓崽。在鄭歎走動後，五隻小貓崽接連跟上，跑得快的那隻大的還湊上去撥兩下鄭歎的尾巴。偏偏鄭歎現在很不耐煩，想擺脫後面這些「小尾巴」，腳步一加快，後面五隻小貓崽就開始叫，叫得讓人感覺鄭歎做了什麼貓怒人怨的事情。

於是就出現了這樣一幕：用塑膠板圈起來的這塊地方，一隻黑貓沿著塑膠板繞圈，五隻小貓崽則跟在黑貓後面走著，跟不上的時候就開始叫，叫得前面那隻黑貓停下來之後，牠們又立刻跟上去。

「這是以貌取貓嗎？」一名員工說道。畢竟自家店裡的幾隻貓都沒受到這樣的待遇，偏偏這隻黑貓不同。

小郭指了指裡面扯著耳朵轉圈的黑貓，「貌？你覺得咱們店裡的貓好看，還是那隻黑貓好看？」

那名員工不說話了。

另一名員工又問：「那為什麼五隻小貓都不排斥黑碳呢？」

「……貓的心思，你別猜。」小郭想了兩分鐘才憋出這麼一句話。

見鄭歎跟那些小貓相處得「很好」，一直待在貓跳臺上的王子也坐不住了，試探了兩下之後，跳進塑膠板圈裡面。

但是，五隻小貓在發現王子之後還是和之前一樣，弓起背炸起毛發出警示聲，唯一不同的就是現在因為有鄭歎在，五隻小貓似乎底氣足了些，都挨著鄭歎，弄得鄭歎想抬腳都不方便。

王子往那邊靠了兩步，小貓們的背弓得更狠了，警示聲一個接一個，同時也挨鄭歎挨得更緊。

鄭歎現在很煩，腳邊這五隻屁大點兒的小貓崽挨這麼近幹嘛？他感覺渾身不自在，但又怕動作幅度一大將這幾隻貓踢到、壓到或者撞到之類，所以不耐煩的同時渾身又有些僵硬。而鄭歎這種煩悶的情緒在王子靠近的時候達到高峰。

鄭歎耳朵扯了起來，用帶有壓迫性的眼神看向靠近自己的這隻美國短毛貓：你再不滾，老子打死你！

站在塑膠板外的小郭見到此情形，也低聲叫著自家貓，看這樣子自家這貓是完全沒機會拍這部廣告了，那幾隻小貓完全不給面子嘛！

多方壓力下，王子還是慢慢往後退了，然後跳出圈子外面，找小郭去尋求安慰。見「敵人」已走，小貓們的警報也解除，繼續在鄭歎周圍玩耍。鄭歎走動，牠們也屁顛屁顛跟著，鄭歎停下來，牠們都蹭上去，在鄭歎旁邊打滾或者玩鄭歎的爪子、尾巴什麼的。

相比起小貓們的愉快心情，鄭歎一直都擺著一張臭臉。貓的表情不多，但任誰看到現在的鄭歎都會得出「這貓現在心情很差」的結論。

鄭歎低頭無奈地看了看正仰躺在自己爪邊打滾的小貓崽。小貓的腳掌很嫩，燈光下反射出柔和的光澤，完全不像大貓的腳掌那樣磨得粗糙。而鄭歎每天又是跑步又是爬樹的，比其他貓的腳掌磨得更甚。

鄭歎看著在空中揮動的小腳掌，抬起自己一隻前爪，與那個粉色的小腳掌在空中對在一起，比了比。

——嘖，真小，還比不上自己手掌中心的那個肉球。不過，真挺軟的。

「嚓嚓嚓嚓！」相機拍照的聲音響起，閃光燈閃爍。

鄭歎側頭看過去，小郭正拿著相機一臉興奮地拍照，跟隻猴子似的不停地換位換角度，由於這裡有很多遮擋和阻礙物，所以小郭拍照的時候姿勢特怪異，就像那些猥瑣大叔偷拍女孩裙底風光的時候那樣。

「店長，就牠了吧？」員工們躍躍欲試。拍幼貓貓糧廣告的事情應該非這隻黑貓莫屬了，除了牠之外，店裡的幾隻貓都差得遠。

「就牠了！準備傢伙，開工了！」小郭眼裡透著激動，「咱們這部廣告絕對能拉到一大筆訂單啊！」

小郭設計的廣告說起來很簡單，大致情節就是：一窩被遺棄的小貓被一隻大貓發現，然後大貓為牠們叼貓糧過去。而這裡面要叼的貓糧有兩種，一種是幼貓奶糕，一種是幼貓罐頭，都是小郭他們自產自銷的，而且還由專門的單位檢驗過，在品質方面有保證，這也是焦爸同意鄭歎來接工作的原因之一。

小郭在這之前的擔心是怕大貓跟小貓相處不好，但現在拍廣告的時候才發現，太黏了也不好，幾隻小貓都不肯乖乖的待在道具窩裡，就算待在裡面，只要看到鄭歎出現就會往那邊跑過去。

幸運的是，這種情況總比相處不好來得容易些，小貓們對兩種貓糧也確實表現出了喜愛的樣子，這讓小郭對自家產品的信心更足。

廣告費了四個小時才拍完，剩下的都是後製的工作了。後面的事情鄭歎管不著，他現在就想著趕緊離開，不想再留在這裡當奶爸。

可惜讓鄭歎鬱悶的是，天陰了下來，還開始飄雨了，明明天氣預報說沒雨的！

小郭打電話給焦爸說等雨停了就將貓送回去，這雨持續時間應該不會太長，不管怎樣，天黑之前肯定將貓送回去。

所以，鄭歎又苦命的在這個工作室裡繼續待下去。幸好那五隻小貓估計因為拍廣告累了，吃了貓糧之後就窩在一起睡覺。小貓貓窩下面放著一塊電熱毯。最近氣溫有些低，大貓又不在，小貓們容易著涼。

原本小郭是打算讓鄭歎過去陪小貓們睡覺的，這樣更省事、更讓人放心些，電熱毯的效果肯定比不上一隻真貓來得實在。

鄭歎閉著眼睛假寐，對小郭的話全當沒聽見。

——誰愛去誰去，反正老子不去！

休息時間，沒吃午飯的眾人訂了外賣。知道鄭歎不吃貓糧，小郭為鄭歎準備了雞肉飯。

眾人正吃著，工作室的門被猛地推開了。

「郭小明！救命啊！！」

進來的是個女人，應該還很年輕，打著傘披散著頭髮有些狼狽，鄭歎看不太清她的樣子，主要是頭髮的遮擋和那副黑框眼鏡的影響。

進來的人身上抱著一個寵物用背包，身上淋濕了也沒讓這個包淋到雨。

正在吃便當的小郭見到來人差點噎著，「我說燕子，我叫郭明義，不叫郭小明，都說多少次了還改不過來……妳這又是怎麼了？」

「救命啊，我家的李元霸生病了！」進來的人隨意擱下傘，火急火燎跑過來。

聽到這年輕女人說出「李元霸」這個名字，鄭歎將嘴裡的雞塊都噴了出去。

這要長得多麼威武雄壯霸氣側漏才叫得出這樣一個名字啊！

所以鄭歎一邊嚼著嘴裡的雞肉飯，一邊看過去，想看看那個寵物用背包裡面到底是怎樣的一副尊容。

「妳家李元霸怎麼了？我記得妳說過妳家這隻很健壯啊。」小郭扒了兩口飯之後往室內邊上的一塊地方走過去，那邊有空地和桌子，省得在這邊不方便，畢竟現在這邊大家都在吃東西呢，給貓看病不好。

「生病的話，妳得將牠送我哥那邊，我這邊就賣一些寵物用品。」小郭一邊說著，一邊拉開寵物用背包的拉鍊。

「這不是老同學嘛，走後門我更放心。」燕子解釋道，面上還帶著擔憂。

隨著小郭拉開拉鍊的動作，鄭歎終於見到了那位李元霸的真容。

臥槽！這如火災現場一般的毛色，果然很特別，感覺霸氣十足啊！

這隻貓的毛主要是黑色，黑色中又摻雜著一些黃色和些許白色的毛。

以貓的角度來看，鄭歎覺得這隻貓氣場很強，不是個簡單的角色，估計打起架來也很凶猛。

這也是小郭第一次真正見到李元霸，之前只在網上看過照片。燕子跟小郭聯繫上之後，兩人在網上聊過，燕子知道小郭開了寵物中心的時候很高興，在網上給小郭看了自家這位李元霸的照片，不過兩人也沒有聊太多，燕子來店裡買過藥和貓罐頭，貓倒是第一次帶來。

「妳這貓……我感覺很凶。」小郭說道。他並沒有用手去撫摸貓，見得多了，他也能從貓的一個眼神裡看出此刻貓要表達的情緒。小郭覺得自己還是先不要碰這隻貓的好，不然下一刻自己手上就得多出幾條血痕或者牙印。

那隻貓泰然自若的側臥在那裡，除了在小郭接近時眼神有些變化之外，沒太多的異常之處。

小郭只是大略看了一下這隻貓，便問道：「妳怎麼判定牠生病的？」

「牠現在常常躺在一個地方睡覺，不怎麼動了，以前都會出去玩一下的。而且在家的時候，逗牠玩，牠也沒什麼反應，雖然以前也不怎麼玩耍，但總歸有些反應，可現在基本都無視那些玩具了，已經持續了一段時間，牠對很多東西都無動於衷，總待在一處地方動也不動。我鄰居說牠估計是生病了……郭小明，牠是不是病得很嚴重？」燕子擔憂地道。

小郭想了想，又問：「食量有變化嗎？」

「有啊，吃的倒挺多。」

小郭點點頭，然後說道：「沒什麼，不用擔心，妳家李元霸只是懷孕了。」

鄭歎：「……」這句話怎麼聽起來這麼驚悚？！

而燕子聽完這話則反應更強烈，一副看到神獸的樣子，「不可能，我家李元霸怎麼會懷孕！牠是公貓！」

小郭白了她一眼，指指側臥在寵物用背包裡面的貓，解釋道：「都不用看其他的，只要見到這種毛色就知道了，玳瑁貓基本都是母貓。這種毛色的原因源於X染色體的隨機活性喪失現象。如果活性喪失的是含連鎖隱性基因的X染色體，則表現為黑色；如果活性喪失的是含顯性基因的X染色體，則表現為黃色。而貓的毛皮不同部位的細胞內X染色體活性喪失是隨機的，所以貓身上毛的顏色就會呈現類似於這樣的斑駁狀，也就是黃、黑相間的玳瑁色。」

燕子聽完小郭的解說，糾結了一下，「我是學電腦的，又不是學染色體的。」

燕子和小郭是高中同學，大學時兩人學的專業並不一樣。

「妳家附近的鄰居就沒人告訴妳，妳養的是一隻母貓？」小郭十分不理解，燕子居住的地方也算是比較老的住宅區了，鄰里之間應該都很熟悉，相互之間應該會有交流。一個人認不出來，難道其他人也認不出？

「我……我也不怎麼出門，我鄰居說牠是公貓，所以我才為牠取名叫『李元霸』的。」燕子有些不好意思。

燕子本名李燕，很普通的名字，人也不善於打扮，從小到大在同學之中的存在感都很低。養的這隻貓其實是流浪貓，後來被燕子收養帶回家了。

「妳鄰居？那個梳中分頭、喜歡穿爍亮爍亮皮鞋的那個小子？」小郭問。

「對，就是他！」燕子點頭。

小郭「嘁」了一聲，「那傢伙上週還帶他家的貓過來，要我們幫貓剪掉小ＪＪ，但他家的是隻母貓，剪個毛的小ＪＪ啊！那小子估計覺得貓跟狗那樣容易分辨雌雄呢！」

知道自家貓懷孕，燕子問了很多要注意的事情，小郭也一一解答。

「在母貓懷孕期間，應該避免給予藥物和化學物質，特別是類固醇以及治療黴菌用的灰黴素等，飼餵的食物數量、品質及種類也要特別注意……」

燕子帶著一個錄音裝置，將小郭的這些話全都錄下來。

「好了，先說這些，到時候妳自己也要去查查資料，不明白的可以問我，網上留言或者電子信件也行。我最近有些忙，忙完會抽空看看留言和郵件。」

「好，謝謝你了！咦，那些是小貓？」燕子的視線掃到一旁角落的毛團子。

「嗯，六週大的小貓，剛拍過廣告，現在累了在睡覺。」

「廣告？小貓的廣告？我能看看嗎？」

小郭想了想，沒拒絕，將拍攝的一些未經處理的片段給燕子看了一下。

「真可愛！」燕子不停的讚嘆著，然後她指著吃飽後正蹲在最高的貓跳臺上休息的鄭歎，問向小郭：「是那隻黑貓的孩子嗎？」

「不是，這幾隻小貓的母親是一隻短毛家貓，父親是一隻西伯利亞森林貓，這個可以確定，看這些小貓的毛就知道了。」小郭解釋道。

「那為什麼牠能跟小貓相處得這麼好？」

「估計是牠對於幼貓的親和力比較強吧。」對於這個問題，小郭也不瞭解。

「那這隻黑貓還真是特別。哎，郭小明，到時候我家小貓出生，也帶過來拍幾段，到時候可能要借用一下這隻黑貓。」

小郭沒出聲，而是看向鄭歎的方向。

鄭歎：「……」尼瑪！老子不要帶貓崽！

◆◇◆◇◆◇◆◇◆

鄭歎拍完那部幼貓貓糧的廣告之後，也沒去管那個廣告效果到底怎麼樣，他的注意力都放在另外一件事情上——焦媽要出院了。

雖然身體還沒有完全康復，但也沒有再繼續住院的必要，即便有員工福利和一些補償在，住院幾乎是免費的，可是焦媽不想一直霸占著床位，況且住在醫院裡她也不自在。再說了，焦媽覺得讓兩個孩子一直吃外食，心裡也過意不去。不是說外面的飯菜有多差，從心理上講，家裡的飯菜總會讓人感覺好點。

所以，在一個晴好的週六早晨，焦家人都在醫院裡接焦媽出院回家。

焦遠揹著書包，鄭歎就躲在書包裡。如果有陌生醫生或者其他不相關的不熟悉的人過來，鄭歎就把腦袋縮進去，沒人的話就將頭露在外面看幾人忙著收拾東西。

出院的心情總是歡快愉悅的，每個人臉上都帶著掩飾不住的笑意。焦媽住院的這段時間，大家陸陸續續將家裡的東西搬過來不少，平時也沒見有太多東西，可收拾起來一個大紙箱都放不下，包括兩個小孩的飯碗杯子、鄭歎專用的貓碗，還有一些小毛毯等。

鄭歎看了看裡面忙碌的人，扭頭瞧瞧隔出來的小病房外面。

一個將近五十歲的大叔端著一個病房裡常用的白色塑膠便盆出來，去浴室洗刷便盆。洗刷完畢出來的時候見到將箱子搬出房間的焦爸，那大叔笑著打招呼道：「小焦，接老婆出院了？」

「哎，雖然沒痊癒，但是她說不想再在這裡待下去，渾身不對勁，回家休養得了。」焦爸今天說話都帶著輕鬆。

焦爸和那大叔在那裡說著話，收拾東西也有些累了，焦爸也趁這時候休息一下。

鄭歎從他們兩人的對話中知道，這位大叔的妻子也是跟焦媽一樣在那場校車事故中受傷住院的人，只不過那位阿姨的運氣沒焦媽好，除了外傷之外，還有多處骨折，再加上年紀大了有點高血壓、心臟病之類的毛病，當時也多次陷入病危狀態，這幾天才從加護病房轉來普通病房。阿姨從進醫院起到現在根本不能下床，吃喝拉撒都在床上解決，照顧她的一直是她丈夫。

焦媽剛住院的那幾天也不能下床，一直都是焦爸照看著。那段時間，鄭歎聽焦爸對焦媽說的最多的就是「放心，我在呢」。

有時候，鄭歎很羨慕他們。不管是焦爸、焦媽，還是那對從加護病房過來的大叔、阿姨。或許，這才能真正稱為「家人」。

「好了，回家！」

焦媽將一個行李箱往外拉，焦爸趕緊過去接住。

這時候，剛做完實驗的易辛也在最後趕過來幫忙。

這次出院並沒有跟玲姨等人說，焦爸也只是在安排工作的時候才跟易辛隨意提了一下，沒想到易辛還是過來了。

焦爸找生科院裡一個同事借了一輛休旅車，將東西搬到樓下裝車裡，然後載著眾人一起回東教職員社區。

搬東西的時候，焦爸和鄭歎都同時在想：確實得買車了！

但現在焦爸的手頭有些緊，手上能動的錢，包括自家貓掙的錢，全都投進公司了，沒有多餘的錢去買車。焦爸開著車，心裡打算著：再等等吧，明年年底之前一定得買，然後明年載著家人和黑碳回老家過年。

今年的農曆過年有些早，而且由於焦媽的病情原因，焦爸決定今年就留在楚華市過年了，讓焦媽好好休息。他提早跟老家那邊的老人都通過話，打算將兩邊老人家都接過來一起過年，只不過焦家爺爺拒絕了焦爸的提議。

焦家爺爺當時在電話裡說：「你們那邊才多大點兒的屋子？還是咱們鎮裡住著舒服。」

為了好好休養，讓身體不留病根完全恢復過來，焦媽也沒去學校那邊上課了，剛出院也不能太勞累，於是帶薪休假中。很多和焦媽一樣在事故中受傷的老師都是這樣的待遇，所以焦媽也沒什麼不好意思，在家休息，多照顧一下兩個孩子和貓，彌補一下住院這段時間的疏忽。

有焦媽在家，鄭歎覺得生活再次煥發光彩，舒坦不少。早上和兩個孩子一起起床，跟顧優紫一起梳洗，跟焦遠一起尿晨尿，洗漱完畢還有已經準備好的早餐。

早上找焦遠一起上學的人又多了一人——剛搬來教職員社區的石蕊同學。之前那場竊盜案後，副校長他家的親戚從教職員社區搬走，房子也空了出來，剛好留給新來的石教授一家，那房子裡還是裝潢過的呢，讓石教授一家省了不少工夫。

雖然有人作伴，但兩個孩子還是習慣叫上鄭歎一起上學。將這群小屁孩送到校門口之後，鄭歎再開始跑步，跑到樹林那邊練習爬樹。

這段時間鄭歎去人工湖那邊的時候很少見到小卓了，聽說因為天氣太冷，她待在家裡休息，是佛爺幫忙在社區裡申請的一間屋子。

◆◇◆◇◆◇◆◇◆

又一次輪到拍廣告的那天，小郭上門來，順便帶來了一本雜誌，就是他朋友創辦的那份雜誌，鄭歎拍的寵物廣告很多都刊登在這上面，聽說這雜誌賣得還不錯。

小郭來後並沒有急著離開，而是叫上焦媽，坐到沙發上將雜誌翻到鄭歎拍的廣告的那一頁。和前面幾期內容安排一樣，是一篇圖片故事，這是將鄭歎和五隻小貓崽拍的那段影片廣告中的幾個畫面節選出來組成的。很多買這份雜誌的讀者在入手之後都會先看圖片故事，而這一期的反應尤其好。

除此之外，和以往不同的是，在這故事圖的旁邊那頁，一幅清晰的大圖放在上面，一隻大黑貓抬起手掌跟仰躺在毛毯上揮動小爪子的小貓對上手掌的那一幕。

在這幅大圖的右下角，則是「明明如此」寵物中心慣用的廣告詞——明明如此愛你，可否帶我回家？

焦媽看後直接將這兩頁都剪下來，放在一本相簿裡，又讓小郭將照片加洗一份，她要保存。

鄭歎其實對那張大家都好評的照片評價並不怎麼好，他感覺那張照片將他威嚴霸氣的形象照得有些多愁善感，氣質扭曲得厲害。

不管鄭歎怎麼看待這次的幼貓廣告，銷量決定一切，小郭店裡也多了一批幼貓貓糧的訂單。其實聯繫小郭的人很多主要是想跟他取取經，怎麼拍出這樣的效果圖？是否有ＰＳ痕跡？怎麼讓貓去做出那樣的動作？小郭一直都在跟人打太極，反正實話是沒有的。

跟小郭來到寵物中心拍廣告的工作室，鄭歎立刻發現了異樣。

李燕在這裡，而周圍還有一些陌生又熟悉的氣息。鄭歎走到李燕那邊看了下，李燕正目不轉睛盯著自己的筆記型電腦，螢幕上有一些照片，很多拍攝效果極差，但模模糊糊也能夠看到一些。

照片都是關於兩隻貓的，一隻大貓，是那位霸氣側漏的李元霸；小貓崽不大，剛出生不久，主要是白色，身上有一些黃色的斑塊，比之前和鄭歎合作過的那五隻小貓崽還要小很多。

這是李元霸的孩子？！

鄭歎又看了看那個資料夾的名字——李元霸和花生糖。

再看看模糊照片裡面的小貓，那花紋確實挺像那種花生牛軋糖的。

知道那隻玳瑁貓生小貓崽了，鄭歎也沒多大興趣，只想拍完廣告早點回家。不過今天參加拍攝的員工有兩位臨時有事，大概還要等一、兩個小時才能開工的樣子。

鄭歎在等候時也和往常一樣，跳到那個最高的貓跳臺上趴著閉眼休息。

在鄭歎不遠處，李燕抱著筆電跟小郭商量事情。聽著他們的談話，鄭歎瞭解到，這段時間李燕和那隻玳瑁貓都住在寵物中心這裡。

在寵物中心有一些員工休息室和居住房，李燕因為自家貓懷孕總是擔驚受怕，生怕出了什麼意外狀況，她也沒有照顧孕婦的經驗，更別說孕貓了，思量之後直接連人帶貓搬過來寵物中心這邊，一連付了兩個月的租金。在這裡有小郭幫忙照顧，李燕也放心很多，她自己本人的話，住哪兒要求不高，只要帶著筆電，住的地方有網路就行。

李元霸在搬過來沒幾天就生崽了，罕見的只生了一隻，這一隻比普通剛出生的貓崽都要大。

李燕想多拍一些照片或者錄影做紀念，但是李元霸一見到相機之類的器具就呈金剛怒目式，本身就有些凶悍的面上顯得更是煞氣十足了，這讓李燕很是苦惱。小郭也幫不了忙，他連接近都不行，那隻貓只要陌生人接近就呈備戰狀態，去了純粹找撓。

李燕為自家貓拍照片的時候都沒開閃光燈，而且還都是偷拍。她家這隻玳瑁貓感官很敏銳，所以很多時候她偷怕都失敗了，經常只拍到一條尾巴或者一個殘影，以前給小郭看的圖片是她努力好久才拍出來的。

後來李燕裝了個攝影鏡頭，每天對著筆記型電腦偷窺。

現在，看完照片，李燕又打開攝影鏡頭開始偷窺了。

「我前些日子聽人說，玳瑁貓很溫順、很愛安靜，比一般貓的貓品都要好，而且很會照顧後代，這是不是真的？我覺得我家李元霸倒是很符合這種說法。」李燕自得地說道。

小郭想了下，「我以前聽我奶奶說，玳瑁貓要麼溫順安靜，要麼就是一土匪。我覺得妳家這貓更趨向於後者。」

「郭小明！！」李燕抄起旁邊放著的一根逗貓棒抽過去。

打鬧了一會兒之後，李燕又擔心起自家貓來，包括飲食、保溫等一切貓的日常生活。

「妳神經質了吧？」小郭揉了揉被抽的手臂，說道：「很多母貓都不讓人見小貓崽的，妳家這貓算好的了。其實貓根本用不著太過在意，妳只要保證牠的營養足夠就行。貓不像狗，自然界的貓科類大多是獨居動物。妳可能經常見到一些渾身髒兮兮的流浪貓蹲在圍牆上或者石墩等物體上，瞇著眼睛悠閒地曬太陽，但相比起流浪貓而言，流浪狗則要悲慘很多，自然界的犬科類更偏向群居，所以會常見到一些流浪狗很多時候都夾著尾巴，顯得驚恐不安。」

「流浪狗很容易死，而流浪貓卻很多都能夠獨自生存很久。貓能獨立捕食，並以君王一般的眼神環視自己的領地；而狗呢，很多都喜歡跟著主人，有些撒尿拉屎都需要有人陪伴……」

聽小郭說到這裡，鄭歎看向不遠處趴著的那隻金毛犬。

那是一隻金毛母犬。

或許有人會認為，店裡那隻美國短毛公貓叫「王子」，那麼這隻就應該叫「公主」了吧？很遺憾，這隻金毛不叫「公主」，而是叫「主公」。聽說牠還在某個寵物展上得過獎，證書被小郭貼在店面醒目處作為宣傳。因為外觀優勢，小郭店裡自產的犬類寵物食品很多圖示頭像都是這隻金毛犬。

金毛犬那一身的土豪金本就很吸引人注目，牠性子活潑、聰明、對家人和善，也逐漸被越來越多人認可。

此刻因為小郭提到流浪狗，李燕也看向金毛犬那邊，小郭順著李燕的視線看過去，瞧見自家主公正咧著嘴看著這邊，還使勁甩著尾巴。

「看什麼看，說的就是你！」小郭朝金毛犬那邊喊道。

金毛犬主公不知道聽懂了沒有，因小郭的話，牠甩尾巴的動作停了一下，然後繼續咧著嘴甩尾巴。

「你就一貪吃鬼！」小郭無奈。

將視線從金毛犬那邊收回，鄭歎趴著思考。

剛才小郭的那番話讓鄭歎想到一些問題，他不知道該如何來定位自己，是屬於獨居類？還是群聚類？人是社會動物，他現在有著一個成年男人的心理，身上卻流著一隻貓的血液。

如果有一天自己流落在外，會是個怎樣的情形？是依然能夠眯著眼睛悠閒地享受陽光？還是夾著尾巴焦慮地在這逼仄的社會環境中生存？

鄭歎真的不知道。

◆◇◆◇◆◇◆◇◆

等到那兩個員工回來，鄭歎收回思緒，開始工作。

這次的廣告並不難，不是幼貓貓糧，所以耗費的時間也不長，拍完後小郭就將鄭歎送回東教職員社區。

吃飽喝足的鄭歎在家裡趴沙發上，陪焦媽看了一會兒那種磨磨唧唧的電視劇，睡了一覺，然後出門野去了。

因為焦媽在家，鄭歎不用陪小孩，有時候晚上也會在外面多野一會兒再回家。

年底焦爸那邊的工作很多，最近那個實驗專案似乎進展到關鍵處，焦爸經常熬到晚上十一、二點，甚至凌晨才回家，鄭歎在外面玩到十一點多的時候會去生科院那邊逛逛，等焦爸用電動摩托車載著一起回家。

第八章

黑碳你又做了什麼

楚華大學最近由於生科院裡進來了幾位海龜（歸）教授，再加上擴大招生的原因，院裡將一些資源重新分配了一下，其中就包括教師的辦公室。

焦爸原本的辦公室被劃為三個年輕講師的辦公室，生科院另外分給焦爸一間獨立辦公室，只不過那間辦公室面積比原來的小一些，不到三坪。院內的主管們剛開始還怕焦副教授有怨言，但沒想到焦副教授表示理解，第二天就整理好東西搬去了新辦公室。為此，生科院院長對焦副教授的好印象又上升了一個臺階。

當然，焦副教授這麼輕易就搬，其原因肯定不會是體諒院內高層，急人之所急。鄭歎也能想到一部分的原因。既然院內已經決定這樣分配，作為教職員工肯定也只能接受，爭吵下去吃虧的還是自己，何況焦爸這樣一個小副教授。

但焦爸不僅同意換辦公室，表情上看起來也不像不情願的樣子，其主要原因還是在於這間新辦公室的地理位置。新辦公室窗戶朝南，在冬天能很好地享受到陽光，而最關鍵的一點是，這裡處於二樓的一個轉彎處，樓下方道路旁有一棵大梧桐樹，梧桐樹的樹枝伸展到窗戶這邊，方便鄭歎每次過來找焦爸的時候跳窗。

所以很多時候，鄭歎玩累了、無聊了，就跑到生科大樓來，直接從梧桐樹的樹枝跳向焦爸辦公室的窗臺。一般情況下，焦爸都不會將窗戶鎖住，除非晚上離開的時候才會鎖窗。所以鄭歎跳到窗臺之後，能輕易用爪子撥開紗窗和窗戶。窗戶是平拉式的，只要不鎖住，很容易就撥開了。

焦爸辦公室的電腦椅旁邊，還有一張小椅子，平時焦遠他們不在的時候，都是鄭歎趴在上面睡覺用的。

這天也是，鄭歎陪在家睡過午覺的焦遠他們去學校後，跑到生科大樓這邊，直接從窗戶翻進焦爸的辦公室睡覺。這個時候陽光剛好可以照到椅子上，鄭歎就趴在小椅子上曬太陽睡覺，也不會有什麼人打擾。

一覺睡到五點多，鄭歎看了看牆上的時鐘，伸了個懶腰。焦爸今天估計又不會回家吃晚飯了，最近一直都是讓學生幫忙帶飯。

現在焦爸手下有三個學生，一個是在焦爸手下讀研究生的易辛，另外兩個是跟著焦爸做大學畢業論文的學生。焦爸最近都跟他們一起吃飯，四人經常忙到半夜。

雖然之前焦爸說明年要多收幾個研究生，但真正在選擇的時候，還是依舊按照他以往的標準來選人。生科院院裡有些老師手下都有好幾個學生已經進實驗室開始跟進專案了，焦爸這邊依舊只有易辛這麼一個真正意義上的直系學生。

快畢業的好苗子要麼出國，要麼就被院裡的幾位大教授收了，剩下的稍微好點的都被一些手頭專案多、又比較有錢的老師們瓜分，最後餘下的那些直升碩士的學生，焦老闆一個都沒看中，想著等全國研究生考試之後再看看報考過來的學生。

除了要忙專案研究之外，焦爸還要關注袁之儀的公司那邊。

袁之儀的公司名字叫做「天元生物」。「天」取自於袁老教授名字中的一個字，而「元」則是「袁」的諧音。

鄭歎聽焦爸和袁之儀聊天的時候說過，以後可能會成立一個專門的研發部門，但現在公司的人才有限，很多優秀的人才並不願意到一個剛成立不久的小公司，所以對焦爸和袁之儀他們來說，任重而道遠。

焦副教授現在使用的一些實驗儀器和用品都是向公司買來的，能夠用更少的錢買更多的實驗必需品，袁之儀也表示支援。等這個專案做好了，對焦爸升教授有很大的用處。

焦副教授也會將公司推薦給一些想要節省專案經費的老師們，並沒有明說這公司他有股份，而是在老師們一起聊天時狀似隨意提到。這些老師們手上的研究課題不少，上面批下來的資金都是幾十萬、幾百萬的，他們還想著靠這些撥款發財。而買器材和用具這其中與廠商的「地下交易」，焦副教授和袁之儀都懂，他們也不多言。

又等了十來分鐘，在時針指到六的時候，鄭歎從窗戶跳出去，將窗戶拉攏，回家吃飯。吃完飯繼續在外晃悠。這段時間阿黃被管得嚴了些，但是警長和大胖都還是老樣子，好幾天都是跟著鄭歎玩到很晚才回去。

◆◇◆◇◆◇◆◇◆

正因為天冷，除了上課和自習的一些學生出來之外，晚上很多地方都空蕩蕩的，而這對於貓兒們來說是件好事，至少玩的時候沒有人類來打擾。

偶爾也會碰到在偏僻角落裡做某些愛做的事情的小情侶們，那時候鄭歎就會躲到邊上觀看，懷念一下當初的自己，想當年剛進大學的時候也經常約幾個正妹到學校偏僻的地方玩一玩，圖個新鮮刺激。

每當碰到這樣的事情，鄭歎就忍不住想，當初自己在「做事」的時候怎麼就沒注意一下周圍有沒有貓在偷窺呢？

或許當初就算見到一隻貓，鄭歎也不會當回事。

鄭歎帶著警長和大胖來到他平時爬樹的那片樹林，這段時間晚上他們都在這裡玩，還有一些其他地方過來的貓，有教職員養的貓，也有校外的一些貓，畢竟這裡已經是楚華大學的邊緣地帶，離側門很近，不少校外的貓也經常會過來這裡玩。

貓多了，打架是自然的，反正警長已經打過很多場了。至於大胖，還是老樣子，沒誰去招惹牠，牠也懶得理會別的貓。

鄭歎倒是打過一次架，起因於一隻母貓。

鄭歎發誓他對那隻母貓一點意思都沒有，在心底鄭歎還是將自己當人看的，對著一隻貓他實在興奮不起來，還不如去學校偏僻角落看那些活春宮。偏偏那隻母貓還湊了上來，這讓鄭歎引起敵視了。

於是，鄭歎跟從校外來的某隻公貓打了一架。其實也算不上是打架，鄭歎一巴掌過去，那隻貓就滾遠了。這是因為鄭歎沒控制好力道，用力稍微大了一些。所以，當所有見到那一幕的貓再次見到鄭歎的時候都退避三舍，而那隻被鄭歎搧了一巴掌的貓在之後很長一段時間都沒過來樹林這邊，後來就算來了，也不敢去挑釁鄭歎。

夜晚的樹林，除了陣陣風吹動而引發樹葉的沙沙聲和掉落聲之外，還有一隻隻貓在林子裡竄動的聲音。

貓表達感情的方式可以直接，也可以扭捏。相處比較好的兩隻貓會相互舔毛，舔著舔著可能會咬起來，咬著咬著就搧爪蹬腿開打了，打完又會窩在一起玩耍。所以，鄭歎時常會看到飛竄在草叢裡追打的兩隻貓，接著聽到某隻貓被咬的慘叫聲，不一會兒卻見兩隻貓又挨到一起舔毛了。

樹下的草叢裡，一隻隻貓跑來跑去，時不時會聽到貓叫聲。鄭歎沒管牠們。

鄭歎喜歡這樣的晚上，不被人打擾，在黑夜的遮掩下，就算表現得令人驚駭也不會被人發現，這樣他就可以肆無忌憚地跑動了。

那些貓在草叢裡竄，而鄭歎則在樹上竄，從一棵樹竄到另一棵樹上，跟猴子似的，月色下只能瞥到模糊的黑影，不仔細還看不到。

黑夜，黑貓。

鄭歎加快了腳下的步子，這種站在高處的安全感和俯視一切的自我滿足感，讓鄭歎並不情願就此停下，他沿著樹枝跑動，快到樹梢的時候，腿一蹬跳上另一棵樹。

迎著晚風，有時會碰到那些飄落的樹葉，衝開樹葉，繼續往前，就好像衝破了一重阻礙般，內心都似乎豁然開朗了，讓鄭歎興奮莫名。等他停下步子回過神來的時候，發現已經甩開那些貓有些距離了，不過警長和大胖待會兒肯定會往這邊過來，其他幾隻貓隨後也會到。

站在一根樹枝上，鄭歎喘了喘氣，呼吸著涼涼的晚風，涼意刺激神經，讓剛才的情緒逐漸平息。抬臂將掉下來的樹葉撈過來踩在爪下，他磨了磨爪子，將樹葉切成幾個小塊，一陣風吹來，被撓成小塊的樹葉散落。

鄭歎撓完兩片樹葉，還沒聽到警長和大胖牠們的動靜，心裡抱怨怎麼還沒過來。

突然，鄭歎耳朵動了動，看向前面一個方向。

那邊傳來了拖動的聲音和其他聲響，似乎有人被捂著嘴巴，只能從鼻腔發出聲音，掙扎讓周圍的灌木叢發出重重的頻率快而短促的沙沙響。聽聲音，被捂著嘴巴的是個女的。除了她之外，鄭歎還聽到壓低的男聲，不知道說了什麼，聲音又往樹林深處移動。

鄭歎放輕步子，小心跳到另一棵樹上，藉著陣陣晚風吹動樹葉的聲音掩護，往那邊挪過去。很快，鄭歎就明白發生什麼事情了。

其實，就算沒親眼見到，鄭歎也能推測出來。

每所大學都有那麼一、兩條「博士路」。

這並不是一個什麼好詞，事實上，這個詞充滿了諷刺意味。

在很多大學裡，特別是那些面積比較大的大學，有那麼一、兩條偏僻的離學校中心較遠的地方，隔段時間就會發生一些不好的事情，最典型的要屬強暴之類的事件了。而對於那些受害者，校方會根據情況嚴重性給予不同程度的補償。比如校方出錢讀碩士、讀博士之類的，於是久而久之，這種意外事件常發生的區域便被學生們冠上了「博士路」或者其他一些名字。

由於鄭歎經常在這一帶閒晃，也聽到走過、路過在這裡休息的學生或者教職員的聊天，很多關於這一類事件的八卦。

楚華大學以前在這一帶也出過不少事情，由於地處偏僻，周圍很多都是半廢棄的老房子，這是因為這區域歷史太悠久，使得當初的規劃並不適用於現在，道路拐彎太多，除了一些必要的工程車之外，私家車都不情願走這邊。

這周圍的路燈經常被砸壞，修好後不到一週就又被砸了，不知道是誰砸的，在這裡安裝校廣播器也會被毀掉。抓不到人、找不到證據，於是後來學校索性不管了，只是讓一些班導師或者助教委婉告訴學生晚上別一個人去那些偏僻的地方。被告知要注意的區域中，這片樹林就是其中之一。這也是為什麼到現在為止，鄭歎極少在這邊的樹林裡見到女學生的原因。

或許，這也是校方將這周圍的老房子推掉蓋新房拉人氣，讓這周圍熱鬧起來，減少諸如此類事件發生機率的原因？

鄭歎一邊想著之前聽到的八卦，一邊往事發地那邊靠近。同時，他聽到後面那幾隻坑爹貓也往這邊跑過來了。

鄭歎往聲響處那邊靠近的時候，沿途能夠看到拖曳和掙扎的痕跡，還有掉在一旁的手機和一個很是淑女的單肩包。

空氣中還帶著一些刺激性的氣味，鄭歎嗅了嗅，循著氣味往下方掃了一圈，在草叢裡看到了一串鑰匙，上面掛有一個小罐子，似乎是防狼噴霧之類的東西。

這女孩準備的倒是挺充分的，但鄭歎並沒有聽到什麼慘叫聲，也就是說那個男的沒中招？這樣看來，要麼那女孩沒噴著目標，要麼……那男的估計是個慣犯，早有防備。

從樹上穿行的速度要快很多，鄭歎不需要繞道和避開那些凹凸不平的地方。

那人在一棵大樹底下停住腳步，這裡已經離走道那邊有些距離了，就算發出點聲音也沒誰會聽到。

「喀！」

鄭歎聽到這聲音後看過去，金屬反射的光澤一閃而過。

臥槽！這變態居然還隨身帶著這種情趣手銬！這得有多惡趣味！鄭歎在心裡腹誹。

那人用手銬將女孩的雙手銬住，然後從口袋裡拿出一小卷寬膠帶，膠帶的頭上有紙黏著，方便撕開。那人拿開捂著女孩嘴巴的手，還沒等那女孩出聲，膠帶就將那女孩的嘴巴封住，她只能從鼻腔發出弱弱的聲音。

鄭歎看了下，那人戴著手套，頭上還套著一頂露出眼睛和嘴巴的帽子，像個銀行劫匪似的。果然是個有準備的慣犯。

鄭歎悄然跳到那棵大樹上，爬上樹頂端，瞅準下方的一根樹枝，然後跳下！

「彭！」

那根樹枝連帶著上面的樹葉往下大幅度甩了一下，很多樹葉隨著擺動紛紛掉落。枝條擺動時發出的沙沙聲，在這種幽靜的環境下尤為清晰。

戴著帽子的男人一手按著下方的那個女孩，另一隻手解著腰帶，準備提槍上陣，頭頂上方的聲響讓他驚了一下。男人警覺地看向上方，光線太暗，什麼都沒看到，只能藉著並不算明亮的月光瞧見擺動的樹枝。

但是，現在並沒有風，周圍的樹枝都是靜止的，而頭頂上這根擺動的樹枝就像幽靈一樣，朝他招著手。

是鳥嗎？男人想。

晚上鳥都回巢休息了，再加上大冬天的，怎麼會有鳥出來？莫非這棵樹上有鳥窩？又或者，是其他什麼動物？

男人死死按住下方還在掙扎的女孩，聽了聽周圍的動靜。

好像……是有些聲響，但不像是人類的。

甩掉心裡的那些疑惑，男人回身準備繼續解腰帶，但是頭頂又發出彭的一聲，比剛才的動靜更大。原本他不想理會的，但頭頂上方喀喀喀的聲響讓他硬生生將慾火憋住，因為上面一根小孩胳膊粗的樹枝掉下來了，帶著一些還未掉落的樹葉，在他抬頭的時候正好打到臉上。

「啊！」那人發出一聲痛呼，除了臉上被樹枝敲中的疼痛之外，樹葉還掃到了他的眼睛。

被摁在地上的女孩趁著這個空隙起身踉蹌著想要逃離，只是走了兩步就被男人抓住腳踝，蹬又蹬不脫，她已經乏力了。

「嗷嗚——」

一聲怪異的叫喊讓這兩人的動作同時一滯。這叫聲有點讓人分不清到底是什麼動物。

狼？這裡肯定不會有，畢竟是校園裡面。

野狗？這個倒有可能。

男人從口袋裡掏出一把折疊刀，刀身在月光下反射出冷光。

鄭歎躲在一棵樹後面，他從一開始就沒有打算直接衝上去，當年是人的時候還好，但現在是一隻貓，真正拚起來自己還是很吃虧的，而且他覺得既然對方是有備而來，肯定會帶刀子，貿然衝上去暴露自己，很可能非但救不了人，自己也會搭上小命。

「沙沙沙沙——」

周圍樹林的草叢裡發出一些響聲，這讓男人的神經繃得更緊了。千萬別是野狗，聽說有些餓極了的野狗會吃人。對付一隻野狗他還有點勝算，但如果讓他面對一群野狗，估計能重傷逃脫都是幸運的。

沙沙聲越來越近，男人一手摁住身下的女孩，一手緊握著刀，注意著沙沙聲傳來的方向。就在這個時候，男人突然感覺手臂被側面而來的一股大力撞擊上，胳膊一麻，刀身落下，他自己也因這股力量而橫飛出一公尺多！

鄭歎等的就是這個機會，甚至連角度和撞的位置都計算好了，等其他貓過來時所製造的動靜將男人的注意力吸引住，鄭歎才一擊得手。

這裡是一處斜坡，男人落地後直接沿著斜坡滾了下去。鄭歎跟上去瞧了瞧，那男的估計腳扭到了，一跛一跛的往遠處快步離開，可能以為這邊有人過來發現了他的事情，所以想要逃離。打死那個男人也不會想到將自己撞飛滾下坡的會是一隻貓，而不是野狗或者其他人。

因為那女孩還在，鄭歎也就沒再緊追上去。不過，如果下次再遇上那男的的話，他肯定能夠認出來的，貓鼻子靈敏著呢！就算那人換個帽子，他也能將對方從人堆裡揪出來。

鄭歎往坡上走去的時候，看到了被甩在草叢裡的外套，帶著和女孩身上一樣的香水氣味。

那女孩應該是剛參加過宴會之類的，穿著長裙，上身套著的毛絨大衣在之前的掙扎中被扯下甩到一邊了。

一陣風吹過，鄭歎感受著空氣中的涼意，想了想，過去將那件毛絨大衣咬住往坡上拖去。

見到女孩的時候，她握著男人掉落的刀，警惕地看著周圍，在鄭歎叼著毛絨大衣出現的那一刻，女孩瞬間做出了握刀攻擊的動作，但是藉著淡淡的月光，女孩並沒有見到人，視線下移，才艱難地發現了自己掉落的外套，然後才是外套旁邊的那一隻在夜色下很難看到的貓。

「噌噌噌——」

一隻隻貓接連從草叢裡竄出來，之前跑過來見到這裡有個人類，牠們沒立刻現身，直到鄭歎出現之後，牠們才出來的。首當其衝的是警長，牠在鄭歎出現後立刻從草叢裡跳了出來，還「喵」的叫了一聲，然後起跳、凌空將掉落的樹葉拍下，玩著樹葉。

只不過，現在沒人有心思看警長表演。

女孩見到出現的一隻隻貓，心裡很奇特地覺得安心了很多，仔細聽了聽周圍，沒發現有人靠近這邊。心情放鬆後，她癱坐在地上，蜷曲著腿，被銬著的雙手依然握著刀，只是有些顫抖。

鄭歎頓了頓，拖著那件毛絨大衣過去，放到女孩的腳邊。

——這種時候應該說什麼？肩膀借妳靠一下？靠個屁，一隻貓的肩膀能靠嗎？！

鄭歎正想著，一雙手伸過來將他撈過去。

女孩將鄭歎抱在懷裡，下巴擱在鄭歎背上，身體還在發抖，那把刀被放在一旁。貓身上比人體稍高的溫度讓她感覺涼意被驅散不少，僵硬疲乏的肢體也在逐漸恢復。

女孩抱的這姿勢讓鄭歎不怎麼舒服，被她的膝蓋骨磕得有些疼。可是女孩就像抱著一根救命稻草，將鄭歎抱得緊緊的。

鄭歎看不到女孩的眼神，只能感覺著女孩雙手的冰涼，以及顫抖著的尚未平息的恐懼。

這妹子勒得太緊，鄭歎實在忍不住，將尾巴往那女孩胳膊上甩了甩，示意她放鬆點。

女孩沒反應。

再甩。

還是沒反應。

鄭歎不甩了，甩也沒用，而是將尾巴緩緩從女孩的手腕移到手肘，再蹭到手臂。

打死鄭歎也不承認自己在趁機揩油。

女孩也不會想到自己抱著的這隻貓的思維正在往齷齪方向奔騰。

她的呼吸還有些急促，嘴巴在膠帶撕下後也一直緊閉著，鼻子呼出的氣讓鄭歎耳朵癢癢的，但也只能抖抖耳朵。女孩呼一次氣，鄭歎就抖兩下耳朵。

鄭歎過來的時候將脖子上的牌子藏在一棵樹上了，所以此刻女孩也無法得知抱著的這隻貓是誰家的。

風吹動，空中的樹葉打著旋掉落，一些地上的落葉也隨著風移動，冬日晚間的樹林帶著蕭索和陰森。只是，這樣的蕭索和陰森在幾隻貓的存在下淡化不少。

晚風拂動女孩凌亂的燙捲的長髮，被抱著的鄭歎覺得，這一幕應該是很動人的。

只可惜，鄭歎還沒感慨完，就看到警長跑過來抬爪子開始撥女孩的頭髮玩。然後，可能突然覺得菊部有點癢，警長往地上一蹲，彎身開舔。

——白痴啊這個笨蛋！

——真他媽破壞氣氛！

——下次出來不叫你了！

而旁邊不遠處，一隻貓在撩撥蹲在那裡的大胖，結果被不耐煩的大胖跳起身一個「泰山壓頂」，將那隻貓壓得一聲慘叫。

另一隻貓原本正在跟其他貓追逐打鬧，被那聲慘叫吸引了注意力，沒看前面，直接撞在一棵樹上，撞了之後還假裝沒事似的在地上打滾。

鄭歎想捂臉，尼瑪太丟人了！

女孩卻因為這些貓的各種耍笨行徑，身體漸漸放鬆下來，不再緊繃，顫抖也平息不少。

雖然被這種彆扭的姿勢抱著不怎麼舒服，但鄭歎挺享受這種被人信任和依靠的感覺，被鬆開的時候還覺得有些遺憾感。

「謝謝你們，真的……非常……感謝……」

女孩的聲音還帶著些許顫抖，不過從語氣中能聽出她現在的心情好了很多。

等了一會兒，女孩才站起身，握著刀，小心的往坡下移動。鄭歎在她前面帶路，順便幫忙把她掉落的單肩包拖過來。女孩從包裡拿出手機打了通電話。原本鄭歎以為她會報警或者找室友以及護花使者之類的，但聽著並不像。

掛掉手機，女孩走到道路上，來到轉彎的路燈下站定。

接觸不良的路燈明暗閃動，因為路段的關係，這邊的路燈壞掉學校也不會修得很勤。

樹林那邊幾隻貓來回竄動，由於光線和角度因素，女孩稍微抬頭就能看到幾雙在黑暗中發光的眼睛。如果是平時，她肯定會覺得這種情形很恐怖，覺得那些貓很邪惡；但是現在，她覺得這一雙雙眼睛比路燈還讓人感到心安。

鄭歎就待在那女孩旁邊，等女孩叫的人過來之後再離開。

鄭歎沒離開，警長和大胖也就沒跑遠，其他貓見這三隻貓都留在這邊，便跟著留在這周圍。

十分鐘後，一輛荒原路華開了過來，裡面兩男一女，對女孩都比較恭敬的樣子，不過他們都沒多說話。女孩上車後往窗外看去，原本蹲在那裡的黑貓已經不在了，樹林那邊也沒了那些貓的身影。

◆◇◆◇◆◇◆◇◆

鄭歎對於那晚的事情並沒有太過在意，那天回家後洗了個澡，讓焦爸幫忙吹乾毛，然後鑽進顧優紫小朋友暖烘烘的被窩。接著平日裡還是吃吃睡睡跑步閒晃。

這天下午，鄭歎正趴在焦爸辦公室的小椅子上睡覺，旁邊焦爸正在幫學生改論文，突然，焦爸的手機響了。

「喂……圓子啊，什麼事……」

鄭歎耳朵動了動，沒睜眼，聽著焦爸和袁之儀的對話，不過電話的聲音不太大，外面正好有一輛工程車開過，發出轟轟的聲響——生科大樓後面在擴建，所以鄭歎只能從焦爸的回答中猜測一點事情。

焦爸聽著電話那邊袁之儀的話，表情漸漸變得古怪，「我根本就不認識長未集團的人，你又不是不知道，我最近一直忙專案呢，每天回家的時間都沒多少，怎麼可能去認識那種巨頭？」

袁之儀又說了一番話，其中一句讓焦爸的臉色變了變，嘴角還抽了下，「長未集團董事長給你的那張名片上真的有一隻貓？還是黑貓？」

說到後面的時候，焦爸那語音都帶著升調，顯得有些難以置信。

「好吧，我大概猜到某個可能性了，到時候確認了再告訴你。」

通完電話後，焦爸將電話往桌子上一擱，在鄭歎頭上使勁敲了兩下。

「黑碳，你是不是又做了什麼？！」

◆◇◆◇◆◇◆◇◆

鄭歎趴在沙發上，面無表情看著蹲在自己眼前的人。

沙發前這人在目不轉睛盯了鄭歎兩分鐘後，伸出手放在鄭歎眼前。

「來，握個手。」

鄭歎：「……」

看了看伸到身前的大手掌，再看看眼前的人，鄭歎沒理會他，依舊氣定神閒趴在那兒，沒什麼動作。

「連握手都不會？算了，來打個滾吧……轉圈也行。」眼前的人又道。

鄭歎搭在沙發邊上的爪子動了動，還是忍住沒朝眼前這人揮爪子，所以繼續「呆滯」。

眼前的人又接連下了幾個「指令」，那種類似於訓寵物的指令，可惜鄭歎一直維持著原本的姿勢，對他的「指令」無視得徹底。

「臥槽，你好歹也喵一聲啊！我們家樓下那隻連老鼠都不會抓的肥貓雖然不會握手、不會轉圈、不會躺地上裝死，但好歹也會有點反應地應一聲。我說，焦大老師，你家這是什麼貓？」

袁之儀收回手掌，側身看向淡定地坐在桌子旁邊的焦副教授。

慢悠悠喝了一口茶，焦爸回答道：「田園貓，俗稱土貓。」

「這麼一隻貓，在寵物店裡都賣不掉的，居然能讓全國有名的長未集團董事長親自幫忙我們打開局面？」袁之儀指了指趴在沙發上的黑貓，對焦爸說道。

很顯然，袁之儀一點都不相信長未集團董事長和這隻普通的土貓有什麼聯繫。據他所知，長未集團董事長剛從京城回來，能和這隻黑貓有個屁聯繫！

他們公司剛成立不久，一開始也只是做一些試劑或者試劑盒代購、賣一些小型儀器之類，還有DNA測序和PCR（注：聚合酶鏈式反應）引物合成等比較基礎的東西，市場占有率尚未打開，現在公司大部分員工還是做銷售，往一所所大學裡面跑，先推廣一下，打響名聲再說。

只是袁之儀他們都沒想到，居然會突然接到長未集團的一個訂單，雖然只是長未集團旗下一個分公司的質量控制質檢部門，但這訂單的數目可不小，總價值兩百來萬。

用袁之儀他老婆的話來說，直白點，這純屬就是來送錢的，咱們還能藉著這次合作抱上長未集團的大腿。但，人家這樣一個大公司難道就沒有長期合作的對象？難道就不會受到優惠待遇？

為什麼偏偏選咱們這個還沒名聲的小公司？

所以，袁之儀在與焦爸通完電話後徹夜未眠，今天一大早就開著車過來堵人，將焦副教授堵在家裡，非得弄個清楚明白不可，不然他心裡不踏實。

「你倒是說話啊！」袁之儀催促道。

「我還沒確定呢，說什麼？我只是懷疑這其中很可能會有什麼關聯，但我也不能讓我家的貓自己開口說吧？我看牠自己都是迷糊的。」

「牠迷糊？」袁之儀轉身再次看著鄭歎。

鄭歎繼續「呆滯」。

袁之儀看後搖搖頭，「我還是沒瞧出啥來，只覺得牠一直都挺呆的。」

「噗噗噗！」貓爪子撓在沙發的聲音再次響起。

袁之儀看了看焦家這張邊緣全是貓爪洞的沙發椅，嘖嘖兩聲：養貓有什麼好的，純屬自找麻煩嘛！

不過，這次過來沒有得到滿意的答案，讓袁之儀不太甘心。

對於焦爸和袁之儀他們的談話起因，鄭歎也是一頭霧水。

這兩天鄭歎自認為還是很安分的，沒有出遠門、沒有打架、沒有惹上跳蚤，甚至都沒去偷窺那些小情侶們這樣那樣，頂多又不小心將焦爸書桌上的杯子打碎了一個；伸懶腰的時候爪子又把顧優紫小朋友的枕頭鉤出了個洞；早晨瞇著眼睛尿尿的時候打了個噴嚏，又尿到焦遠鞋子上；把焦媽剛熨燙完的衣服又睡出了皺褶。

唉，為什麼都是「又」呢？

袁之儀站起身，活動了一下蹲麻的雙腿，「反正我認為不可能是這隻貓的原因，如果真是這隻貓的話，我就……」

看了周圍一圈，袁之儀的視線落在飯桌上，上面有今早上吃剩的一碗黑米粥，用大湯碗裝著，已經變涼，粥黏稠了很多。

「我就頂著這碗黑米粥出去！」袁之儀道。

正聽他們說著，鄭歎的耳朵動了動，看向門口。

很快，焦家的門被叩響。

「誰啊？你坐著吧，我去開門。」袁之儀朝焦爸擺擺手，他晃著腿走過去，蹲太久腿還有些麻麻的。

原本袁之儀還咕噥著什麼事情，但當他打開大門，脖子就像被掐住一般，吱都吱不出來了。站在門前的人，袁之儀昨天才見過，他兜裡還有這人的名片呢！

「趙趙趙趙董啊！」袁之儀太過震驚，結巴了。

不怪袁之儀這樣，就連焦爸也沒想到這位日理萬機的趙董事長會親自上門，他們都還沒找出原因，人家就已經登門了。

眼前站著的正是長未集團董事長，而趙董事長身後還站著一個年輕女孩。

因為袁之儀在門口擋著，趴在沙發上又懶得動彈的鄭歎看不到門外的人，聽聲音是個中年男人，但是鄭歎又嗅到很熟悉的香水氣味。

——嗯？是那天晚上的那個妹子？

見袁之儀在門口杵著，焦爸趕緊迎上去，在門外兩人看不到的地方抬手指戳了戳袁之儀的背，這是要在門口當門神嗎？這傢伙現在大腦回路估計不太正常，反應遲鈍不少。

被戳回神的袁之儀趕緊讓開，「快請進！」

焦媽和玲姨去醫院檢查了，焦媽是要去看看恢復情況，而玲姨是要去看看她自己的胃病，所以在吃完早餐之後，焦媽都沒來得及收拾碗筷就被玲姨拉走了。現在接待的事情只能讓焦爸和袁之儀來做。

焦爸拖出兩個帶背靠的靠椅，將凳子都推進桌子底下，省得占地方。客廳的面積本來就不大，現在還來了這樣一位巨頭，總感覺擁擠了不少，以前來三五個人都不會有這種感受的。

見焦副教授拖椅子過來，袁之儀原本想說「讓你家貓從沙發上挪挪屁股就行了，客人坐沙發多好」。但見進來的兩人並沒有不愉之色，焦副教授也已經將椅子拖過來，袁之儀才沒出聲。

趙董事長看上去四十出頭，但其實已經五十歲了，保養得挺好，人也很有精神，至少鄭歎對他的第一印象還比較親和——趙董事長臉上的笑意確實是真的。

將手上的禮品放下，趙董事長笑道：「剛在樓下碰到蘭教授了，跟著他老人家上了樓。」

「咦，趙董認識蘭教授？」焦爸問道。

袁之儀和焦爸都知道蘭老頭和很多公司有合作，但沒想到這其中居然會有長未集團，看起來蘭老頭和趙董事長還挺熟的。

「我們聘請蘭教授過去指導過，現在也經常會邀請蘭教授去做客講授，平時工程上有一些疑問也會請蘭教授過去解決。」趙董解釋道。

趙董介紹了自己女兒趙樂，也是在楚華大學唸書，然後就不再說關於趙樂的事情了，轉而聊起了其他。

因為談及蘭教授，雙方的距離也拉進不少，趙董也沒有表現出平日裡對人的那種疏離感，這讓焦爸和袁之儀的拘束感少了很多，談到袁之儀他們公司走向的時候雙方也聊得很投入。

能夠找這位商業巨頭取取經，這是讓袁之儀非常欣喜的事情。從趙董講述的一些事情和經驗，也能讓袁之儀他們這個新公司少走一些彎路。袁之儀認識學術界的人比較多，但真正的商場巨頭卻只有這麼一個。

袁之儀感覺今天的趙董看上去親和許多，不像昨天，雖然帶著笑，不至於太疏離，但仍帶著強烈的氣場，讓人不得再靠近。往趙董那邊掃了一眼，袁之儀更確定了，現在的趙董還真將商場那一套收斂了許多，就像在提攜後輩似的，也感覺真誠得多。

趙董沒有一口就許諾幫多少忙，經驗倒是傳授了一些，話裡的意思就是很看好他們這個新公司，現在也是一個機遇時期，等公司發展起來以後，雙方或許會有更多的合作。

趙董開口，可不僅僅只是說說而已，那是只要滿足他的要求底線就會兌現的。這讓袁之儀心裡開始禮花亂放。

那邊三個大男人在聊公司走向和當今趨勢，這邊女孩已經走向鄭歎了。

鄭歎從客人進門一直到現在，依然維持著橫趴在沙發正中央的姿勢，原本不大的沙發就被占去了四分之一，再加上沙發上的兩個抱枕和一個毛娃娃，能空出來的座位空間就更少了。靠邊的位置坐個大男人有些勉強，但坐個苗條些的女孩子倒是可以的。

鄭歎看了看，趙樂臉上和手上的傷都看不到了，估計等了這麼多天才過來的原因主要還是那些傷，畢竟那些傷的起因並不好宣之於口。

趙樂見到趴在沙發上的黑貓時，眼神就亮了亮，臉上的笑意也深了些。來到沙發上坐下後，趙樂將趴在那兒瞧著自己的黑貓抱到腿上，一下一下撫著貓毛。

鄭歎心裡蕩漾了一會兒，但這樣並不怎麼舒服。想了想，鄭歎跳下了沙發，跑到顧優紫的房間，熟絡地扒開第二格抽屜，將裡頭的一把梳子叼出來，回到客廳跳上沙發，將梳子放下。

趙樂剛才還以為黑貓不待見自己呢，沒想到會碰到這樣的情形。愣了之後，隨即就是一聲輕笑，她拿起梳子開始為腿上的這隻黑貓梳毛。

鄭歎的毛不長，平時都是由顧優紫小朋友幫忙梳理的，短毛也不容易打結，所以現在梳著也順利，頭上那點短毛也被梳了一下。他瞇起眼睛，隨著趙樂手上的梳子梳動，尾巴尖也隨之往上一勾一勾的。果然還是這樣比較舒服！

正在聊天的焦爸和袁之儀見到這一幕，臉上抽了抽，真想過去擰著那小王八蛋的貓耳朵說教一番：來者是客，是貴客啊，貴得一屋子的你都比不上人家一根小拇指的價值！你居然讓這貴客替你梳毛！還他媽一副享受的樣子！

趙董和趙樂並沒有在這裡留太長時間，半小時後，他們就告辭離開。趙董說的關於此次上門道謝的原因並不多，但也明白指出了是焦家的這隻黑貓給予了自己女兒莫大的幫助，至於更詳細的，趙董就閉口不說了。

焦爸和袁之儀將兩人送到樓下，那裡已經有人等候著了，社區的停車場那裡停著兩輛車，趙董和趙樂上了其中的一輛，另一輛是鄭歎見過的那輛荒原路華。

兩人回到五樓，袁之儀關上門，然後盯著鄭歎猛瞧，似乎要從鄭歎身上瞧出個子丑寅卯來。

「我記得，你之前說過要頂黑米粥的。」焦爸蹺著二郎腿說道。

袁之儀聞言頓了頓，走到飯桌邊端起那碗黑米粥。

在焦爸和鄭歎都以為袁之儀真要頂著這碗黑米粥出門的時候，袁之儀拖過來一張矮凳，放沙發前，正好對著鄭歎。將那碗黑米粥放在矮凳上，然後袁之儀又去廚房撈了三根木筷子，往粥碗裡面一插，他本人往後退了些，一個揖禮。

「小生這廂有禮了！」

鄭歎、焦爸：「……」

——這尼瑪是個笨蛋，還是個笨蛋，就是個笨蛋？！

「這是在作甚？」焦爸看著在那兒耍寶的袁之儀，問道。

「這不是拜一拜嘛！咱們那個幾百萬的單都靠你家這貓了，說不準以後這貓還會給咱們帶來什麼好事呢！」說著，袁之儀將黑米粥裡面歪掉的筷子扶正，「來，再拜一個！」

「你還信鬼神之類的？我不記得老爺子有這方面傾向。」焦爸道。

「老爺子是個純粹的科學研究者，確實不信那些玩意兒。不過，老太太信。」

他們幾個老同學之間聊天的時候也會提起袁教授，就像袁教授還在一般，而不會刻意避諱。袁之儀將碗筷放回飯桌之後，轉身坐下，問焦爸：「對了，後天你去鄰省開會是吧？」

「嗯，那邊有個學術年會，我想參加，今年有好幾位大師會過去，機會難得。」焦爸道。

「那正好，你參加學術年會之後和我一起去看看儀器吧，昨天我聯繫了那邊的一間生物公司的老闆，他公司出了意外事故，他不想繼續經營下去了，手頭的一些儀器會賣掉，我聯繫過他，讓他給我們留著，到時候去看看。有些儀器還在保固期內呢，那老闆說了，保固卡、票據什麼的都在。我琢磨著，要是看著可以的話，先買回來應應急。畢竟一臺新儀器太貴了。現在咱們公司接的一些業務也用不著太過高端複雜的那些功能，實用就好。」

「行，我到時候聯繫你，你什麼時候出發？」

「我明天就過去了，找了個工程師一起過去，先去看看，畢竟二手的那些儀器也得好幾萬，有幾臺沒個十來萬是拿不下來，再貴些的儀器那老闆也不會賤賣掉。對長未集團那樣的巨頭來說，這點錢就是毛毛雨，但咱們現在手頭資金緊張，不能花冤枉錢。」

焦爸要出差，所以走之前有很多事情要安排。

焦媽的回診結果很好，基本恢復得差不多了，焦爸也能放心出差，不用太擔心家裡。至於生科院裡的工作，最緊張的時候已經過去，專案研究進展得很順利，而易辛已經先同屆的同學一步投了一篇影響因素尚可的論文給國外雜誌，另一篇尚在準備中，估計明年院裡評選優秀碩士和國家獎學金是跑不了的了。

第九章

李元霸，小嘍囉眼中的貓斯拉

焦爸出差估計至少得要個三、四天才能回來，所以鄭歎這段時間晚上也不怎麼出去了。因為晚上氣溫低，而現在的鄭歎不像還是人的時候那樣能夠穿著真皮外套或者羽絨衣來禦寒，有的只是這一身短毛。

焦媽為鄭歎買過一件寵物貓穿的小棉襖，但鄭歎從來不穿那玩意兒，束手束腳的，麻煩，連爬個樹都伸展不開。所以現在，鄭歎除了早上跑步和爬樹之外，只有白天才會出門閒晃，還得是天氣不錯、陽光正好的時候，不然出去幹嘛？找虐嗎？

鄭歎早上去小樹林那邊玩了半天，午間飯點回家吃完午飯，便又晃晃悠悠來到生科院這邊，看了看，焦爸辦公室的窗戶沒鎖。

從樹枝上跳到窗臺，鄭歎先看了看裡面，如果有其他人的話他就不進去了。

幸好裡面只有易辛一個人，此刻易辛正趴在桌子上睡午覺。

易辛算不上「其他人」，說起來這傢伙也算得上焦家的半個保姆了，幫忙接送過孩子，幫忙帶過貓，還要幫焦爸帶學弟妹的畢業論文，到哪兒能再找這麼好的學生？

鄭歎用爪子撥開窗戶，跳進去。

電腦開著，易辛在整理他的第二篇論文，全英文的，有很多專有名詞和拉丁語，鄭歎不懂，也懶得去看，沒興趣。不過，鄭歎感興趣的是易辛放在旁邊的一本小本子，這並不是易辛的實驗記錄本，鄭歎見過生科院的人常用的實驗記錄本，比這本要大得多。但是，這本小本子一看就是經常用的。

莫非……還有什麼不可告人的小秘密？

鄭歎興致來了，他現在閒得蛋疼，總得找點樂子讓自己開心一下，消磨時光。

聽到旁邊傳來的聲音，鄭歎正準備翻開小本子的爪子一頓，還以為自己偷看秘密被發現了，抬眼瞧過去，易辛依然睡著，沒有半點醒來的跡象。

「咯吱咯吱咯吱……嘿嘿……嘿嘿嘿……」

——尼瑪，睡個午覺也磨牙！磨牙也就算了，還帶著笑！很驚悚的好嘛！

扯了扯耳朵，收回注意力，鄭歎爪子一勾，將小本子子翻開。

本子裡面記錄了很多東西，前面幾頁都是一些大型學術報告的簡要記錄，雖然易辛的字寫得不算很好，但勝在格式工整，記錄井然有序。

可鄭歎還是挺失望的，反正這些東西他是覺得沒意思。正準備合上的時候，鄭歎的視線落在小本子邊緣，看那皺摺的程度，顯然後面也是經常翻動的。於是，鄭歎索性將小本子的頁面直接翻到最後幾頁。

然後，鄭歎就看到了易辛的「隨行記錄和摘抄」。越看下去，鄭歎越無語。

這裡面摘錄了很多詩，裡面記載的類型還挺多，但顯然並不是尋常的那些詩，而是專業詩。為何這麼說呢？

有纏綿型，如：

我想你就像抗體想著抗原
你的美麗是使我衝動的乙醯膽鹼
數個春秋盡是數個夜無眠

每個鹼基都代表著我們永恆的誓言
期待那麼一天，我們能再相見
交織纏繞成世間最美妙的雙螺旋……
有離愁型，如：
心，像細胞分裂後期的著絲點一樣分裂
我們也像子染色體一樣
移向不同的一邊
迷霧掩蓋了
長亭古道
芳草碧連天
只有我們的身影越來越淡
終於像末期的染色體一樣
無法看見……
有迷惘型，如：
夕陽的餘光
餘光中的植物一片透亮
彷彿可看見
葉綠體中縷縷冒出的氧

【H】（注：氫）把二氧化碳還原成糖
默默地聚集著能量
一切那麼匆忙
難道它們也擔心黑夜中的靜寂
靜寂中的彷徨？
還有肉麻型，如：
你是細胞核
控制了我的遺傳和代謝
你是線粒體
沒有你我便失去能量……
甚至還有深沉型的，如：
偉人的身影漸漸飄散
就像個體在時間的河裡化作雲煙
它們的思想卻在思想庫中沉澱
就像基因在基因庫裡
代代相傳
將前輩的思維重組
讓我們不再簡單……（注：這些詩源自網路上流傳，原作者不詳。）

寫這些詩的人，鄭歎只能想，那人一定是被去氧核糖核酸、黏質體、胺基酸在那一時刻靈魂附體了。

合上小本子，鄭歎甩了甩尾巴，跳下書桌，翻窗離開，離開時順便將窗子拉攏。

從生科大樓出來，鄭歎往東教職員社區那邊走去，走在花草叢裡，路過一個轉彎的時候，鄭歎又聽到有人在議論一件事情，這兩天鄭歎經常聽到。

聽說本校一個大四學生被發現在宿舍自縊身亡，傳言是因為被當太多壓力太大。當時聽到的時候鄭歎也沒想太多，這種事情並不罕見，並不是某所大學的個別現象。

「我聽我住在那棟宿舍的同學說，後來警察在他的櫃子裡發現了一些情趣手銬、膠帶、面罩等，甚至還有麻醉藥，鎖住的那個櫃子裡有一個小型ＤＶＤ播放機，碟盒裡面全是一些變態重口味的光碟片……」

鄭歎腳步一頓，聽到這話，他突然想到了一些事情。

趙董和趙樂那邊果然出手了嗎？

效率還真高。

也是，鄭歎聽焦爸和袁之儀說過，那位趙董有些背景，連自己這隻貓都能找到詳細資訊，找個人對於趙董來說應該也不是什麼難事，而且下手夠狠，一出手就斷了那人的後路。

豎著耳朵聽了那幾個學生的議論之後，鄭歎扯扯耳朵，繼續往東教職員社區那邊走去。不過，沒走兩步，鄭歎又聽到一個騎著自行車的傢伙對他同學喊道：「快，有一『大波』外賓正在往國際學術會議廳那邊走，兄弟幾個趕緊搶位子去，不然連站的地方都沒有了！」

鄭歎精神一振，「大波」外賓？！

國際學術會議廳？好像離這裡並並不遠。

鄭歎一個拐彎就往國際學術會議廳那邊過去，原本準備快跑過去，還沒開始加速，就見草叢裡一個身影竄出來，跑到鄭歎眼前一個急停，身一側，抬起牠那像戴著白手套似的爪子對著鄭歎在空中揮了兩下。

鄭歎沒心思跟牠玩鬧，他還在疑惑：警長怎麼在這兒？這時候牠是不應該在東區附近睡午覺的嗎？

跑出來的正是警長，而在警長跑出來不久，鄭歎又看到了阿黃和大胖。

鄭歎側頭，看到不遠處，一隻吉娃娃被牠主人牽著正往校門外走。警長肯定是跟那隻吉娃娃玩耍而跑過來的，阿黃只是湊個熱鬧，大胖依舊慢悠悠的跟在後面，半耷著眼皮，彷彿對什麼事都不感興趣一般。

鄭歎心裡現在惦記著「大波外賓」，因而繼續往國際學術會議廳那邊小跑，不出意外的，那三隻貓也跟在後面。

國際學術會議廳那邊現在人挺多的，好在會議廳門前的大道兩旁都有大樹，鄭歎爬上靠近會議廳大門的一棵梧桐樹，蹲在一根分枝上，環視周圍。

「大波外賓」似乎還沒來。

見鄭歎蹲在樹枝上，另外三隻貓也相繼跑到那裡，四隻貓呈一字型並排蹲著。

鄭歎側頭看了看旁邊的三隻貓，繼續尋找「大波」。

會議廳外，人確實比較多，在會議廳的門打開之後，等候的人在工作人員的安排下陸續進去，而外賓們是在五分鐘後到來的，好幾個學校高層主管都在，校長親自作陪，看來這次來的外賓在學術界很有影響力啊！

但……大波外賓呢？

哪有大波外賓？大部分都是三十歲以上的男人啊！

鄭歎也沒想想，此大波非彼大波。

不過，鄭歎仔細找了找，才在那群外賓裡面找到兩個姿色不錯的女人，就那兩個助理似的金髮妞入得了鄭歎的眼，胸前的高聳讓人忍不住遐想。

鄭歎正瞧著大波妞，那邊一群人也朝會議廳走過來，在路過這棵梧桐樹的時候，走在最前面幾人中，有一個中年教授停了下來，讓助理幫忙照張相。

這位教授也是愛貓人士，大洋那頭的家裡也養貓，在這裡他突然見到四隻貓，而且那神態和自家的貓還挺像，於是才起了照相的心思。

等這位教授來到樹下，助理過來喀喀喀一頓拍，拍人的同時，也將樹上蹲成一排的四隻貓都拍了下來。

這棵樹最下面鄭歎他們蹲著的那根枝杈離地面約四、五公尺高，因為要將人和貓都拍下來，所以助理換了好幾個角度和距離。其他那些人在旁邊笑著，沒打擾，也沒上去照相，有的是對貓沒興趣，有的是擱不下面子，沒看周圍人都瞧著那邊笑嗎？

但是，誰也沒料到，這張包含了人和四隻貓的照片，以後會被放大，並留在楚華大學精緻裝修過的學術會議廳走廊牆上的名人簡介那裡。

照片的下方，文字介紹了照片裡那位獲得諾貝爾物理學獎的教授。照片的背景是楚華大學的國際學術會議廳，但每一個見到這張放大的照片的人，都會被樹枝上並排蹲著的四隻貓吸引注意力，並在這張照片前方駐足許久，興味地與同伴討論拍照的當時會是個什麼場景，又是什麼原因才會讓這四隻貓蹲在那裡。

有人猜測是四隻貓預知到了未來諾貝爾物理學獎得主才過來的；也有人猜測這是校方的刻意安排，知道人家喜歡貓，就訓練了四隻貓提早蹲在那裡。

只是，誰也不會想到，有這張照片的起因，不過是照片裡那隻黑貓想看「大波外賓」，僅此而已。

鄭歎在樹上蹲了一會兒之後就不耐煩了，樹下有好幾個人像看珍稀動物一樣看著他們四個。阿黃和警長要不是看其他兩個小夥伴還蹲在這裡，早就起身跑了；至於大胖，依舊將那些不相干的人無視得徹底。

鄭歎再次被阿黃的尾巴甩了一下之後，斜著眼朝牠看了過去，阿黃委屈得小聲「喵」了下，意思是牠現在實在不想待在這裡了。

算了，反正大波妞也看過，走吧。

不過，在鄭歎正準備起身的時候，突然聽到一個熟悉的聲音。

朝那邊看過去，佛爺陪著一個老外往國際學術會議廳那邊走，沒有跟之前那波人一起行動，好像是因為那個老外去了一趟物理學院那邊，佛爺一直陪同著，兩人應該是熟識。

佛爺和那個老外，鄭歎沒什麼興趣瞭解，但這兩人頻繁提到的一個名字引起了鄭歎的注意。他們總提到「Mary」這個人，而鄭歎當初在人工湖邊陪小卓的時候，小卓的一本原文資料上就寫著「送給親愛的 Mary」，後面還有一些祝福語。

除了那本原文資料之外，還有幾本書上也有「Mary」這個名字，而小卓平時會直接在書本上面注解一番，也就是說，這些書應該歸屬於小卓。所以，「Mary」應當是小卓的英文名字。

想到這裡，鄭歎剛抬起的腳又放了回去。

旁邊的阿黃在鄭歎抬腳的時候眼睛都有神多了，準備往樹下衝，結果一回頭發現鄭歎又重新蹲了回去，耳朵一耷，又「喵」的叫了一聲，比之前那聲拖音長了些，可惜這次鄭歎正忙著偷聽，沒理會牠。

鄭歎豎著耳朵聽佛爺和那個老外的聊天，很多專有名詞鄭歎聽不懂，但除了這些之外，還是明白了一些，比如小卓的事情。

那老外顯然對小卓有那麼點意思，可是並不知道小卓現在的情況。佛爺的臉色不太好，小卓的事情是佛爺心中永遠的痛，但她又不能明著說出來。

這大鬍子老外顯然不懂得看人臉色，沒看到佛爺臉上笑得有多牽強嗎？

鄭歎暗自搖頭：親愛的 Mary 在家養胎呢，大鬍子老外你可以死心了！

讓鄭歎好奇的還有一點，佛爺說小卓正在準備出國事宜，明年估計就會出去，之後至少三年內不會回來。

那大鬍子又問了一些關於小卓的事情，被佛爺搪塞過去了，沒有說具體去哪裡，或者是否出去做博士後交流之類，只說會出去幾年。

正因為鄭歎清楚小卓目前的情況，所以才更加疑惑。

按理說，佛爺不是那種隨便亂說的人，剛才她說小卓會出國的時候表情很肯定，不然那個老外也不會相信。

但就小卓現在這情況，還能出國做交流？去跟進合作專案？她的孩子怎麼辦？

可惜的是，一直到佛爺和那老外走進會議廳，鄭歎也沒聽到自己想知道的資訊。

會議廳外面的電子螢幕上顯示著即將開始的報告題目，現在正在講的是夸克粒子理論方面相關的一些東西，會議廳外面時不時有人趕過來，匆匆跑進會議廳。

隨著報告的開始，會議廳外已經冷清下來，鄭歎起身伸了個懶腰，側頭看過去，阿黃和警長眯著眼睛像睡著一般，鄭歎用尾巴甩了甩牠們，然後跳下樹，往東教職員社區那邊走去。後面三隻貓相繼跟上。

◆◇◆◇◆◇◆◇◆

走進東教職員社區的大門時，鄭歎看到一個老頭拖著一些東西往B棟那邊走，他不認識這人。一般樓下有人的時候，鄭歎很少自己跳起來刷電子感應卡開門，所以他慢悠悠的跟在那老頭身後不遠處。

老頭扔菸蒂的時候瞥見身後的黑貓，擺擺手，「去去去！誰家的貓？走開，別打我這魚的主意！」

鄭歎：「……」當老子稀罕？！

老頭拖著的那些東西，下面是兩個塑膠桶，桶上戳了幾個小洞，有魚腥味傳出來，但鄭歎壓根就沒想要對那些魚做什麼，他從來不吃生魚，而他能吃的一些東西，其他貓吃了會拉肚子。

鄭歎沒理會那老頭，逕自來到B棟樓下的電子鎖前，蹲下，看老頭往這邊挪過來。

老頭拖著東西，瞧了瞧蹲門前的黑貓，猶豫了一下，還是走上來，在電子鎖上按了一番，很快裡面傳來焦媽的聲音。

「蓉涵，是我。」老頭說道。

「哎，爸，你怎麼來了？！我下去接你……」

「妳別下來了，在家待著，把這門打開就行！」顧老爹說道。

隨著門喀的一聲響，顧老爹拖著東西進去，鄭歎跟在後面走進去。

東西太多，顧老爹一下子搬不完，不過既然已經進了社區公寓，也不怕別人偷東西了，對於這裡的人，顧老爹還是很信任的。

想了想，又看看已經竄到自己前面的黑貓，顧老爹將裝魚的塑膠桶上的一個箱子抱下來，然後拎著下面兩個塑膠桶，一步步往樓上走。別看他年紀大，拎兩個裝了內容物的塑膠桶，步伐還挺穩的。

顧老爹往樓上走的時候就發現那隻黑貓也一直往樓上走，他心裡還在想這到底是誰家的貓，焦媽的聲音響了起來。

「喲，爸，你怎麼和黑碳一起上來？」焦媽趴在五樓的欄杆那兒朝下看著，能看到自家老爹的一點身影。

「啥黑碳？」

「我家的貓啊，就走在你前邊的那隻黑貓。」

「嘿，原來這貓是妳家的啊，我還尋思這誰家養的呢！這貓養得好，不瘦，也沒什麼贅肉。抓老鼠嗎？」顧老爹一邊往上走，一邊說著。

樓梯間裡這時候沒其他人，安靜得很，顧老爹不用大聲說，站在五樓的焦媽也能聽到。

「當然抓，我家黑碳抓老鼠可厲害著呢！」

「那就好。前些時候還聽人說現在大城市裡面的貓很多都不抓老鼠，不抓老鼠養牠幹啥！這不是浪費糧食嗎？」

顧老爹挺不了理解那些人的，知道自家老爹性子的焦媽也不多言，說了還得挨罵。按照老一輩人的觀念，不抓老鼠的貓不是好貓，不能看家的狗不是好狗。他們很多人都是苦過來的，觀念裡並不能理解養一隻吃白飯的寵物有什麼意思。

焦媽現在只慶幸自家黑碳是真的會抓老鼠，不然這時候老爹又得發飆。

「你這搬的是什麼啊？」

「提的是魚，兩隻老鱉，還有一些鱔魚，樓下還有一箱柚子，今年的新品種，就在我們那兒試種，聽說今年結的柚子直接供給市政府那邊，不外賣的，我好不容易撈到幾個。信用卡有什麼用，買東西不是還得靠面子嘛！這年頭光有卡，沒面子也不行啊！」

「是是，您老面子真大。」

「那是當然，面子不大，我能從別人口中知道妳出意外住院了？」顧老爹氣道。

焦媽呵呵兩聲也不辯解。在顧老爹眼前，越辯解他老人家越認為你心虛。

站在樓梯口，焦媽幾次想下去幫忙，但她明白老爹的脾氣，真要下樓了，老爹肯定發飆。就算走到家門口了，顧老爹也沒讓女兒幫忙。等顧老爹一放下塑膠桶，鄭歎湊上去看了看，從戳的洞口往裡看，這兩隻老鱉確實挺大，至於另一個桶裡面的鱔魚，鄭歎只是掃了一眼，沒多看，因為顧老爹還防賊似的盯著他。

休息一會兒喝了杯水後，顧老爹又下樓將柚子搬了上來，那種行李小拖車就直接扔在下面，反正也不擔心會被偷。

鄭歎看了看顧老爹拿出來的柚子，個頭還挺大，至於口感怎樣就不得而知了。

「你們家怎麼買了這麼多蘋果和柳丁？」顧老爹看客廳裡放著的四個箱子，問道。

鄭歎也疑惑，今天早上還沒看到呢，現在就多了四個箱子，兩箱蘋果、兩箱柳丁，還都是超市裡賣得很貴的那兩種。

「一個學生送的，上次咱們家幫了她一個忙，這次她家公司買水果給員工發福利，順便送了四箱給咱們家。」

焦媽這麼一說，鄭歎就知道是誰送過來的了。

鄭歎不知道的是，趙樂有時候會去生科院找焦副教授問問鄭歎的情況，知道這傢伙不吃貓糧，都是跟著吃飯，也就沒送貓糧，改成了這次的水果。焦爸、焦媽認為，趙家這是怕人苛責虐待這隻黑貓。

顧老爹坐在沙發上和焦媽談了一會兒話，話題主要是關於顧優紫的，鄭歎趴在沙發上聽他們閒磕牙，就算被顧老爹瞪，他也不挪屁股。

以前鄭歎並不瞭解顧優紫的身世，只知道顧優紫是焦媽妹妹的孩子，父母離異，母親留在國外了。現在從顧老爹和焦媽的談話中，鄭歎才知道為什麼顧優紫一直那麼沉默。

顧優紫，顧老爹口中的「小柚子」，之前一直跟著她媽媽在國外。小柚子的父母都是很有能力的人，但那兩人卻經常吵架，直到今年才確定離婚，小柚子跟著她媽，回國後連姓氏都改了。她媽將她交給焦媽，每個月或者半年匯一次生活費在留下來的那個銀行帳戶上，當小柚子同學的生活費。

剛過來的時候，小柚子存在一點交流障礙，畢竟在國外待的時間長了些，突然回來有些不適應，再加上她本身就話少，也就更沉默了。不過，經過幾個月的適應，現在的小柚子同學也不那麼陰鬱了。

對於小柚子，鄭歎有一種同病相憐的感覺，都有不負責任的雙親——一個權財至上，一個自我中心，都是年輕有為卻是狼心狗肺。這種人鄭歎見得多了，華夏未來的十年中，這種人會隨著經濟發展呈「J」型曲線增長。

因為改了姓氏，顧老爹就直接讓小柚子叫他爺爺了。他這生就只有兩個女兒，一直沒人喊他爺爺，現在有了顧優紫，顧老爹是相當稀罕這「孫女」。

下午兩個孩子回家的時候，顧老爹已經剝好一個柚子，遞給兩個孩子，然後順手將柚子皮套在鄭歎腦袋上。

鄭歎：「……」馬的！

老頭抱起小柚子，「重了些，咱們家小柚子長個兒了！」

小柚子同學難得地露出笑意，喊了聲「爺爺」。

吃完柚子，晚飯還沒好，兩個孩子先去做功課。

「去吧，待會兒爺爺給你們做盤鱔！」

鄭歎不想留在沙發上和顧老爹瞪眼，便跟著小柚子同學進房間。

小柚子今天因為顧老爹的到來，心情不錯，話也多了些。她小聲的跟鄭歎抱怨今天上美術課的事情。平時她也會在沒人的時候跟鄭歎說話。

對於動物，很多人都會少去很多戒心。有人覺得跟動物說話和自言自語差不多，但其實不然，說話者會有不同的感受。

「老師說畫自己熟悉的食物或者畫生活中經常見到的，我畫了，但是……」

小柚子將繪畫本攤開放到鄭歎眼前，有些喪氣。

鄭歎看了看小柚子拿出來的繪畫本，上面畫著今天的繪畫成果。小柚子畫得不錯，老師當場給出的分數也有九十二分，在鄭歎看來已經夠高了，當年自己畫畫跟手殘似的，基本在七、八十分徘徊，那還是老師開恩的結果。

不過，小柚子繪畫本上的重點並不是前面那些，而是在老師的評語上。雖然小學二年級的學生識字並不多，但老師們還是會在留成績的時候寫一些簡單的評語，不過字跡不會像國中老師那樣隨意，而是工整很多，還會在複雜的字上面注音，這也是一個讓學生認字的過程。

在小柚子今天畫畫的那一頁左側空白處，有紅色水彩筆給出的成績和評語，而在評分「92」的下面寫著——

「黃豆和毛豆畫得都不錯，繼續努力！」

後面還帶著一個幼稚的笑臉印章。

——黃豆和毛豆你妹啊！

鄭歎同情地看了看蹙著眉頭的小柚子同學，這老師自以為是的評語實在太打擊人了！

原因無他，小柚子畫的這幅畫其實出自於最近一直擱在客廳茶几上面的、焦爸訂的一本生物雜誌的封面圖，而封面上的兩種生物，其實是金黃色葡萄球菌和草履蟲……

鄭歎感慨完後，視線落在老師寫的拼音上，拼音裡有個「a」字母，而這個a讓鄭歎又想到了佛爺口中的那個「專案A」，白天佛爺對那個老外說的那些藉口，是否和小卓參加專案A有關呢？（注：中國大陸的中文注音是用漢語拼音，「黃豆和毛豆」的拼音是「huang dou he mao dou」。）

顧老爹回老家之後，隔三差五地讓人送東西過來，因為今年焦家的四人不回老家過年，兩邊老人都惦記著他們，一旦發現有老鄉跑市中心，就讓人帶年貨過來。

老家那邊很早就開始準備過年的事情了，今年過年也早，而那裡很多人經常跑市中心賣東西，替一些固定客戶供貨，比如水果和肉製品之類的。所以十二月底的時候，隔幾天就有人打電話給焦爸讓他去拿東西。

老家那邊水產業發達，很多人養魚，各種魚都有，顧家養的就是黃鱔。東西還是吃自家的比較放心。

不過那些都不關鄭歎什麼事，自從衛稜搬到公司那邊之後，在學校周圍，最遠的範圍鄭歎也就去去小郭那裡，沒其他地方能去。

白天他不能在校區外到處亂跑，校外可不像校內那麼簡單。在校內，鄭歎可以跑去很多地方閒晃散心，一些看到鄭歎的大學生們對於貓大多也是偏向於好意的，畢竟學生相對於社會上摸爬滾打多年的社會人士來說還是單純些。

但出了校區之後，有很多人看鄭歎的眼神就像是在看一盤菜。如果他自己還是人，鄭歎肯定不會看出什麼來，但站在一隻貓的角度，鄭歎能夠感覺到那些人看他的眼神所要表達的意思。

常常穿梭於街頭巷尾的貓，總是對人的一舉一動敏感得很，鄭歎在溜了一段時間之後，這種感覺才越來越強烈。所以，鄭歎後來去校外閒晃的時間總是在晚上，晚上在外頭的人不多，不至於總是一驚一乍。

進入社會的上班族們，晚上回家時大多都是來去匆匆，看到一隻貓也不會太在意。可是年底也有很多人捕抓流浪貓和閒晃的家貓，然後賣給一些小餐館，有些人為了避免麻煩上身，會直接運往外地。這才是那些貓最該留意的。（注：本段為戲劇效果，與現實狀況並不符合，請勿模仿，也請勿對號入座。）

鄭歎沒有碰到過貓販子，但碰到的阻礙仍舊不少。

作為一隻貓，鄭歎表示壓力仍舊很大。他低估了公貓們搶地盤的心態和執著，不安分的那些貓沒事就會填坨屎、撒泡尿、掐個架，他曾試著自己往遠處走，但最後還是掃興地回來了。

雖然鄭歎不至於打不過那些貓，那些貓也不至於個個都不識時務，但總有那麼兩個特例。

鄭歎有一天晚上往小郭寵物中心那邊走的時候，就碰到一隻跟自己一樣的黑貓，不過那隻黑貓周圍總有一些其他的貓，鄭歎覺得那應該都是牠的小弟——說得雅致點，那叫嫡系；說得通俗點，那叫跟班。

不過，每次打架鄭歎倒是沒輸過，而讓鄭歎煩不勝煩的就是，這隻黑貓牠不長記性，打趴一次，第二次牠又氣勢洶洶跳出來，所謂百折不撓，越戰越勇。鄭歎覺得這種傢伙純屬就是個二愣子，傻瓜，找虐。

原本鄭歎以為這種戰鬥是作為一隻貓必須的，走哪兒都得打過去，但是有一天，鄭歎發現了特例。

◆◇◆◇◆◇◆◇◆

聖誕節即將來臨，校內一些留學生們都為這節慶而忙碌著，小郭就琢磨了一個關於聖誕的貓糧廣告，讓鄭歎扮演聖誕老人，讓金毛主公扮演麋鹿。

鄭歎被小郭接到工作室的時候，就看到了蹲在旁邊的主公，牠頭上還插著一對塑膠鹿角，正蹲在那裡張著嘴巴哈哈喘氣，估計一直在訓練著廣告裡需要的一些動作，這時候才歇息一會兒。

鄭歎和小郭店裡的幾隻貓，都與這隻金毛合作過，雖然沒有所謂的默契，倒也不至於不和睦，幾隻寵物之間的相處還算融洽。

小郭店裡除了王子之外的幾隻貓都做過絕育手術，而王子雖然也是一隻公貓，但由於習慣了室內圈養，侵略性相比鄭歎在街頭巷尾見到的那些貓要少很多，而且小郭店裡這麼多貓，牠們已經習慣了除自己之外的那些貓的存在，很少會去爭奪占據某一塊區域。

已經拍過很多次廣告，這裡的工作人員都是老熟人，都知道只要將廣告裡另外的角色扮演者訓練好就行了，至於那隻黑貓，那屬於「高薪聘請」的「專家」，壓根不用指導。所以也就出現了主公累得哈哈喘氣，鄭歎蹲在一旁閒得打盹的情形。

終於等主公能將一連串的動作都完成好了之後，小郭才叫醒鄭歎，開始拍攝。

換上那件傻得不能再傻的聖誕喵服裝，鄭歎覺得自己的智商都快被拉低了。穿著難受，雖然不會勒得慌，但總覺得渾身不自在，這也就算了，小郭還拿來一個大鬍子套在鄭歎臉上，再把帽子一戴，要多傻有多傻。

估計看到這部廣告的人會吐槽：聖誕老人是一隻黑貓啊，黑的！

算了，為了廣告費就忍一下吧。咱這也是為藝術獻身。鄭歎心裡替自己找安慰。

聖誕喵的任務就是駕著金毛雪橇，為那些貓和狗崽們送「明明如此」寵物中心的「禮物」，有貓糧、狗糧、寵物衣服、寵物窩等等。

磕磕碰碰拍完之後，鄭歎一走出場地就將身上的衣服踹掉，將大鬍子甩開，蹲在高高的貓跳臺上等小郭忙完後送他回家。

後期工作就是小郭和燕子他們的事情了，燕子現在是寵物中心的常駐客戶，見燕子的電腦技術不錯，小郭經常讓燕子幫忙。當然，忙也不是白幫的，燕子在這裡住宿免費、吃喝免費，還免費餵貓。

那邊一群工作人員在整理後期工作，鄭歎蹲的這邊顯得冷清多了，之前瞇過覺，現在也睡不著，無聊地到處看。

最後，鄭歎的目光落在李元霸母子身上。

李元霸還是那樣，店裡幾隻貓總是離牠遠遠的，有幾隻好奇湊上去的時候也會被牠一眼逼退。都不用抬爪子，一個眼神就能搞定，這是鄭歎相當佩服的地方。

而蹲在李元霸旁邊那個嘴邊長了一顆「痣」的喵，就是李元霸牠兒子花生糖，小郭他們簡稱之為「花生」。

第一次看照片的時候，鄭歎沒看仔細，所以沒發現花生糖嘴邊那一顆個性的「痣」。花生糖嘴巴那裡基本都是白色的毛，但嘴邊那一顆綠豆大的黃色斑紋在周圍的白色之中尤為惹眼，看上去很是滑稽。

鄭歎想，過幾個月，這顆綠豆大的「痣」估計就會變成黃豆大了，至於以後花生糖成年了，這顆「痣」會不會有鵪鶉蛋大小，那就不得而知了。不過鄭歎倒是挺期待的，喜聞樂見。

花生糖的毛比其他短毛貓幼崽要長一些，卻又不同於那些長毛貓，估計牠爹是一隻長毛貓或者雜種貓。

還有一點鄭歎覺得挺稀奇的就是——這隻花生糖臉上的嚴肅表情。

阿黃那兒，「嚴肅」這個詞只是裝的，而花生糖的嚴肅是真嚴肅，深刻遺傳了李元霸的表情，只是現在花生糖尚且年幼，眼裡還帶著懵懂，身上並沒有牠媽的那種氣勢。

李元霸在邊上蹲了一會兒之後，就叼著花生糖往房間裡走了，那間房是屬於燕子的，門下方有專為貓設計的進出口。

在鄭歎這個位置能看到那個房間，他就看著李元霸將花生糖叼進房間沒多久，又走了出來，這次是牠自己一個，然後牠並沒有再往工作室這邊走，而是去走道另一頭。鄭歎記得，那邊還有一扇後門，不過那扇門只在搬貨物或者大型道具儀器之類的時候才打開，平時一直關著。

李元霸往那邊走幹嘛？

反正閒著也是閒著，鄭歎好奇之下便跳下貓跳臺，跟了上去。

李元霸朝後看了看跟在不遠處的鄭歎，也沒什麼反應，繼續往那頭走，來到後門。

後門那裡堆著一些貨物，不過離門比較遠。在靠近牆角處有一扇小窗戶，窗戶位置比較高，且是開著的，估計是為了透氣——運來的很多貨物氣味比較重。

而小窗的高度並不在店裡貓的跳躍範圍之內，所以小郭並不怕牠們從這個小窗戶跑出去。

李元霸朝那邊走過去，在鄭歎疑惑的時候，牠突然開始加速，跑的方向並不是窗子那邊，而是對著旁邊的側牆，一個縱身跳過去，觸及到側牆之後迅速改變了角度，後腿猛地一蹬，藉著側牆的反作用力跳向那個小窗戶口，準確的落到窗臺上。

——臥槽！這技能真他媽跩！

鄭歎在後面看得下巴都快掉了下來。

果然是防不勝防，小郭絕對不會想到會有一隻貓能夠透過這種跳躍方式從小窗戶口溜出去。門外面還堆著一些空箱子，正好形成臺階可以讓李元霸安穩的跳下去，很快牠便從鄭歎的視野中消失。

鄭歎蹲在那裡猶豫了一下，然後試著直接跳向小窗戶，他的跳躍力比一般貓稍微強一些。試了幾次之後，鄭歎放棄了，就差那麼一點點。

於是，鄭歎開始嘗試李元霸的那種跳躍方式。

第一次，他沒控制好角度和力道，直接撞在牆上，幸運的是他在那一瞬間還能控制身體，安全著陸，只是腿有些麻。

第二次，比前一次好了那麼一點點，他沒撞上牆，只是撞上了打開的玻璃窗，發出「碰」的一聲響。

活動了下腿腳，等腿上的痛感消失一些之後，鄭歎開始嘗試第三次。這次他終於扒上窗沿了，蹬蹬腿，爪子一用力，鄭歎翻了上去，探頭往外面看了看。

讓鄭歎想不到的是，不遠處，李元霸正蹲在一個空紙箱上看著這邊。

——在等我？

看到窗戶的黑貓之後，李元霸轉身跳下紙箱，往外走去。

鄭歎趕緊跟上。

◆◇◆◇◆◇◆◇◆

困住貓比困住狗要難，鄭歎現在是深有體會，李元霸不知道從哪兒瞭解到的，找了幾個空隙處鑽進去，七拐八拐就出了寵物中心，還沒被任何人發現。

剛開始經過的地方鄭歎很陌生，但是漸漸地，景物就熟悉起來，鄭歎自己從校區往這邊走的時候來過這裡，而且在這裡碰到了……

「喵嗚——」

正想著，鄭歎就聽到了那個讓他煩不勝煩的聲音。

混蛋，是那隻傻瓜貓！

抬眼往聲音處瞧過去，鄭歎果然看到蹲在矮牆上的那隻黑貓，周圍還有兩隻貓小弟。

和以往碰到的時候不同，鄭歎感覺到今天那隻傻貓有點不對勁，周圍兩隻貓也不跑上來湊熱鬧。觀察了下，鄭歎發現那三隻貓如臨大敵一般盯著的是李元霸的方向。

那隻「百折不撓」的貓對上李元霸，只會發出幾聲氣虛的「嗚嗚」聲，然後就撒腿跑了，完全不像對上鄭歎的時候那樣明知會戰敗還衝上來找虐。而其他幾隻貓也散得乾淨。

不只是這三隻，往巷子深處走下去，鄭歎又看到了好幾隻貓，有兩隻體型還挺大的，周圍也有牠們「圈地」的氣味，可李元霸就這樣目不斜視、無所畏懼地穿過牠們的地盤，那幾隻貓看到了也只是發出「嗚嗚」幾聲，李元霸側頭一瞥，牠們就跑了，好像後面有大狗在追似的。

對此情形，鄭歎感慨頗深。

由此可以看出，如今作為一隻貓，自己還差得遠。力量是一方面，但氣場也是一方面。

而李元霸，算得上貓中的女漢子，小嘍囉眼中的貓斯拉（注：Godzilla哥斯拉，Catzilla貓斯拉。），煞氣十足的外表再加上霸氣側漏的氣勢，完全能夠鎮住這條流浪貓和家養貓混雜的小巷子。

那些貓強烈的領地意識在這個時候似乎也消失一空，鄭歎看得出那些貓在見到李元霸時，眼中流露出來的恐懼。

鄭歎看了看前面步伐不變的那隻玳瑁貓，那是一種不經意間流露出來的氣勢，不是裝模作樣，也不是誰都能模仿出來的。鄭歎還記得小郭第一次見到李元霸的時候，除了拉開寵物用背包之外，就沒再接近過牠；小郭瞭解寵物貓是一方面，但另一方面也和李元霸自己本身無聲傳遞的一種資訊有關。

貓的語言並不匱乏，不同的聲調、不同的長短音、不同的發聲方式，表達出來的意思都不同。可是，從離開寵物中心到現在，鄭歎沒有聽過這隻玳瑁貓發聲，憑的完全就是一種無聲的氣場和氣勢。

對於不瞭解的人，可能並不會看出這種不同來，但現在的鄭歎，卻能夠清楚感覺到從前面那隻玳瑁貓身上流露出來的、遠不同於其他貓的東西。

外在是先天決定的，而氣場是經過世事和時間打磨出來的。鄭歎不知道李元霸到底經歷過什麼，但一隻看似普通的貓能夠有這樣的氣勢和氣場，其經歷肯定不會簡單。

可同時，鄭歎又不禁想到，什麼樣的貓才能拿下這隻貓斯拉？花生糖牠爹又是誰？真想知道答案。

跟著李元霸在外面閒晃了一圈，收穫良多，這一趟對於鄭歎有很大的啟迪作用。

聽說李元霸是流浪貓出身，顯然在外生存的經驗要比其他家貓多得多，牠能夠很好地分辨出環境中各類人和動物的善惡，就算是走在人行道旁邊也依舊沉著，而碰到那些心懷惡意的人，應對的方法也是不同的。

有的人，你做出威脅或者恐嚇的樣子，他會遠離；而還有些人，你越是表現出威脅恐嚇，他越是來勁。

人是這樣，而作為一隻貓，地位就更低了，面臨的處境會更嚴峻，所以很多流竄於街頭巷尾的動物會見到人就跑，因為牠們無法清楚的分辨究竟哪些人是善意、哪些人是表達惡意，受到幾次傷害之後就會形成一種條件發射，見到人就跑。

可是，李元霸能夠在短時間內選擇出最好的應對之法。比如在路過一間奶茶店的時候，旁邊的椅子上坐著一對情侶，那男的「咪」地叫喚了幾聲，手上還拿著一條細繩在擺動，吸引貓的注意力。貓對於「咪」這個音總是比較敏感，也比較喜歡那種會動的繩子，但男子卻沒想到李元霸反而往遠離他的方向走。

鄭歎當時心裡很好奇，因為在那之前也有人這樣對著李元霸叫喚，李元霸雖然沒靠過去，但也沒改變行走路線。而這次牠卻在拉了拉耳朵之後，直接遠離了，很乾脆。鄭歎也跟著牠，改變行走路線。

沒走多遠，鄭歎聽到那個坐在奶茶店旁邊捧著奶茶的男人又在叫，於是回頭看過去，那邊有一隻貓路過，站在花壇上，看上去像一隻家貓，毛挺乾淨柔順。

聽到那男的叫喚，又看到擺動的繩子，那貓就往那邊湊了湊，下一刻，那男的就將手上插著吸管的奶茶往那邊噴，那貓躲得快了些，只有邊上一些毛沾了奶茶。於是，那貓不高興了，壓低耳朵炸起毛發出低吼聲。

如果小郭在這裡，一定會知道，這是貓發出的警告，並隨時可能會做出攻擊或者直接跑掉，一般這種情況下最好不要去惹牠。

結果這貓的反應反而引得那人噴得更歡騰。那貓被噴了一身奶茶，叫著往行道樹裡跑了，只留下那對情侶的笑聲。

——垃圾！

那笑聲太刺耳，鄭歎扯了扯耳朵，看到那兩張臉就恨不得上去撓兩下。

鄭歎看了看李元霸，牠已經走遠了，彷彿不知道剛才發生的事情。

路見不平拔刀相助這種事情，對於貓來說簡直就是扯淡，誰都不是超級英雄，更何況如今只是一隻求生存的貓而已。貓的命不值錢。

鄭歎收回視線，快步跟上李元霸。

過了街角，又碰到一對情侶，同樣的，男方也發出「咪」的聲音，做出一些動作來吸引貓的注意力，見眼前的貓不理會他，便朝李元霸扔了一顆小石子。

而讓鄭歎差異的是，這次李元霸有了與之前截然不同的表現——牠壓低雙耳，鬍鬚上揚，露出尖牙，發出低吼聲。

那男的顯然有些畏縮了，撿石子的動作一僵，這時候他身旁的女朋友拉了拉他的臂彎，似乎害怕被撓。於是男子拍了拍手上的灰塵，兩人趕緊離開了。

對於不同的人，有不同的應對方式，沒有一味的退縮，該強勢的時候強勢，沒必要強勢的時候也俐落地避開衝突。

這就是李元霸在街頭走動時所採取的態度，不同於其他貓的生活方式。

鄭歎一直跟在牠身後不遠處，所以能夠將之前所發生的一切看得清清楚楚，前一對情侶和後一對情侶確實表現出了性格差異，他們一瞬間的表情變化能夠讓李元霸選擇出最合適的方法。

而做不到李元霸這樣的，就只能與其他流浪貓一樣，在外面見到人就躲開，甭管對方拿出多麼有吸引力的東西，都不能過去，因為你不知道下一刻會不會被噴得一身髒或者被扔石子，也不知道自己的警告對那些人是否有效或者讓對方變本加厲。

不是比佛利山的金寵，作為生活在城市裡的普通的家養動物，要麼安於現狀，要麼就去學習更多的生存技能。

對於一隻在室內待不住的貓，生存並不容易。缺乏在社會環境中求生存的經歷，這是對於鄭歎最大的考驗。鄭歎習慣了從人的角度去思考問題，而現在，他在慢慢轉變。他不知道自己還要以這種貓的形態持續多久，如果永遠回不去，為了生存，他還需要學習很多，學習怎樣從一隻普通貓的角度來看待問題。

這條貓命，鄭歎還不想輕易放棄。

鄭歎跟著李元霸走了一圈，回到寵物中心的時候，小郭他們剛忙完，正叫著鄭歎的貓名。見鄭歎從後門那邊過來，小郭也沒懷疑，以為鄭歎只是好奇在那邊走了一圈，完全不知道他工作室區域的後門已經被翻了又翻。

《回到過去變成貓01我們是東區四賤客！》完

敬請期待更精采的《回到過去變成貓02》

後記

其實陳詞一直想寫這樣一本關於貓的，沒有修真，沒有什麼異能，貼近生活的溫馨輕鬆的故事。

工作累的時候，就會想到當初還在大學時，路過學校教職員宿舍區看到一隻趴在窗臺上懶洋洋瞇著眼睛的大白貓，高高的梧桐樹樹葉中投下的陽光落在牠的身上。畢業後的這些年，每次想起那個畫面，莫名地放鬆。

以前，家裡養過幾隻貓，有跟小狗搶雪糕的，有睡覺喜歡露舌頭的，還有將蚱蜢、老鼠往我床底下塞的，有的洗澡乖，有的洗澡愛撓人……養貓時候的心情相當複雜，總的來說，還是開心的時候居多。現在工作了，但暫時沒條件養貓養狗，藉這樣一篇故事來回憶一下曾經經歷過的、聽聞過的一些趣事。

關於貓的紀錄片上說過，「在每隻吃得飽飽的、懶洋洋躺在火爐旁的貓身上，都藏著一隻蠢蠢欲動、作勢欲撲的老虎。」

陳詞不想只寫貓萌萌的一面，牠們還有很多面，甚至有時候難以捉摸，其中的酸甜苦辣，大概只有養過貓的人才清楚。

曾經有人說過，其實很多貓一眼就能看出你喜歡牠，或者不喜歡牠，問題是，牠一點也不在乎，我行我素。人有樂，貓亦有樂。

這本書，藉主角鄭歎的奇遇，從一隻貓的角度，看世間百態。有溫馨、搞笑，也有冒險，這是一次新的嘗試，長篇連載，希望大家能繼續支持。

陳詞懶調　二〇一五年十一月

羊角系列009

回到過去變成貓01

我們是東區四賤客！

出版者■典藏閣
作　者■陳詞懶調　繪　者■PieroRabu　拉頁畫者■夜風
授權方　■上海玄霆娛樂信息科技有限公司（起點中文網 www.qidian.com）
總編輯　■歐綾纖
製作團隊■不思議工作室
郵撥帳號■50017206 采舍國際有限公司（郵撥購買，請另付一成郵資）
台灣出版中心■新北市中和區中山路2段366巷10號10樓
電　話■(02)2248-7896　傳　真■(02)2248-7758
物流中心■新北市中和區中山路2段366巷10號3樓
電　話■(02)8245-8786　傳　真■(02)8245-8718
ISBN■978-986-271-646-5
出版日期■2019年1月二刷

全球華文國際市場總代理／采舍國際
地　址■新北市中和區中山路2段366巷10號3樓
電　話■(02)8245-8786　傳　真■(02)8245-8718

新絲路網路書店
地　址■新北市中和區中山路2段366巷10號10樓
網　址■www.silkbook.com
電　話■(02)8245-9896
傳　真■(02)8245-8819

☞您在什麼地方購買本書？☜

1. 便利商店（ ________市／縣）：☐7-11 ☐全家 ☐萊爾富 ☐其他________

2. 網路書店：☐新絲路 ☐博客來 ☐金石堂 ☐其他________

3. 書店（ ________市／縣）：☐金石堂 ☐蛙蛙書店 ☐安利美特animate ☐其他____

姓名：________地址：________

聯絡電話：________ 電子郵箱：________

您的性別：☐男 ☐女 您的生日：西元________年________月________日

（請務必填妥基本資料，以利贈品寄送）

您的職業：☐上班族 ☐學生 ☐服務業 ☐軍警公教 ☐資訊業 ☐娛樂相關產業

☐自由業 ☐其他________

您的學歷：☐高中（含高中以下） ☐專科、大學 ☐研究所以上

☞購買前☜

您從何處得知本書：☐逛書店 ☐網路廣告（網站：________） ☐親友介紹

（可複選） ☐出版書訊 ☐銷售人員推薦 ☐其他________

本書吸引您的原因：☐書名很好 ☐封面精美 ☐書腰文字 ☐封底文字 ☐欣賞作家

（可複選） ☐喜歡畫家 ☐價格合理 ☐題材有趣 ☐廣告印象深刻

☐其他________

☞購買後☜

您滿意的部份：☐書名 ☐封面 ☐故事內容 ☐版面編排 ☐價格 ☐贈品

（可複選） ☐其他

不滿意的部份：☐書名 ☐封面 ☐故事內容 ☐版面編排 ☐價格 ☐贈品

（可複選） ☐其他

您對本書以及典藏閣的建議________

____

____

✌未來您是否願意收到相關書訊？☐是 ☐否

✍感謝您寶貴的意見✍

印刷品

$3.5
請貼
3.5元
郵票
FUSIGI POST

235 新北市中和區中山路二段366巷10號10樓
華文網出版集團　收
（典藏閣－不思議工作室）

陳詞懶調×PieroRabu

回到過去變成貓

BACK TO THE PAST
TO BECOME A CAT NO.1